帰《き》蝶《ちょう》

諸田玲子

PHP
文芸文庫

○本表紙デザイン＋ロゴ＝川上成夫

帰《き》蝶《ちょう》◆目次

歳《さい》月《げつ》

一　出逢い（二十四歳）

永禄元年（一五五八）十月半ば――――清洲城下　道家尾張守の居宅

「まことかッ」

　帰蝶《きちょう》は声を荒らげた。

　尾張国《おわりのくに》のほぼ半国を手中におさめる織田上総介信長《おだかずさのすけのぶなが》の正室が、それも二十四にもなって、感情をあらわにするのは大人げない。わかってはいるものの――。

　いつ初時雨《はつしぐれ》が降りだすかという曇天《どんてん》の下《もと》、帰蝶は清洲城《きよすじょう》の本丸御殿《ほんまるごてん》から城下の武家屋敷町にある道家《どうけ》尾張守《かみ》の屋敷へ人目を忍んでやってきた。弟の斎藤新五利治《さいとうしんごとしはる》をつかまえて、いち早く話を聞くためだ。

「知らぬとはいわせぬ。熱田《あつた》では噂《うわさ》になっておるそうな」

　信長自慢の黒曜石《こくようせき》の矢尻《やじり》を想《おも》わせる艶《つや》めいた眸《め》で見つめられて、新五はまだ幼さののこる顔をひきつらせた。

帰蝶と新五は同母の姉弟で、幼いときから共に育てられた。帰蝶が織田へ嫁《とつ》ぐ際に新五も随従《ずいじゅう》している。今では織田家の若き武将としてその名を知られる新五だが、いまだに姉には頭があがらなかった。小柄ながらも頑健《がんけん》な体をちぢめて、すきあらば逃げだそうとしている。

逃がしてなるものかと帰蝶は膝《ひざ》をよせた。

「母はだれじゃ。稚児《やや》は息災か。そもそもいつ、生まれたのじゃ」

たたみかけられても、どこまで話してよいものやら。新五は姉の気性を知りぬいていた。芯《しん》が強く、いったんこうと決めたら意志をまげない。めったに喜怒哀楽を見せないが、実際は感情の起伏《きふく》が烈《はげ》しく、胸の奥に滾《たぎ》るものをかくしている。

「出自は？　熱田神宮にゆかりの女子《おなご》か」

「そうでは、ない、ようで……」

「されば、わらわの目からかくすために神司《かむづかさ》の家でお産をさせたのか」

「そういうこともまァ、ありましょうが……」

帰蝶はひとつ深呼吸をした。

「もしやその女子、深雪《みゆき》、と申すのではないか」

「お名まではそれがし……」

「稚児の名は？」

「……三七丸《さんしちまる》さま、とやら」

「生まれたのはいつじゃ」

「三月早々とのことで……」

帰蝶は虚空《こくう》の一点を見つめた。眸《ひとみ》を凝《こ》らせば母子《おやこ》の顔があぶりだしのように浮かんでくる、とでもいうように。

「なればやはり深雪じゃ。昨秋、挨拶《あいさつ》ものういなくなった。だれに問うてもはかばかしい答えがかえらぬ。おかしいとおもうておったのじゃ。殿がお手をつけ、身重《みおも》になったゆえ、熱田へかくして子を産ませたに相違ない」

新五がなにもいわずにうつむいているので、帰蝶は口調をやわらげた。

「子が生まれたことを、とやこういうておるのではない。殿は、なにゆえ、わらわをないがしろにされるのか」

新五は両手のひらをふりたてた。

「ないがしろどころか……殿は姉上をだれにもまして大切におもうておられまする。機嫌《きげん》をそこねとうないからこそ、こたびの仕儀になったのでござりましょう。尾張の平定が成れば次は美濃《みの》、美濃衆を身方《みかた》につけるには、なんとしても姉上のお力添えが欠かせませせぬ」

「かような些事《さじ》でわらわは機嫌をそこねたりはせぬ。己《おのれ》のつとめはわきまえておる。腹を立てておるのは、殿がそのことに気づかず、わらわにかくし事をなさるゆえじゃ」

「うっかり手を出してしまい、正室の御目《おんめ》をはばかってあたふたするのは、男子《おのこ》なればようあることで……」

「よいか新五、生駒《いこま》の出もどり女のことはどうじゃ。わらわはただの一度も不服をいわなんだ」

「いかにも。生駒家は殿のご母堂《ぼどう》さまにつらなる縁、しかもあの財力はあなどれませぬ。されど熱田で身ふたつとなった女子にはさしたる後《うし》ろ盾《だて》もないようで……」

　つまり、新五がいうには、信長が生駒家の出もどり女を孕《はら》ませたのは織田家にとって意義のあることだが、帰蝶の侍女《じじょ》に手をつけたのはほんのたわむれ。帰蝶の目をはばかるだけでなく、おなじ三月に信長の男児を出産した生駒家の女の心証を害さぬためにも熱田で秘《ひそ》かに子を産ませた、ということらしい。

「さればなおのこと、わらわに打ち明けてくだされればよいものを」

　子は家の宝だ。だれの腹から生まれても、よほどの事情がない限り、生母とひきはなされて正室の子として育てられる。帰蝶にはすでに奇妙丸《きみょうまる》という名の嫡子《ちゃくし》がいた。が、実はこの男児も腹を痛めた子ではない。異母妹が信長とのあいだにもうけた子である。

「熱田の稚児を、殿はどうなさるおつもりか」

「なにぶん、まだ乳飲《ちの》み子にて……。さようなことより姉上、早《はよ》う城へおもどりになられませ。騒ぎになると厄介《やっかい》にござりまするぞ」

「いやじゃ。ここには天皇家のお使者がお泊まりだそうな。都の話を聞きたい」

三日前に京《きょう》から正親町《おおぎまち》天皇の使者がやってきた。表向きは熱田神宮への奉幣《ほうへい》だが、それだけではないらしい。到着したその日に早くも面談にのぞんだ信長はいつになく上機嫌で、重臣たちにもひきあわせ、宴《うたげ》まで催《もよお》した。使者一行《いっこう》は今日、熱田神宮に詣《もう》でたはずで、新五と、帰蝶や新五の異母兄である玄蕃助《げんばのすけ》も護衛にくわわると聞いていたので、帰蝶は二人から熱田の女の話を聞きだそうとこうして押しかけたのだった。

女の話がひとまず腑《ふ》に落ちれば、今度は、京からの客人の顔も見ておきたいとの欲が出る。

「お客人はいずこにおられるのじゃ」

「兄者《あにじゃ》が城へおつれ申しておるのでしょう。さような話をしておりました。それがしも急いで登城せねばなりませせぬ」

「なんじゃ、いきちがいか」

「されば姉上、それがしはひと足お先に」

新五はそそくさと退出してしまった。

一人のこった帰蝶は、山荘のように簡素な造りの家内を見まわしながら、ここで待とうか、城へもどろうかと思案した。

簡素といっても、尾張守の屋敷がことさら粗末なわけではない。京の都や、その都を模したという駿河《するが》の今川《いまがわ》城下では豪奢《ごうしゃ》な館《やかた》が建ち並び、なにもかもが華やいでいると聞くが、ここ尾張国清洲城下や生まれ故郷の美濃国稲葉山《いなばやま》城下は堅固《けんご》な戦《いくさ》城《じろ》と素朴《そぼく》な家屋敷が並び、華やかさとは無縁の土地である。

それだけに京への憧《あこが》れはふくらむ一方だ。

〈近ごろは京も物騒《ぶっそう》と聞くぞ〉

〈禁裏《きんり》も荒れ果てておるとやら〉

〈三好《みよし》や松永《まつなが》の郎党《ろうどう》がのし歩いておるせいでござろうよ〉

よからぬ噂は聞こえているが、そんなことは右の耳から左の耳へぬけている。

しかたがない、帰ろうか――。

客人から話を聞きたいのはやまやまだったが、城へ挨拶に出かけたというなら、信長にひきとめられてまたも馳走《ちそう》にあずかっているかもしれない。帰りを待っていてもいつになることやら。

帰蝶は腰をあげた。侍女や供侍《ともざむらい》は玄関先で待たせている。話が話なので尾張守の家人《けにん》にも近づかぬようにと命じていた。そのため、いったん座敷を出てから頭巾《ずきん》を忘れたことに気づいたときも、自《みずか》ら取りにゆかざるをえなかった。

ひきかえしたところで、あッと棒立ちになる。

だれもいないはずの座敷に見知らぬ男がいた。ゆったりとした布衣《ほい》に裾《すそ》のふくらんだ袴《はかま》をつけ、小ぶりの烏帽子《えぼし》をかぶっている。片膝立ちになったまま頭巾を手にしているのは、たった今、ひろいあげたところか。

若くはない。が、老いてもいない。三十そこそことおもわれる男は、目をみはり息を呑《の》んで帰蝶を見あげていた。

二人はしばらく、声を失ったまま見つめ合う。否《いや》も応《おう》もなく出合った視線が、ぴたりと吸いついてはなれない。

帰蝶が一瞬早く、われにかえった。

「何者じゃ。なにゆえここにおる？」

男はあわてて膝をそろえ、両手でうやうやしく頭巾をさしだした。

「京の商人《あきんど》、立入宗継《たてりむねつぐ》にございます」

「京ッ、されば京のお客人とは……」

「帝《みかど》のご命《めい》にて、熱田神宮へ奉幣に参じました」

帝と聞いて、帰蝶は反射的に腰を落とし両手をついた。目の前の男が帝から遣《つか》わされたなら、十全に敬《うやま》わなければならない。だが男は商人だといった。しかも、まるで地から生《は》えだしたようにあらわれた。

どう相対してよいかわからず、帰蝶は狼狽《ろうばい》している。と、それを見てとったか、立入宗継と名のった男は表情をやわらげた。商人というより地侍《じざむらい》のように精悍《せいかん》な顔が、一変、人なつこい笑顔になる。

「立入家は代々禁裏の御倉職《みくらしき》をつとめる家柄におます。こたびは畏《おそ》れ多くも、御台《みだい》さまの背《せ》の君《きみ》、織田上総介さまに帝の御内意をお伝えする大任を仰《おお》せつこうた次第にて」

帰蝶はますます身をこわばらせた。

「わらわがだれか、なにゆえ存じておるのじゃ。無礼なッ。立ち聞きをしやったか」

「聞きとうて聞いたんやおまへん。ことわりものう押し入ってきやはったんは、御台さまのほうにございます」

「押し入った……」

宗継は背後の屏風《びょうぶ》に目をむけた。よくよく見れば、二双《そう》屏風のうしろは壁《かべ》ではなく襖《ふすま》である。

「納戸《なんど》はぬくとうて、うたた寝にはおあつらえむきどす。せやけど、話がいつまでたっても終わらなんだらどないしょうかと、心配になってきたとこどした」

宗継が口元をほころばせたのを見て、帰蝶は眉《まゆ》をつりあげた。

「聞いておったのじゃな。熱田の、その……女子の、ことも」

「御台さまのご推察どおり、三七丸さまのご生母は深雪はんといわはります。ほやけど、熱田の母子なら心配ご無用どす。放っときなはれ」

初対面の商人にしては、ずいぶん馴《な》れ馴れしい口の利《き》きようである。だが京からの客人とわかった今は、非礼をなじる気にもなれない。

「なにゆえさようなことをいう？」

「それは、御台さまのように賢《かしこ》うて、肝《きも》がすわってはって、しかも類《たぐい》まれな美貌《びぼう》の持ち主は、天下広しといえども他にはおりまへんさかい」

帰蝶は軽くうけながした。

「さすが、商人じゃ。口が巧《うま》い。はじめて逢《お》うた女子に、ようもまァ……」

「お逢《あ》いしたんははじめてどすけど、わては御台さまの御事《おんこと》をよう存じあげておます。なにしろ、並々ならんご縁にて……」

この男の言葉は、どうしてこうも心を惹《ひ》きつけるのか。けげんにおもいながらも、帰蝶はおもわず身をのりだしていた。

「並々ならぬ縁とは……」

「御台さまのお輿《こし》入《い》れに、ひと役買《こ》うてございます」

帰蝶は目をしばたたいた。

「わらわの、輿入れ……。されば、織田家との縁をそなたがとりもったといいやるか」

「つまり、こないな話におます」

帰蝶は、天文《てんぶん》十八年（一五四九）十五歳のときに信長のもとへ輿入れした。当時、美濃国守の斎藤道三《どうさん》は越後《えちご》の上杉《うえすぎ》謙信《けんしん》や甲斐《かい》の武田《たけだ》信玄《しんげん》と並ぶ猛将として知られていたから、めきめきと力をつけてきたとはいえ今川の脅《きよう》威《い》にさらされ尾張をいまだ平定できずにいた織田信秀《のぶひで》の、必ずしも評判がよいとはいえない嫡子に愛《まな》娘《むすめ》を輿入れさせようとは、だれも考えていなかった。

　ところが、両家を結びつけた者がいる。

朝廷は窮乏《きゆうぼう》していた。貢《みつ》ぎ物《もの》は大歓迎。一方、武将たちは朝廷に取り入ることで自らの権威づけをしようとしている。この時期、美濃国稲葉山城を居城《きよじよう》とする斎藤家では、武井《たけい》夕庵《せきあん》という博学の武将が朝廷とのとりもち役をつとめていた。その片腕となって、斎藤玄蕃助利尭《としたか》が内裏《だいり》へ金品を献上する役目を担《にな》っていた。

　片や織田家では、重臣の平手《ひらて》政秀《まさひで》がおなじく朝廷係ともいうべき外交役に就《つ》いていた。内裏の築地《ついじ》がこわれたといえば修繕料を献上するなど、財力を後ろ盾にして朝廷と親交を深めようとしている。

献上品なら御倉職、立入家の管轄《かんかつ》だ。平手政秀と武井夕庵及び玄蕃助をひきあわせたのが立入家の当主で——。

「わての親父《おやじ》におます」

織田家の嫡男《ちゃくなん》と斎藤家の姫を娶《めあわ》せる一件は、なんと、京の都、立入家の茶室からはじまった話だという。

「御台さまが今ここにあらしゃるについては、立入の力も、わずかどすけど働いておますのや」

そやから帰蝶の幸不幸には責任がある、他人事《ひとごと》ではいられまへん——と真顔《まがお》でいわれて、帰蝶は苦笑した。少し意地悪な気持ちになっている。目の前にいる不躾《ぶしつけ》な商人に腹を立てたからではない。不愉快ではなかった。むしろ、好感を抱きはじめていたからこそ、つっかかってみたくなったのだ。

「立入宗継、じゃったな。そなたはわらわの輿入れにひと役買ったといいやる。もしや、わらわが不幸なれば、その責《せめ》を負うも厭《いと》わぬと申すか」

「さようにおます」

「さすれば、織田家がいやになったとわらわがいうたら、いかがする？」

「こっからつれだしてさしあげまひょ」

宗継は考えるふうもなく、しらしらといった。

「笑止《しょうし》な。息の根をとめられよう」

「そないなことはさせまへん。お望みやったら南蛮《なんばん》かて唐天竺《からてんじく》かておつれしまひよ。なんなら、今すぐにでも」

「冗談《てんごう》をいうでない」

「冗談やおまへん」

二人の視線がふたたび出合った。帰蝶は笑いとばそうとした。が、できなかった。そうはさせまいとするものが宗継の目の奥にある。

「わては今、あやまちに気づいてもうたようで……。御台さまを織田家にとりもったんは立入家末代までの不覚や。身上《しんしょう》かたむけたかてほしい買い物どした。というても、親父のしたことやさかい、しょうがおへん。ま、わてがもしその場におったかて、こうして生身《なまみ》の御台さまを知らなんだら、おんなしことしてたに相違おまへん。女子一人奪うために戦《いくさ》しかける武将はんらのお気持ちが、今、ようやく腑に落ちました」

「商人とはまァ、口の巧いことよ」

今度こそ、帰蝶は声を立てて笑った。出逢ったばかりの商人ふぜいにおもいの丈《たけ》を打ち明けられるとは……冗談にしてもほどがある。そうはおもうものの、どうしたことか、腹は立たない。

「納戸でだれぞ聞いておるやもしれぬぞ」

「かましまへん」

「いうておくが、わらわは不幸ではない。わらわの夫は非凡な男じゃ。織田家はおもしろい。まだまだ大きゅうなるに相違ない」

「たしかに、上総介さまは並のお人やおへん。そやさかい畏れ多くも帝の御目に留《と》まりましたんや。昇《のぼ》り龍《りゅう》のごときご威勢には目をみはるもんがおます」

信長を大いに買っているのは、亡き斎藤道三や平手政秀だけではなかった。神道家の吉田兼右《よしだかねみぎ》もその一人で、このたびの清洲訪問も、もとはといえば兼右の進言だという。兼右の娘の嫁ぎ先が滋賀《しが》山中の土豪《どごう》の磯谷《いそがい》家、磯谷久次《ひさつぐ》の二人の娘の相婿《あいむこ》が立入宗継と道家尾張守であることから、信長びいきの強固な一党が結成された。

吉田兼右の縁者には伊予局《いよのつぼね》という宮中女房がいる。また、この一党に肩入れをしている権大納言万里小路惟房《ごんだいなごんまでのこうじこれふさ》の妹も上臈《じょうろう》で、帝のそばにはべっているため、世間に知れたら物議をかもすどころではすまない大事《おおごと》が大胆にも実現の運びとなったのだった。

「これもひとえに、都が目もあてられんありさまやさかいに……」

将軍足利義輝《あしかがよしてる》は傀儡《かいらい》のごときもの。三好義継《よしつぐ》や松永久秀《ひさひで》が政《まつりごと》を恣《ほしいまま》にするようになってから、京は殺伐《さつばつ》として物騒きわまりないと宗継は眉をくもらせる。

帰蝶は反対に目をかがやかせた。

「それゆえ夫に白羽《しらは》の矢が立ったというわけじゃな。ますますおもしろい。このなりゆきを見定めずして唐天竺なんぞへゆかれようか」

「ほんなら、御台さまの御事では、当分、わての出番はおまへんなァ。都にておとなしゅう見守るとしまひょか」

褒《ほ》めあげたかとおもえば、あっさりとひきさがる。宗継の言葉がどこまでほんとうか怪《あや》しいものだが……これが京の商人というものかもしれない。

「そういえば弟は、そなたが登城したというていたが」

「そのつもりでおました。けど、いささか疲れました。ほんで尾張守さまには磯谷さまとお二人で先にいってもろうたんどす。おかげで御台さまとこうしてお近づきになれて、上々吉《じょうじょうきち》どした」

「なればこれより城へ参るのか」

「へえ。ごいっしょに、といいとうおすけど……」

宗継は腰をあげた。が、まだ帰蝶を見つめている。

「わてがいうたことやけどな、なにとぞ、御心の片隅《かたすみ》に留めといておくれやす」

「そなたがいうたこと……」

「助けがほしいとおもわはったら、いつ何時かて、わての顔をおもいだしてほしゅうおすのや。どこにいても、とんできまっさかい」

「妙なことをいうお人じゃ。さようなときがくるものか。だいいち、そなたたちはわが夫をもりたてるためにここへ参ったのではないか」

「へえ。大いにもりたてるつもりどす。けど、わては――商人は――見切りも早《はよ》おす。武将はんらとちごうて、名誉やら義理やら大義やらいう目に見えんもんとは端《はな》から無縁におまっさかい」

目をしばたたいている帰蝶をのこして、宗継は飄々《ひょうひょう》と立ち去った。

ひと月後――――――――――――――――清洲城　本丸奥御殿

清洲は鎌倉街道《かまくらかいどう》と伊勢《いせ》街道の合流点で、城下は尾張随一のにぎわいである。城は五条川《ごじょうがわ》の西岸にあるため、本丸奥御殿の帰蝶の居間《いま》でもときおり舟人《ふなびと》の声が聞こえる。

といってもこの季節、舟遊びをする者はいない。風花《かざばな》が舞い落ちる川面《かわも》は寒々《さむざむ》として、水鳥も岸辺で身をよせあっている。

「しかし、なにゆえ、かような大盤ぶるまいを……」

襖を開け放った座敷に所せましと並べられた小袖《こそで》や打掛《うちかけ》、扇《おうぎ》、文箱《ふばこ》、草紙《そうし》といった京ならではの品々をながめまわして、斎藤玄蕃助は首をかしげた。

新五とおなじく帰蝶の婚姻に伴って尾張へやってきた玄蕃助も、今は織田家の重臣の一人である。

「先だってのもてなしの礼だそうな。わらわへの貢ぎ物も殿の気をひくため。それだけ織田を買《こ》うておるのじゃ」

ひとつひとつ手に取ってためつすがめつしながら、帰蝶は寒さもどこへやら、童《どう》女《じょ》のようにはずんだ声をかえした。

「されど長持《ながもち》に入っておったはおまえのものばかり」

「おやまァ、兄上はご自分への貢ぎ物が少ないゆえ、機嫌をそこねておられるのか」

帰蝶ははじけるような笑い声をあげた。

京へ帰った立入宗継から信長へ、返礼の品々が贈られてきた。これとは別に斎藤兄弟や同席した重臣たちにも心尽くしの品々がとどいた。なかでも帰蝶への贈り物は別格だった。帰蝶と宗継の出逢いを知らない者たちは、一様にけげんな顔をしている。

「あァ、なんと美しい小袖……まァ、この文箱の螺鈿《らでん》模様《もよう》の見事なこと……わらわも早《はよ》う京の都へいってみたい」

帰蝶は宗継の、ぬけ目がなさそうでいて温《あたた》かみを感じさせる顔をおもいだしていた。斎藤道三という傑物《けつぶつ》の娘に生まれ、これまた鬼神《きしん》以外の何者でもない織田信長の妻となった女は、猛々《たけだけ》しい荒武者《あらむしゃ》や律儀《りちぎ》一辺倒の古武士《こぶし》、卑屈《ひくつ》なほどに従順な家臣ばかり目にしている。いずれの枠《わく》にもはまらぬ宗継は新鮮だった。

いつかまた、逢える日がこようか――。

宗継は南蛮でも唐天竺でもつれていってくれると約束した。その言葉が、帰蝶の耳に甘い余韻《よいん》をのこしている。

「そういえば兄上、夕庵どのはいかがしておられる?」

先日、宗継から聞いた名をふとおもいだした。

突然、話が変わったので、玄蕃助はけげんな顔になる。

「なにゆえ、夕庵どののことを……」

「京の都といえば夕庵じゃ」

武井夕庵は学識が高く、武人としても茶人としても主《あるじ》の斎藤道三に重用《ちょうよう》されていた。もとはといえば道三に城を乗っ取られた土岐《とき》氏の家臣であり、道三の死後は敵方である斎藤義龍《よしたつ》に請《こ》われて家臣に迎えられている。端《はた》からみれば保身のために節操《せっそう》なく主替えをくりかえしているようにもみえたが、夕庵自身はゆらぐところがみじんもなかった。

――美濃の安寧《あんねい》を守り、美濃の人々のために働く。

それこそが夕庵の大義らしい。和を重んじ、決してでしゃばらず、正しいとおもえば恐れず意見をいう男は、敵味方の別なく一目《いちもく》おかれている。

「夕庵なら先だっても京で会《お》うた。立入の屋敷でのんびりと茶を点《た》てておったわ」

「立入家はいずこにあるのじゃ」

「禁裏の門前だ。実のところ門番のごときものでの、ここを通らねば朝廷に取り入ることはできぬ」

だからこそ、夕庵のように長い歳月《さいげつ》をかけて朝廷方と親交を温め、今や気軽に立入家に出入りできる者を、武将たちは抱《かか》えたがる。

「立入家は力があるのじゃな」

「いや。立入家自体は御倉職をかねる一商人にすぎぬ。が、戦上手《じょうず》で財力のある武将に恩を売り、朝廷方の利を図《はか》る。それゆえ重みは増す一方」

かつては他家と交替でつとめていた御倉職を今は一手にひきうけているというから、やはり並々ならぬ策謀家《さくぼうか》なのだろう。朝廷と武家を結ぶ陰の実力者といってもよい。

「その立入どのが、はるばる殿に会いにこられたということは……」

「うむ。殿に会《お》うて評判の真偽《しんぎ》を見きわめようとしたのだろう。こたびは様子見《ようすみ》……とはいえ、親父どのがおまえを織田へ嫁がせたときから、ずっと目をつけておったにちがいない」

「父上は先見《せんけん》の明《めい》がおありじゃった。わらわばかりか、兄上や新五を織田家へ遣わしてくださった。おかげでわらわはどんなに心強いか……」

当時は小康状態にあったが、そうはいっても戦国の世である。ここもいつ敵地になるか。九年前、帰蝶が織田家へ輿入れする際、道三は愛娘を案じて息子たちを織田家へ送りこんだ。それが異母兄の玄蕃助と同母弟の新五である。

今や二人は、織田家の家臣として、それぞれ頭角《とうかく》をあらわしていた。さらに一昨年《おととし》、道三が長良川《ながらがわ》で戦死したのちは、金森《かなもり》氏や蜂屋《はちや》氏など、美濃の武将がこぞって織田家に降《くだ》った。このとき信長に救出された帰蝶の異母妹が昨年、信長の子・奇妙丸を産み、その子が帰蝶の養子となって織田家の嫡子に定められたことも、美濃衆が織田方へ降る理由づけになっている。斎藤家の血をひく稚児がゆくゆく織田家の頭領《とうりょう》になるとなれば、正々堂々と織田家に肩入れができるからだ。

「われらが美濃を奪いかえすにはまだ時がかかろうが……織田は破竹《はちく》の勢い。しかも今や、織田衆は殿のもとに結束しつつある。これよりは一丸となって突き進むのみ」

玄蕃助の言葉に帰蝶はうなずく。うなずきながらも、かすかに眉をひそめた。

帰蝶の実家の斎藤家では父子の骨肉の争いがあった。嫡子の義龍が父道三を追放、弟たちを家臣に殺害させたのである。ここ織田家も一枚岩ではなかった。舅《しゅうと》の信秀の死後、信長と弟の信行《のぶゆき》のあいだに亀裂《きれつ》が生じた。謀叛《むほん》を企《くわだ》てた弟を、信長はつい先日、成敗《せいばい》している。

殺《や》るか殺られるか。夫が弟を成敗したことについてあれこれいうつもりはなかったが、信行は信長の仮病《けびょう》に誘《さそ》われ、見舞いにきたところを斬殺《ざんさつ》された。騙《だま》し討ちというやり方が帰蝶は気に入らない。

もっとも、そんなことはおくびにも出せなかった。

九年も夫婦をつづけているが、信長はいまだ底が知れない。不気味《ぶきみ》で恐ろしい。恐ろしいくらいでなければ一国の主にはなれないし、その前に、とうに寝首《ねくび》をかかれていたはずだ。道三が愛娘の命を託したのも、「美濃の梟雄《きょうゆう》」と恐れられている自分でさえぞくりとするほどの、信長の破格の恐ろしさに惚《ほ》れこんだからだろう。

「奇妙丸が家督《かとく》を継ぐころには、尾張も美濃も織田家の所領になっておるやもしれぬ。そうなれば母上がだれよりよろこばれよう」

「小見《おみ》の継母上《ははうえ》のことはわしも案じておる。清洲へおいでくだされればよいのだが……」

「常在寺《じようざいじ》にて亡き父上の菩提《ぼだい》を弔《とむろ》うておられるのじゃ。そっとしておいてさしあげるがよい」

帰蝶の母、小見の方は、長良川の戦で夫の道三を失ったばかりか、里方《さとかた》の明智《あけち》家の長山城《おさやまじよう》も落城、帰る場所を失ってしまった。今は稲葉山城下にある斎藤家の菩提寺に身をよせて、念仏三昧《ざんまい》の日々を送っている。

「明智といえば、京で噂を耳にした。長山城から落ちのびた明智某《なにがし》が和泉国《いずみのくに》へ逃げこんだそうな。細川《ほそかわ》家では、小見の継母上とも縁つづきで、昔、稲葉山城で親父どのから武術の心得《こころえ》を伝授された、なんぞといいふらしておるらしい」

「明智某……」

帰蝶は思案顔になった。

「それなら十兵衛尉《じゆうべえのじよう》どのやもしれぬ。幼かったゆえ、顔はおぼえておらぬが……母上の遠縁《とおえん》とやらいう若者に会《お》うたことがある。新五がよう、遊んでもろうた」

「なればそやつだろう。兵部大輔《ひようぶのたいふ》さまの中間《ちゆうげん》に取り立てられたとか」

細川兵部大輔藤孝《ふじたか》は将軍足利義輝の側近で、和泉半国を所領としている。京では三好衆や松永衆がわがもの顔にのし歩き、将軍などあってなきがごとしだと聞くが、それでも、陪臣《ばいしん》とはいえ、母の里方である明智一族の縁者が将軍家に仕《つか》えていると聞けば、帰蝶としても誇《ほこ》らしい。

——帝のおわす都は桃源郷《とうげんきょう》、その京を守る将軍は随一の権力者。鄙《ひな》で生まれ育った帰蝶の胸にはそう叩《たた》きこまれている。

「それにしても、まァ兄上、ごらんなされ。ほれ、この打掛の金糸銀糸《きんしぎんし》……かように豪奢なものは見たこともない」

やはり京じゃな、と吐息《といき》をもらしたとき足音がした。大股《おおまた》の速歩《はやあし》、先触れもなくずかずかとふみこんでくる者といえば——帰蝶の夫、織田上総介信長。

「わしはこれにて」

玄蕃助はあわてて控えの間へ逃《のが》れた。武将としての才を買い、主君として崇《あが》めてはいても、肚《はら》をわったつきあいをするには二の足をふんでしまう。信長の機嫌がめまぐるしく変わるためだ。これは玄蕃助にかぎらず、大半の家臣が信長に対して感じていることだろう。

「お濃《のう》ッ、お濃ッ」

帰蝶は美濃から輿入れしたので、濃姫と呼ばれている。

男にしては甲高《かんだか》い声とともに信長が入ってきた。座敷に散らばる品々をひとわたりながめ、どかりとあぐらをかく。

「立入か」

「はい。兄者がはこんで参りました。都にはかようなものがあるのかと見ほれておったところにございます」

「こればかりでおどろいてはならぬ。そのうち都を丸ごと買《こ》うてやる」

「ほほほ、うれしゅうございます。されば心待ちにいたしましょう」

今日は機嫌がよいようなので、帰蝶は胸をなでおろした。もっとも、いつなんどき別人になるかもしれないから、よけいなことはいえない。目の動き、くちびるのゆがみ、こめかみのふるえ、眉間《みけん》のしわ……信長といるときは、四方を敵にかこまれた戦場にいるかのように、髪の毛一本、爪《つめ》の先まで神経をはりめぐらせて、常に身がまえていなければならない。

しかも、それを見ぬかれないようにすることが、なにより大切だった。信長は、自分の顔色ばかり見ていいたいこともいえぬ女が大嫌《きら》いだ。怯《おび》えの色など見せようものなら、軽侮《けいぶ》された上に、猫が鼠《ねずみ》をいたぶるように虐《しいた》げられかねない。

帰蝶は、この九年間で、厄介きわまりない夫のあつかい方に精通した。マムシと称される斎藤道三と、その道三を陰で支える小見の方という稀有《けう》な両親に育てられたことも大いに役立っている。

「雪解けを待って岩倉《いわくら》攻めだ」

信長は唐突《とうとつ》に話題を変えた。

家臣も近習《きんじゅう》も信用しない男は、ときおり妻相手に陣立てや戦術の話をする。道三の娘だからこそ、いいたくなるのかもしれない。

　帰蝶も見当ちがいの相槌《あいづち》を打たぬよう、玄蕃助や新五から常々、最新の情勢を聞きこんでおくよう心がけていた。

「義姉上《あねうえ》に犬山城《いぬやまじょう》へ嫁いでいただいたのは妙案にございました」

「うむ。さもなくば浮野《うきの》の合戦《かっせん》は危《あや》うかった。犬山の信清《のぶきよ》の援軍あったればこそ、信賢《のぶかた》を追い落とすことができたのだ。今ごろ信賢め、岩倉城で空《す》きっ腹《ぱら》を抱えて歯がみしておろう」

　織田信賢は織田氏の嫡流で、尾張国のおよそ半分、上四郡を支配していた。ところが信長に敗戦、目下《もっか》は岩倉城にて籠城《ろうじょう》している。来春、一気に攻め滅《ほろ》ぼして尾張一国を手中におさめ、その勢いをかって上洛《じょうらく》するというのが、信長の当座の目論見《もくろみ》だった。上洛して将軍に拝謁《はいえつ》する。「尾張は信長のもの」と宣言しておくことは、今後、織田家が勢力を拡大してゆくためには必須である。

　それにつけても、立入のもたらした帝の御内意はまさに渡りに船だった。尾張だけではない、ゆくゆくは都も……と、けしかけられたようなものである。

「いよいよ、にございますね」

「うむ。いよいよだ」

「そのあとは美濃」

「舅どのとの約束を果たさねばならぬ」

父道三を討った異母兄の義龍が稲葉山城を占拠《せんきょ》しているうちは、帰蝶も心おだやかではいられない。

「そうそう、もうひとつ話があった」

信長は膝元の草紙をぱらぱらとめくりながらいう。

「なんにございますか」

「岡崎《おかざき》の小童《こわっぱ》をおぼえておるか」

「岡崎の……あ、熱田に囚《とら》われていた……目がぐりぐりとして耳の大きい……」

「松平清康《まつだいらきよやす》の孫だ。妙に大人びて、肝のすわった小童だった」

「竹千代《たけちよ》どのとやら申しましたね。あの子がなにか……」

「元服《げんぷく》して元信《もとのぶ》と諱《いみな》をもろうたとか、今川の縁者の姫を押しつけられ、婚姻後は元《もと》康《やす》と呼ばれておるとも聞く。今年、初陣《ういじん》したそうだ」

「まァ、もうさようなお歳《とし》になられましたか」

帰蝶が見たときはまだ四つか五つだった。岡崎城主の嫡子で、今川家へ人質に送られるはずが織田に売られたと聞いている。帰蝶が嫁いでまもなく岡崎へ帰されてしまったし、那古屋城《なごやじょう》へ輿入れした帰蝶がその年に熱田へ出かけたのは二度か三度だったから、会ったといっても数えるほど。忘れていてもふしぎはない。

それなのに、鮮明におぼえていた。そのあとふたたび今川へ人質に出されたと聞き、なんとまァ不運なお子か、と憐《あわ》れんだせいもある。が、それ以上に、帰蝶の目を見返したときの烈しいまなざしが目の裏に焼きついていた。子供らしからぬ冷静さや聡明《そうめい》さのうしろからのぞいていた不屈の面魂《つらだましい》――。

とはいえ、田舎城《いなかじろ》の――しかもその城さえ今川に恣《ほしいまま》にされている――取るに足らぬ城主を信長が記憶に留《とど》めていようとは……。しかも今わざわざ話題にしたことも、帰蝶は意外におもえた。

信長は元康の動向をだれかに調べさせていたのか。

「あのお子を、殿は大いに買っておられましたね。いつか、戦場で顔を合わせることにならねばようございます」

今川の属将になったのなら敵だ。いずれは信長に首級《しゅきゅう》をあげられることになる。もしそうなら、信長は嬉々《きき》として、ためらうことなく、あの首をかき切るはずである。

帰蝶は信長の顔を見た。

信長は眉間にしわをよせていた。なにを考えているのか。

「いかがなされましたか。なんぞ気になることでも……」

答えはなかった。岩倉城のことも元康のことも、もう心にはないようだ。いや、それとも、そのいずれかが信長の胸をざわめかせているのか。

いきなり立ちあがる。

「お濃。今宵《こよい》、寝所《しんじょ》へこい」

それだけいうと、信長は入ってきたときとおなじあわただしさで出ていってしまった。

二　再会（二十八歳）

永禄五年（一五六二）晩春――――――清洲城　御館

帰蝶は夢を見ていた。

出陣した信長の帰りを今か今かと待ちわびる夢だ。どんなに軍勢の数や地の利が優位であっても、ひとたび合戦となれば勝敗は予想の外《ほか》。信長が生きて帰る保証はない。

しかも今川は、織田をはるかにしのぐ大軍だという。

あァ、どうかご無事で――。

あたりは闇《やみ》だ。神仏に祈り天を仰《あお》いで、眠れぬままに悶々《もんもん》としていると、かなたから一条の光が近づいてきた。馬の蹄《ひづめ》の音が大きくなってくる。

――お濃。見よッ。

武者姿の信長がひらりと馬から下りた。長槍《ながやり》を手にしている。その先端にはなにか丸いものが……。

信長は帰蝶の眼前に槍を突きだした。敵将の首級のようだ。化粧《けしょう》がほどこされているのか、白くむくれた顔は両眼をカッと見開き、黒く染めた歯をむきだして、今にも咬《か》みつきそうだ。

帰蝶はあとずさりをした。顔をそむける。が、信長は槍をひっこめるどころか、ぐいぐいと押しつけてきた。

「お濃、見よ。お濃、見よ。お濃、見よ」

「やめて。お、おやめくださいまし」

血臭《ちしゅう》にむせながら目をそむけようとしたが、首級は執拗《しつよう》に追いかけてくる。しかも、なんということ、いつのまにか信長の無念の形相《ぎょうそう》に変わっているではないか。

「ひーッ」

恐怖が心《しん》の臓《ぞう》をわしづかみにした。帰蝶は悲鳴をあげる。

と、そのとき、人の気配《けはい》が近づいてきた。襖のむこうから「御台さま、御台さま」と侍女の呼ぶ声がする。

「あれ、いかがなされましたか」

「夢を、見た、ようじゃ。おまえこそ、何事ぞ」

「闖入者《ちんにゅうしゃ》を捕らえました」

「闖入者……物盗《ものと》りか」

「そうではないようで。身なりは粗末なれど、身分のある女子らしゅう……御台さまに会いたいと申しておるそうにございます」

「わらわに会いたいと？　何者じゃ。名はなんと？」

「駿府《すんぷ》より逃げて参ったとやら。京生まれだそうで、御台さまには、立入家の縁者だと伝えてほしいと……」

「立入ッ」

帰蝶は目をみはった。寸刻《すんこく》おかず身を起こしている。

「次の間へつれて参るよう。くれぐれも、手荒なまねはならぬぞ」

打掛をはおり、乱れた髪をなでつけながら、帰蝶は思案をめぐらせた。

駿府は今川の所領である。今川城下は京の都を模した桃源郷《とうげんきょう》と聞いていた。ところが一昨年《おととし》の五月、桶狭間《おけはざま》で織田軍が今川軍を破り、信長が今川家の太守《たいしゅ》、義元《よしもと》の首級をあげてからは様変わりをしたようだ。今川の家督を継いだ氏真《うじざね》は太守の器《うつわ》でないため、いまだ混乱がつづき、見限る武将も出ているとやら。

三河国《みかわのくに》岡崎からの人質、松平元康もその一人だった。

桶狭間合戦を機に元康は岡崎へもどった。今川か織田か、去就《きょしゅう》を明らかにしないまま、いまだに様子見をつづけている。美濃攻略に本腰をいれるため、信長は元康を身方につけ、後顧《こうこ》の憂《うれ》いをなくしたいと考えているのだが、元康の態度は煮えきらない。何度となく使者が行き交《か》ったもののいまだ合意には至らず、あちこちで小競《こぜ》り合《あ》いも勃発《ぼっぱつ》して、一時《いちじ》は険悪な気配がただよった。

昨秋、ようやく誓詞《せいし》を交わした。実際に同盟を結んで堅固な絆《きずな》を確認しあったのは、去る一月十五日に元康が清洲城を訪れ、信長と面談したときである。今川と手を切って織田の盟友《めいゆう》になったことを世に知らしめるために、元康はのちに名を家康《いえやす》とあらためた。

だが元康の今川離叛は当然ながら氏真の怒りを買った。猜疑心《さいぎしん》にかられた氏真が旧臣を騙し討ちにしたり、三河の人質を処刑したりしたため、なおのこと氏真の評判は地に墜《お》ちた。殺伐とした今川の風に恐れをなして、駿府に滞在していた京の女たちも逃げだそうというのだろう。

なれど、なにゆえ、わらわに会いたいと——。

立入宗継とは、四年前に偶然、道家尾張守の屋敷で出逢った。ただそれだけのこと。それなのに宗継が自分の名を女に教えるとは……。

宗継からは折にふれ心尽くしの京の品々が贈られてくる。貢ぎ物にほだされたわけではなかったが、帰蝶は宗継に好感を抱きつづけていた。

一方の宗継も帰蝶に魅《ひ》かれているのはまちがいない。が、それは男が高貴な美姫《びき》に憧れるのとは少々ちがっていた。今回のことも、帰蝶に逃亡者を助ける気概と度量があると見こんだればこそ白羽の矢を立てたわけで、そうおもえばわるい気はしない。

宗継は女に、信長ではなく自分に――この帰蝶に――会えといったのだ。となれば、なんとしても力になってやらねばならない。

「御台さま。次の間へおつれいたしました」

「どのような女子じゃ」

「三十そこそこか、若《わこ》うはございませぬ。物腰もおだやかで、いかにも思慮《しりょ》深げな女子にございます」

帰蝶はうなずいて、次の間へおもむく。

女は敷居《しきい》のかたわらに平伏《へいふく》していた。人払いをして、近くへくるよう命じる。

「立入どのの縁者と聞いたが……」

「はい。遠縁にて……幼《おさな》きころに両親を亡《な》くし、立入家にて育てていただきました」

女はうつぎと名のった。駿府から歩きとおしてきたせいか、化粧気《け》のない顔に疲れがにじんでいる。が、気後《きおく》れしているようには見えなかった。くっきりした目で帰蝶をひたと見つめ、幅広のくちびるをひきむすんでいるのは、相手の器量を見定めようとしているのか。

「駿府にはいつからおったのじゃ」

「五年前に内蔵頭《くらのかみ》さまが駿府へおいでになられたとき、お供にくわえていただきました。寿桂尼《じゆけいに》さまのご所望《しよもう》にて数人が駿府へのこることになり……」

内蔵頭とは由緒《ゆいしよ》ある藤原北家《ふじわらほっけ》の血をひく山科言継《やましなときつぐ》のことで、今川家先々代夫人の寿桂尼は言継の叔母《おば》だという。言継は駿府で連歌《れんが》の会をひらいたり医薬のつくり方を広めたりして大いに歓待《かんたい》された。

「そなたとて大切な京からのお客人じゃ。寿桂尼さまという後ろ盾もある。なにゆえ逃げて参ったのじゃ」

「岡崎のご城主、松平元康さまの御台さまにお目をかけていただき、和歌のお相手などつとめておりました。こたびの離叛が太守さまの逆鱗《げきりん》にふれ、御台さまのご両親はご自害に追いこまれ、御台さまご自身もお子たち共々幽閉《ゆうへい》の身となられました」

帰蝶は息を呑んだ。それでは、信長と元康の二人が同盟を結んだために、今川の支配下にいた人質だけでなく、元康の妻子やその両親までもがとばっちりをうけたというのか。戦国の世だからいたしかたないとおもう一方で、罪なき者たちの身にふりかかった災難が胸にせまる。

「御台さまは、さぞやお辛《つら》いおもいをしておられようの」

「はい。それはお気の毒で……。屋敷の者には見張りがついておりますゆえ、わたくしが岡崎へ御台さまの御文《おふみ》をとどけようとしたのですが、途中で見つかってしまい……」

文をとりあげられた。捕らわれてつれもどされそうになったが、隙《すき》を見て逃げだし、かろうじて難を逃れたという。

「寿桂尼さまはご高齢にございます。ご迷惑をおかけしとうありませぬ。それに、おそらく、駿府へつれもどされれば、寿桂尼さまにお会いすることも叶《かな》わぬまま息の根を止められましょう」

寿桂尼や京の客人たちに騒がれるより、その前に闇から闇へ葬《ほうむ》ってしまったほうがよいと氏真や氏真の手の者はおもうにちがいない。

「恐ろしい話だこと。それにしても、ようもまァここまで落ちのびたものじゃ」

「何度も危うい目にあいました。農婦に身をやつし、野宿をして雨露《あめつゆ》や草の実で渇《かわ》きや飢《う》えをしのぎました。岡崎へゆく道は今川が目を光らせております。なれど清洲城へ参れば、織田家の御台さまがお助けくださるとそれだけを励《はげ》みに……」

この五年間、駿府に滞在しているあいだも、うつぎは京の立入宗継とひんぱんに文のやりとりをしていた。ここ数年の宗継の文には一度ならず、危うき事態にまきこまれたら清洲城主・織田信長の奥方をたよるようにと書かれていたという。

「御台さまは肝がすわっておられる、情深《なさけ》いお方だとも」

「ずいぶんと買いかぶられたものじゃ」

そういいながらも帰蝶は頰《ほお》をゆるめた。

「心配はいらぬ。立入どのの縁者を見すてられようか。まずはゆるりと体を休めるがよい。京へ帰るも、ここへ留《とど》まるも、あとのことはそなた次第じゃ」

「ありがとうございまする」

うつぎは感きわまったように床《ゆか》に額《ひたい》をすりつけた。

帰蝶はうつぎの世話をするよう侍女に命じ、寝所へもどる。横になったものの眠れなかった。天井《てんじょう》の闇を見つめて考える。

はるかな道を女一人で逃げてくるとは――。

並の女ともおもえない。駿府に滞在していたことも清洲へやってきたことも、なにか裏があるのでは……。ひんぱんに文のやりとりをしていたのなら、もしや、宗継が女をあやつっているということも……。

帰蝶の眼裏《まなうら》には、宗継のしてやったりといった顔が浮かんでいた。

同年夏――――――――――――――――――清洲城　御館

「姫さまーッ、徳姫《とくひめ》さまーッ」

「おーい、だれかーッ。徳姫さまをお見かけせなんだかッ」

「あァ、どうしましょう。さっきまでそこで遊んでいらっしゃいましたのに」

清洲城――といっても天守のない御館《おやかた》――が騒然としたのは、雨の季節が終わって、灼《や》けつくような陽射《ひざ》しに五条川の川面が燻《いぶ》し銀《ぎん》のようにきらめく季節だった。

代々の守護《しゅご》が居城とした御館は、濃尾《のうび》平野を流れる五条川西岸の堤《つつみ》の上に築かれ、内堀外堀にかこまれている。武家屋敷と寺社、町家《まちや》が建ち並び、川湊《かわみなと》や寺社の門前では定期的に市《いち》がひらかれていた。

「徳姫がおらぬとッ。まさか、堀に落ちたのでは……」

知らせをうけて、帰蝶も顔色を変えた。

「堀をさらえ。川の周囲を捜すのじゃ」

四歳の女児が見張りの厳重《げんじゅう》な御館を出て川へゆくとはおもえない。が、万が一ということもある。

五徳姫《ごとくひめ》は、生駒家の出もどり女、吉乃《きつの》が信長の寵《ちょう》をえて産んだ娘だ。子の養育は正室のつとめ、年子《としご》の兄の茶筅丸《ちゃせんまる》共々、帰蝶が手元において育てている。

　茶筅丸とおなじころに熱田で生まれた三七丸は、そのまま熱田で養育されていた。もう一人、身分の低い女に産ませた男児が那古屋城で養育されている。が、帰蝶の異母妹が産んだ嫡男の奇妙丸と吉乃腹《ばら》の茶筅丸と五徳姫、それに二女の冬姫《ふゆひめ》は、この清洲城の帰蝶にひきとられている。

「徳姫は勝ち気で物怖《ものお》じしない童《わらべ》なれど……」

なにかがほしいとなると手に入れるまでだだをこねる。いやとなれば見むきもしない。だれかにむりやりつれ去られたのでなければ、どうしても城外に出たいわけができて、門番が目をはなしたわずかな隙に外へ出てしまったのかもしれない。

「どういたしましょう。大事な姫さまにもしものことがありでもしたら……」

「不吉なことをいうてはならぬ。だれもそなたを責めはせぬ。落ち着きなされ」

泣きくずれる乳母を叱咤《しった》しながら、帰蝶は吉乃がいなくてよかったと安堵《あんど》した。幼い娘が行方《ゆくえ》知れずになったと知ったら、病身の生母は憔悴《しょうすい》するにちがいない。

家臣に命じ、川の両岸、寺社や市まで探索《たんさく》をさせた。が、五徳姫の行方は杳《よう》として知れない。

「殿もおどろかれよう。吉乃どののお子じゃ。ご立腹なさるにちがいない」

なぜ目をはなしたかと腹を立て、乳母や侍女を厳罰に処す心配があった。よもや自分まで咎《とが》められるとはおもわないが、信長は逆上すると前後の見境《みさかい》がつかなくなる。

信長はこの日、主《おも》だった家臣をひきつれて生駒家へ出かけていた。吉乃の見舞いかたがた近隣を見てまわって、築城の構想を練《ね》るためである。

先おととし、岩倉城を落として尾張一国を手中におさめた信長は、一昨年の桶狭間合戦で今川を破り、この一月には松平元康と同盟を結んで背後をかためた。一方、美濃稲葉山城に陣どっていた宿敵の斎藤義龍は、昨年、病死して、今は嫡子の龍興《たつおき》が跡目を継いでいる。となれば、いよいよ美濃攻略の好機到来である。信長は美濃にも生駒にも近い小牧山《こまきやま》に戦城を築き、合戦の準備にとりかかろうとしていた。

「今一度、手分けをして捜すのじゃ。殿がもどられる前に見つけなければ」

帰蝶も姫の名を呼びながら御館内を捜しまわった。

薄暗い小座敷をのぞきこもうとしたときである。だれかがすっと近づいてきた。

「御台さま。少々お耳にお入れしたきことが……」

うつぎだ。立入の縁者は今春から清洲城に滞在している。

「とりこんでおる。あとにしなされ」

「姫さまの行方にございます」

「心当たりがあるのかッ」

「はい。こちらへ」

二人は人けのない小座敷で膝をつきあわせた。

「塙原《はいばら》加賀守《かがのかみ》さまのお屋敷におられるのではないかとおもわれます」

「塙原……おう、殿のお気に入りの……なれど加賀守は殿の供をして生駒へいっておるはずじゃ」

「さようにございます。姫さまをおつれしたのは加賀守さまではございませぬ。いえ、つれだしたわけではのうて、姫さまが強引《ごういん》についてゆかれたのでございましょう」

「どういうことじゃ」

けげんな顔をした帰蝶に、うつぎは「乙殿《おとどの》をご存じにございますか」と問いかけた。探るような目をしている。

「乙殿……加賀守の嫡男じゃったの。九つか十《とお》か、父御《ちちご》に似て利かぬげな男子よ。ときおり城へ上がって奇妙や茶筅の遊び相手をしてくれる。殿もお気に召しておられるとみえ、手ずから菓子など与えて……そういえば、あの子がおるときは殿のご機嫌がよいのう」

「それは乙殿が殿の……いえ、利発なお子ゆえにございましょう」

うつぎは川も堀も、寺社も市も捜さず、武家町で聞きあわせをした。するとおかしな話が耳に入った。十ほどの男子と三つ四つの童女が紐《ひも》をつけた亀《かめ》をつれて、城の方角から塩原家の方角へ歩いていたという。

「亀……」

「あわてて城へもどってたしかめましたところ、本日は乙殿が若さまがたに亀を見せて遊んでやっておりましたとか」

乙殿には妹が二人いる。一人は五徳とよく似た年格好《としかっこう》で、やはり遊び相手としてときおりいっしょにつれてくることがあった。

「徳姫は亀が気に入り、乙殿のあとをついていった。二人があたりまえの顔で門を出たので門番は塩原家の兄妹だとおもいこみ、声をかけなかった……というわけか」

「加賀守さまはお留守、ご妻女はお子を産んだばかりで臥《ふ》せっておられるそうにございますし、家の者たちはむろん姫さまのお顔は存じあげませぬ」

亀に飽《あ》いたか、眠ってしまったか、乙殿から幼女を託された塩原家の家人たちは、よもや城主の姫とはおもいもよらず、今も世話をしているにちがいない。

「よう見つけました。大手柄《おおてがら》じゃ。早うだれか、迎えに……」

「いいえ、お許しをいただければ、わたくしが参ります。騒ぎがこれ以上、大きゅうなっては、埴原家の皆さま……なにより乙殿にご迷惑がかかるやもしれませぬ」

「そうか。そうじゃな。さすれば兄上に……いや、兄上も小牧か。なれば新五と共に参るがよい」

いくらなんでも十歳の子供が咎められるとはおもわなかったが、姫が城を出たことに気づかなかった門番や乳母は、万にひとつ、咎め立てをされる心配があった。不運にも信長の虫の居所《いどころ》がわるければ、番兵の首が河原に並ぶことにもなりかねない。穏便《おんびん》にすませるには、うやむやのまま幕《まく》引きをしてしまうことだ。

帰蝶は新五を呼び、うつぎといっしょに埴原家へ姫を迎えにいかせた。


「やはり眠ってしまわれたそうで。お目を覚《さ》まされましたら、いずこのお子か聞きだし、屋敷へお送りするつもりだったと……」

「織田の姫さまと知るや、皆々恐懼狼狽《きょうくろうばい》の体《てい》にて……」

乙殿は、槍の指南役が待ちかねていたので、姫に亀をあずけて稽古《けいこ》をはじめた。稽古中は近づくなと加賀守に厳命されていたため、家人はだれも乙殿に姫の素性《すじょう》をたずねなかったという。

うつぎと新五が説明をするかたわらで、

「母さま。徳も亀がほしゅうございます」

五徳姫はくったくがない。

帰蝶は姫を抱きしめた。母の腕をすりぬけて、姫は玩具箱《がんぐばこ》に駆けよる。

信長の血をひいているからか、五徳はときおり突拍子《とっぴょうし》もないことをして帰蝶をおどろかせることがあった。吉乃に似て目鼻立ちがととのい、骨細《ほねぼそ》で、透《す》きとおるような肌《はだ》をしている。そのため一見おとなしそうに見えるが、どうして実は癇《かん》が強く、意のままにならぬことがあると兄二人にくってかかるほどの猛女《もうじょ》でもあった。

「皆によけいなことをいうてはならぬぞ。姫が見つかった、とだけ知らせるよう」

「かしこまりました」

新五とうつぎを退《さが》らせ、五徳を乳母に託して、ようやく騒ぎは鎮《しず》まった。翌日、信長が帰ってきたときはもう、この一件を忘れかけていた帰蝶だったが――。

「お濃。徳姫が神かくしにおうたと聞いたが、まことか」

顔を合わせるなり訊《き》かれた。信長は地獄耳《じごくみみ》だ。しかも千里眼《せんりがん》だから、この清洲城でかくし事はできない。

「神かくしではございませぬ。わらわがうっかり居所を知らせるのを忘れました。それゆえ乳母も侍女も郎党も青くなって捜しまわっておったそうにて……」

もちろん信長は、帰蝶が家人たちをかばっていると気づいたはずだ。納得《なっとく》のゆかぬ顔である。

「居所とはどこだ？」

「珍しい亀のいるお屋敷にございまする」

これにはさすがの信長も目をしばたたいた。

「亀、とな？」

「はい。亀は戦の吉凶《きっきょう》を占《うらな》う神の使者、徳姫がどうしても亀を見たいと申しますゆえ、これは無下《むげ》に止めないほうがよろしいかと……新五につれてゆかせました」

なんとか煙《けむ》にまいたかとおもったが、信長はごまかされなかった。眉間にしわがきざまれるのを見て、帰蝶は雷《かみなり》が自分に落ちるだけですみますようにと祈る。

「お徳を、幼い姫を、城外へ出したか」

「城外というても、御門《ごもん》のすぐそばのお屋敷にございます」

「いったいどやつだ？　断りものう亀など飼《こ》うて、お徳の気をひいた不埒者《ふらちもの》はッ」

帰蝶は血の気がひくのを感じた。

あァ、どうしてこんなことに――。

話はわるいほうへわるいほうへと転《ころ》がってゆく。これでは埴原家の面々や、あの乙殿にまで禍《わざわい》が及びかねない。

それでも、もはやかくしておくことはできなかった。かくせばかくすほど信長は頑《かたく》なになって、恐ろしい処罰をおもいつくにちがいない。

「埴原加賀守のご嫡男、乙殿にございます。さっきから申しておりますように、気をひいたわけではのうて、たまたま亀をもっておったゆえ、徳姫がどうしても見たいと……」

帰蝶は身をちぢめた。怒声《どせい》を覚悟したものの、信長はなにもいわない。上目づかいに盗《ぬす》み見ると、一瞬前とは一変して呆《ほう》けた人のような顔をしていた。

「殿……」

「う、うむ」

「どうかなさいましたか」

「い、いや……」

「乙殿はまだ子供にございます。徳姫にせがまれて遊んでやっただけのこと、なにとぞ、お叱《しか》りになられませぬよう」

「……むろん……叱ったりはせぬ」

「ようございました。それでは埴原家もおかまいなしにございますね。となれば、この件ではだれひとり……」

「わかったわかった。咎めぬ。この話は終《しま》いじゃ」

それだけいうと、信長は咳払《せきばら》いをして、唐突に小牧山に築く新たな城の話をはじめた。五徳姫と乙殿の話題にはもうふれたくないようだ。

帰蝶は安堵した。どうなることかと生きた心地《ここち》もしなかったのに、幸運にも風向きが変わった。ありがたい反面、いったいなぜだろうとふしぎでもあった。
信長は埴原家——とりわけ乙殿——に、なにか格別のおもいがあるのか。

同年末——————清洲城　御館

永禄《えいろく》五年も押しつまった一日、清洲城におもいがけない客があった。

「立入宗継……あの、立入どのがッ」

帰蝶が宗継と出逢ったのは茶筅丸と三七丸が相次《あいつ》いで生まれた年、信長が岩倉城を攻め滅ぼして尾張一国を掌握《しょうあく》した前年だから、四年前である。それからは立入家縁《ゆかり》の女が転《ころ》がりこんできただけで顔を合わせてはいないが、季節の変わり目ごとに京の珍重品を贈ってくれる宗継に、帰蝶は遠い親戚か年来の友のような親しみを感じていた。

「こたびも熱田神宮へ参拝か」

知らせをもってきた新五にたずねる。

「京では三好や松永が目を光らせてござります。もっともらしい行き先をこしらえなければ清洲へはこられませぬ」

といっても今回は帝の使いではなく、あくまで京の一商人が商売繁盛をねがって熱田神宮を参拝する、というふれこみだとか。先を急ぐ旅ではないので清洲で越年すると聞いて、帰蝶は胸を躍《おど》らせた。

「前回同様、道家に滞在するのじゃな」

「いえ、道家の当主とは相婿なれど、いまは舅にあたる磯谷どのがおられませぬ。ご妻女の姉妹の婚家に滞在するのは気兼ねなのか、立入どのは埴原家にお泊まりになられます由《よし》」

「埴原……あの乙殿の家か。立入どのは埴原加賀守と懇意《こんい》にしておるのか」

「加賀守は八條流《はちじょうりゅう》馬術の名手。織田に仕える以前は武者修行で諸国をまわっておられたそうで、立入家に滞在したこともおありとか。加賀守は殿にとりたてられるほどの豪放磊落《ごうほうらいらく》なお人柄ゆえ、立入どのとも意気投合なされたのでございましょう」

ここ清洲で越年するなら、ゆっくり逢って話ができそうだ。

「うつぎの今後についても相談したい。新五。立入どのに取次を」

「むろん立入どのも姉上に逢うのを楽しみにしておられましょう。早速、うかごうて参ります」

新五ならぬかりはない。

帰蝶の弟は、「美濃の梟雄」と恐れられた斎藤道三の実子とは信じがたいほど、誠実で実直な男だった。帰蝶が輿入れした当初、美濃衆は織田家の家臣団から猜疑の目をむけられ、敬遠されたものだった。が、そのなかでも新五はいちはやく尾張衆の信頼を勝ちとっている。野心を抱《いだ》かず、争いを好まず、姉を守るという一事に心をくだく若者は、闘争心をむきだしにした尾張衆にとっては理解の外ながら、胸襟《きょうきん》をひらいてうけいれたくなる存在だった。異母兄の玄蕃助が、その尊大さや老獪《ろうかい》さで一目おかれ、荒業《あらわざ》で織田家の家臣団にとりいったのとは正反対である。

ともあれ、道三が愛娘のために兄弟を織田家へ送りこんだのは、最上の戦略だった。二人の助けがあったればこそ、帰蝶はゆるぎない地位を守っていられる。

夕刻、帰蝶は信長に呼ばれ、立入宗継をもてなす宴に同席した。

「御台さまにお目もじが叶い、天にも昇る心地にございまする」

宗継は初めて会ったような顔でしらしらと挨拶をした。帰蝶の目に映《うつ》った宗継は、四年前よりむしろ若々しく、活力がみなぎっているように見えた。

立入家は禁裏の御倉職を一手につとめ、武家と公家《くげ》を結ぶ要《かなめ》の役を担っている。禁裏の門前に建てられた屋敷では、敵味方の別なく大名家の家臣たちがつどい、茶を点《た》て雪月花を愛《め》でながら各地の情勢に耳目《じもく》をそばだてていた。そこからおもわぬ縁が生まれ、ときには遠国《おんごく》同士の縁組まで決まることもあるのは、平手政秀と武井夕庵がとりもった信長と帰蝶の結婚でもすでに証明済みである。宗継の人をそらさない巧《たく》みな話術や自信に裏づけられた大らかさは、水面下にあって世相を観察しつつ、当人たちにはそれと感じさせないで意のままにあやつるという立入家相伝《そうでん》の業《わざ》なのかもしれない。

信長は上機嫌だった。

「お濃。立入どの滞在中のこと、粗相《そそう》なきよう気をくばれ」

「承知つかまつりました。立入どの。ご入り用のものがございましたら、なんなりと」

「かたじけのうございまする」

二人は四年前とおなじように目を合わせる。

信長からお墨付《すみつ》きをもらった。これで正々堂々と宗継に逢える。京の話はもちろん、四年前に聞きそびれた宗継自身の話も聞いてみたい。美濃と尾張しか知らない帰蝶にとって、武家だけでなく公家や豪商とも親しみ、禁裏の内から南蛮や唐天竺まで視野におさめる男は尽きせぬ興味の源だった。

前回同様、信長はさまざまな趣向で立入をもてなした。合間には人払いをして長々と話しこむこともあり、それはこの訪問が遊山《ゆさん》ついでに旧交を温《あたた》めるといった気楽なものではなく、帝や大納言、あるいは神道家の吉田兼右の意を汲《く》んだ政治むきの密談を兼ねたものであることを匂《にお》わせている。

もっとも信長は、年初にひかえた小牧山城の築城で頭がいっぱいのようだった。ひとしきり歓迎の行事が終わればもう、縄張《なわば》りや石組みの指図《さしず》であわただしい。

翌日、宗継が埴原家で骨休めをしていると聞いて、帰蝶は新五に手筈《てはず》を命じた。

「とうに話はついております。いつなりと」

「なればすぐにも」

御館へ呼びつけたのでは、耳目が気になってとおりいっぺんの話しかできない。帰蝶は自ら埴原家へ出むくことにした。埴原家は城の御門にほど近い武家屋敷町にあるので、仰々《ぎょうぎょう》しい仕度《したく》はいらない。

その日の午後、帰蝶は埴原家のつつましい客間で宗継とむきあっていた。

「織田家はひとまわりもふたまわりも大きゅうならはりました。わてらのおもうたとおりにございます」

宗継は帰蝶の顔を見るなり目を細めた。

たしかに信長は尾張一国を手中にしている。今川の脅威が除かれた今は、美濃を奪いとる日も近い。

「唐天竺などへゆかなくてよかった。わらわは美濃へ帰りたい。金華山《きんかざん》に登って、あの山城から長良川をながめたいのじゃ」

「金華山……稲葉山城にございますな。御台さまが生まれ育ったお城で……」

「山頂の城は戦城じゃ。住まいは西麓《にしふもと》の御殿。川むこうに夕陽《ゆうひ》が沈む刻限になると、山肌が黄金《こがね》に染まって御殿の甍《いらか》をきらめかせる。わらわは金華山のふところに抱かれ、華《はな》やいだ夕陽をあびて大きゅうなった」

「ほう……ほんなら金華山は御台さまの養い親のようなもので……」

「わらわが美濃へ帰りとうなるわけがわかったか」

「はい。上総介さまには昇龍《しょうりゅう》の勢いがございます。おそばにいやはったら、遠からずねがいは叶いましょう」

「うつぎのことじゃが」

帰蝶は表情をひきしめた。

「そなたの縁者と聞いたが、ただの女子とはおもえぬ。駿府におったのは、今川の動きを探らせるためとみた。いかが?」

「さすがは御台さま、わてが見こんだだけのことはございます」

「四年前、そなたらは殿に綸旨《りんじ》をとどけてよろこばせた。が、同時に諸国がどうなっているか調べることにした。殿でのうても人はいる。これぞとおもう武将が見つかれば、そちらに乗り換えればよい」

「商人いうもんは価値のある品を安う買《こ》うて高《たこ》う売るのが仕事どす。そのためにはあっちもこっちも見ておかななりまへん」

宗継はあたりまえの顔で答えた。むろん、諸国の動静をいかにして知るかは、武家にとっても頭を悩ませるところだ。織田家でも、雲水《うんすい》や商人に身をやつした忍びに他国の内情を探らせている。

「うつぎが京へ帰らぬのは、ちょうどよい、今度は織田を探らせようとの魂胆《こんたん》か」

「まァ、それもないとは申しまへんけど、うつぎを清洲においてますのんは、わての身勝手にて」

「そなたの……勝手？」

「御台さまのおそばにだれぞおらな、いざというとき、お助けできしまへん」

宗継はさらりといった。綸旨をとどけるほどに信長を買っていながら、一方では「いざというとき」の手筈まで考えている。それが商人の周到さというものか。

「わては御台さまに惚れてまっさかい」

「ようもまァぬけぬけと……」

「惚れた品しか、わてはあつかいまへん。それさえ肝に銘じておましたら、損はさせしまへんさかい」

うつぎをよろしゅう……と頭を下げられて、帰蝶は一も二もなくうなずいている。

宗継と話しているのは楽しかった。気宇壮大《きうそうだい》のようでいて地に足がついているし、したたかなようでいて情が細《こま》やかだ。なにより一事に凝り固まらず、なんでも見よう聞こう知ろうとする貪欲《どんよく》さと、濁《にご》りのない平明《へいめい》なまなざしに、帰蝶は好感を抱いた。父道三の先祖は商人だったというから、自分にも商人の血が流れているのかもしれない。

実際、宗継と話しているときは、信長といるときとちがって、びくびくすることも、その怯えをかくすためにことさら気丈にふるまうことも、それがために緊張で体中がガチガチになることもない。のびやかな童女のころにもどったような心地がする。

帰蝶は道三や小見の方と暮らした幼い日々の思い出を語った。帰蝶にせがまれて、宗継も自身の生《お》い立ちを語る。それからは京の話になり、朝廷をとりまく人々の話題に移っていった。

四方山話《よもやまばなし》に興じていると、埴原加賀守の妻女が、菓子を盛った高坏《たかつき》や湯飲《ゆのみ》をのせた盆をかかげた侍女をひきつれて挨拶にきた。

妻女は帰蝶よりふたつみっつ若いと聞くが、むしろ年上に見えた。乙殿と三人の娘を産んだ今は少しやつれ、人目をひく美貌が翳《かげ》りをおびている。なにか気がかりでもあるのかもしれない。

「かようにむさくるしいところへお越しいただき、恐悦至極《きょうえつしごく》に存じまする」

妻女は平伏して挨拶をした。帰蝶に訊かれ、駒《こま》、と自分の名を告げる。

「乙殿の母御《ははご》か。乙殿には子らの遊び相手をつとめてもろうて大助かりじゃ」

帰蝶は親しみをこめていった。が、駒は目をあげようとしない。

「不肖の親にて、御台さまの御目には適《かな》いますまいが、なにとぞご寛恕《かんじょ》くださいませ」

「寛恕することなどなにもない」

「ご無礼の段、幾重《いくえ》にもお詫《わ》び申しあげます」

「異《い》な事を申す。無礼など……おう、そうか、いつぞやの徳姫のことなれば、姫が勝手について参ったのじゃ。乙殿のせいではない」

帰蝶がいうと、駒はおどろいたように目をあげた。帰蝶の視線がとらえたその眸《ひとみ》には、困惑したような色が浮かんでいる。

「なんぞ……」

「い、いえ。どうぞ、ごゆるりとなされてくださいませ」

駒は立入にも挨拶をした。とおもうや、侍女たちが高坏を置くのを待たずにそそくさと退出してしまった。

帰蝶は首をかしげる。

「加賀守のご妻女は、わらわが気に入らぬようじゃ」

一同が出てゆくのを待ってつぶやくと、今度は立入が探るような目をむけてきた。

「さようなことは断じてございまへん」

「なれど、迷惑そうじゃった」

「まことになにもご存じない……これはおどろいた」

立入はおどけた仕草《しぐさ》で自分のおでこを叩く。

「どういうことじゃ」

「いやいや、とうに存じておられるものと……」

「なんじゃ。なにを存じておるというのじゃ」

立入はしばしためらったものの、「今の御台さまなればかくすこともございまへん」と独《ひと》り言《ごと》をいってから、

「お駒はんは恐縮していやはったんどす」

と、目くばせをした。

「なにゆえ、お駒がわらわに恐縮するのじゃ」

「乙殿が、上総介さまの、御胤《おたね》ゆえ」

あッと帰蝶は目をみはる。

「川中島《かわなかじま》合戦があった年だと聞いておます。上総介さまは家督を継いだばかり。美濃から鳴り物入りで輿入れされた御台さまはまだお若《わこ》うて、しかも岳父《がくふ》の道三さまもご健在。公《おおやけ》になってはまずいさかい、守役《もりやく》の平手さまが秘かに手を打って、お腹《なか》の大きゅうなったお駒はんを埴原家に下げわたしたそうどす。というても、加賀守さまは大喜びでお駒はんを娶《めと》らはったそうどっさかい、お駒はんもお幸せにならはったんやおまへんか」

帰蝶は声を失っていた。信長が自分以外の女に手をつけて子を孕ませるのはよくあることで、今さらおどろきはしない。とはいえ、あの乙殿が信長の実子で、その生母が城の御門にほど近い埴原家の当主夫人になっていようとは……。

「そなたはなにゆえ知っておるのじゃ」

「加賀守さまからうかがいました。せやけど、わての父も平手さまから聞いたというておました。清洲やったら知ってはるお人がぎょうさんいてはるんやおまへんか。知らんのんは御館の奥深くお暮らしの女子衆《おなごし》だけで……」

自分だけが知らず、皆が知っている。たえがたい屈辱《くつじょく》ではあったが、たしかに、当時の自分は今ほど寛容《かんよう》ではなかった。駒母子の存在を知ったら、冷静ではいられなかったかもしれない。

「そなたのほうが織田家の内情に通じておるようじゃ。気に入らぬがいたしかたない」

　帰蝶は動悸《どうき》を鎮めた。

「お駒のことは、聞いておいてよかった。なんであれ、知らぬままでいるより知っておるほうがよいゆえの」

　今さら信長を責めるつもりはない。もとより、責められる相手ではなかった。

「立入どの。礼をいいます。これからも遠慮は無用じゃ、なんでも教えておくれ」

「はいはい。ほんなら、御台さまのためにも織田家を探らなあきまへんなァ」

「それもおかしな話なれど……」

　二人は顔を見合わせる。どちらからともなく、忍び笑いをもらしていた。

三　一日千秋（三十三歳）

永禄十年（一五六七）十一月――岐阜城　山麓の館

　やわらかな冬の陽射しが水底《みなぞこ》まであますところなく照らしだしている。この池をつくらせた者はよほど疑り深いのか、隅々《すみずみ》まで見えていないと気がすまないらしい。しかも白砂を敷きつめているので、緋《ひ》、黄金、漆黒《しっこく》、錦《にしき》……泳ぎまわる魚の姿があざやかに浮かびあがって、色の乱舞《らんぶ》はこの世のものとはおもえぬほど美しく禍々《まがまが》しい。

「姉上。やはりここにおられましたか」

　新五に声をかけられて、帰蝶は顔をあげた。

「参っておったか。加治田《かじた》はどうじゃ」

「つつがのう、治めておりまする」

　帰蝶の同母弟の斎藤新五利治は、一昨年《おととし》の関《せき》・加治田合戦の果敢《かかん》な働きにより美濃の佐藤忠能《さとうただよし》の養子に迎えられた。今では加治田城主となっている。

とはいえ、新五のいちばんの役目が帰蝶母子を守ることであるのは変わらない。こうしてときおり様子を見にやってくる。

一方の帰蝶は、暇《ひま》さえあれば、そして天気さえよければ、丸石を敷きつめた池の畔《ほとり》にたたずんで魚をながめていた。

「ごらん。池の底の白砂は長良川の砂洲《さす》から選《え》り分けたそうな。手間をおもうただけで気が遠くなりそうじゃ」

「手前はまばゆうて目が痛《いと》うございます」

「のう新五。わらわはこの地で育った。なつかしゅうて恋しゅうて早《はよ》う帰りたいとねがっていた。が、こうして帰ってみるとなぜか見知らぬ土地のような気がする」

「それは殿が新たな城を築《きず》かれたため……しかも、呼び名まで変えてしまわれたゆえにございましょう」

信長は八月に美濃を攻め、帰蝶や新五の異母兄でありながら実父の斎藤道三を討って稲葉山城の城主となった斎藤義龍の嫡子、龍興を追放した。かねてから道三との約束だと宣言して美濃を奪いかえし、手中におさめたのである。

といっても、この戦乱でのこったのは金華山の頂《いただき》にある戦城だけだ。山麓《さんろく》の館は戦火で焼けてしまったので、信長は斎藤一族が築いた礎《いしずえ》の上に、意匠《いしょう》を凝らした館を建てた。四階建ての館、館をとりまく巨石の壁、この白砂の池まで、すべてが信長の好みを反映している。さらに信長は、井之口《いのくち》と呼ばれていたこの地を、周《しゅう》の文王《ぶんおう》が岐山《きざん》より起こり天下を定めたという故事《こじ》にちなんで岐阜《ぎふ》、城も岐阜城と改名した。

「わらわがいうたのはそのことではない。ここはあまりに……なんというか、そう、作為《さくい》がすぎて温かみがない。昔はもっと……いや、昔を偲《しの》んだとてせんなきこと」

「殿は昔話がお嫌いのようで……」

「なつかしむ思い出がないそうな。親兄弟に疎《うと》まれて育ったとか。それゆえ新奇なものにしか関心を示されぬのじゃ」

「住まいや道具なれば新奇もようござりまするが……」

新五は眉をひそめた。弟がいいたいことは訊かなくてもわかる。信長はとりたてて好色ではないし、色香《いろか》に溺《おぼ》れて女漁《おんなあさ》りをすることもない。だがむろん、女嫌いではなかった。厄介なことに、深く考えもせず衝動《しょうどう》にまかせて手を出してしまう癖《へき》がある。名も聞かずじまいのたわむれもしばしばあって、たった一度の契《ちぎ》りで子を宿してしまった侍女に泣きつかれ、帰蝶が後始末をした……などということも一度や二度ではなかった。

十年前なら動揺したことも、今はもう平静でいられる。

「吉乃どのが亡《の》うなられてお寂《さび》しいのじゃ。それゆえ、つい羽目《はめ》をはずしとうなられるのやもしれぬ」

吉乃は生駒家の出もどり女で、信長に見初《みそ》められて茶筅丸と五徳姫という二児を産んだ。が、産後は病《やまい》がちで、兄妹《きょうだい》は帰蝶の手で育てられている。

そもそも生駒家は信長の財政的な後ろ盾でもあったから、吉乃もただの側妾《そばめ》たちとは別格だった。信長は小牧山城を築いて住まわせていたが、昨年の五月、看病の甲斐もなく死去してしまった。

「それにしても次から次へとようもまァ……。あろうことか、こたびは山上《やまがみ》城主の奥方までわがものにしてしまわれたとか」

「お鍋《なべ》のことなら、こみいった事情があるのじゃ」

お鍋は近江国《おうみのくに》小田《おだ》城主、高畠《たかばたけ》氏の娘で、湖東の豪族《ごうぞく》である小倉《おぐら》氏の妻になっていた。ところが六角《ろっかく》氏に攻められて夫を失い、二人の息子まで蒲生《がもう》氏の日野《ひの》城へ人質にとられてしまった。お鍋は、かつて夫が信長を助けたことがあるという話をおもいだして、女の身で岐阜城へのりこみ、信長に息子たちの救済をねがい出た。

望みは叶えられた。そればかりか、信長はお鍋が気に入り、岐阜城へ留まるよう命じたのである。

「肝のすわった女子よ。末頼《たの》もしき男子を産んでくれるやもしれぬ」

「姉上はよいのでござりますか。その女子が殿のお子を宿しても……」

「むろんじゃ。織田家安寧のため、奇妙丸のためにも、子は多いほうがよい。実はお鍋のことは、いかにはからうがよいかと殿より相談された。それゆえいうたのじゃ、助けておあげなされ、さすればお鍋の二児は命を賭《と》して働く忠臣となりましょう……と。もしお気に召《め》されたのなら、お鍋にも情けをかけておやりなされませ……とも」

お鍋をまずは自分の侍女にする。織田家の奥むきのことを教え、信長が所望すれば寝所へ送りこむ。

新五は目を丸くした。

「なにもそこまで……」

「いや、お鍋は信頼できる女子じゃ。この乱世、男も女もない。いざというとき命がけで働いてくれる家臣をいかにあつめるか。殿は優《すぐ》れた才をおもちなれど、人あしらいばかりは不得手《ふえて》のようゆえ」

だからこそ、信長のためにも自分のためにも、お鍋のように聡明で忠実で肝のすわった側近を手なずけておく必要があるのだと帰蝶は真顔で説明した。

「変わられましたな。姉上こそ、肝がすわってきたような」

「そうではない。わらわも三十三、いちいち焼き餅などやいてはおれぬ。それにのう新五、見えてきたのじゃ。くっきりと、あざやかに、乱世のことが……」

帰蝶は池に視線をもどした。

織田家に嫁いだばかりのころは、濁った水の下でなにが泳いでいるかわからなかった。十八年がたった今は、白砂を敷きつめた池の底までよく見える。黄金の鱗《うろこ》をきらめかせる鯉《こい》のまわりを他の魚たちがどのように泳ぎまわっているか、その微細な動きまでも。

新五も帰蝶の視線を追いかけた。何度も目にしていながらはじめて見るもののように息を呑んだのは、見えすぎることに不安を感じたのか。それが証拠に、新五のこめかみがひきつっている。

「そういえば新五、わらわになんぞ用があったのではないか」

「あ、はい、さようにござりました。兄者が話しておったのを耳にしましたので、姉上にもお知らせしておこうかと……」

勅使《ちよくし》がくると聞いて、帰蝶はぱっと目をかがやかせた。

「もしや、ご一行のなかに立入どのも……」

「むろんおられるはずにござります。今や父兄の跡を継いで押しも押されもせぬ立入家のご当主、御倉職のほうもとどこおりのうつとめ、帝の御《おん》覚えもいや増しておる由。とりわけ一昨年の凶事《きようじ》があってからは、都も戦々恐々《せんせんきようきよう》としておりますゆえ

「……」

「ほんに、すさまじき噂ばかりじゃ」

「こたびこそ、われらも手をこまぬいてはいられませぬ」

一昨年、都では、三好義継と松永久秀が将軍足利義輝を弑逆《しいぎゃく》するという禍々《まがまが》しい事件が起こった。三好衆・松永衆の暴虐《ぼうぎゃく》ぶりはとどまるところを知らず、都人《みやこびと》は怯えきっている。十年ほど前から全国各地の名だたる武将の動静に耳目をそばだて、これぞとおもった武将とよしみを通じて危急の際の布石《ふせき》を打ってきた朝廷は、ここへきていよいよ信長の力にすがろうと肚を決めたようだ。神道家の吉田兼右の進言で結成された——道家尾張守、磯谷久次、立入宗継、さらには万里小路惟房や内裏の上臈《じょうろう》、局《つぼね》までをまきこんだ——いわば信長びいきを自認する一党の真価が今こそ問われるときがきたのである。

「いつ、おみえになるのじゃ」

「数日のうちには」

「お泊まりはいずこへ」

「こたびは夕庵さまのお屋敷とか」

「おう、夕庵どのもおいでか」

「夕庵さまは今や織田家のご右筆《ゆうひつ》、こたびは正々堂々とお逢いになれます」

道三、義龍、龍興と斎藤家三代に仕え、龍興の追放でまたもや主を失った武井夕庵は、斎藤玄蕃助のとりなしで織田家に召し抱えられた。何度主を替えようとも、美濃人として朝廷との絆を堅固なものにすることだけに心血をそそいできた博学の武将を、非難する者はいない。

帰蝶は笑顔になった。

「夕庵どのに伝えておくれ。十年以上も会《お》うておらぬ。お顔を見るのが待ち遠しいと」

「申し伝えましょう」

「このまえ立入どのに逢《お》うたは小牧山城築城の前年、うつぎが駿府から逃げてきた年じゃったゆえ……五年前か」

うつぎは宗継の縁者で、公家一行と共に駿府へおもむき、一行が帰京したのちも五年間、彼《か》の地に留まっていた。実は今川の内情を探っていたらしい。桶狭間合戦で今川が織田に敗れたのちは、身の危険を感じて清洲へ逃れてきた。これも宗継の采配《さいはい》によるもので、そのまま織田家に仕えて帰蝶を守っていたが、今は五徳姫の侍女となって岡崎城で暮らしている。

そう。五徳はこの五月に徳川へ嫁いだ。

今川の人質だった松平元康は、郷里の岡崎へ帰還したのち織田方へ寝返り、名を変えて徳川家康と称している。その嫡男、信康《のぶやす》の正室に迎えられたのである。手塩《てしお》にかけた娘をわずか九歳で他国へ嫁がせるのが不憫《ふびん》で、帰蝶は難色を示した。が、むろん、信長の取り決めに異を唱《とな》えるなどもっての外《ほか》。せめてうつぎを随従させることで、五徳の身辺安かれと祈るしかなかった。

「立入どのなれば、都のことだけでなく、諸国の様子もお教えくださるはず。岡崎のことなども」

「それがしも楽しみにござります。こたびは勅使ゆえ、先《せん》のようにのんびりはできぬやもしれませぬが、なんとしても姉上とお二人、余人にじゃまされずに話ができるよう算段いたしまする」

宗継が到着したら真っ先に知らせると、新五は約束をした。

二人はつれだって館へもどる。

新五と別れるや、帰蝶はお鍋を呼んでくるよう侍女に命じた。

お鍋には立入宗継の話をしておきたい。利害や損得とは無縁、といって男女の生々《なまなま》しい恋情《れんじょう》ともちがう。それでいて、名を聞いただけで胸がときめき一刻も早く逢いたくなる女心を、聡明なお鍋ならわかってくれそうな気がした。

――朋《とも》あり、遠方よりきたる。

宗継は四十近くになるはずだ。朝廷の御倉職をつとめる豪商なら、今や貫禄《かんろく》たっぷりにちがいない。福々《ふくぶく》しく変貌《へんぼう》した宗継の顔を想像して、帰蝶は口元をほころばせた。

数日後――――――岐阜 崇福寺

「御台さまの朋輩《ほうばい》にしていただけるとは光栄至極《こうえいしごく》、といいたいとこやけど、朋輩ではちと物足りのうおます」

立入宗継は冗談とも本気ともつかぬ顔でいった。福々しいどころか研《と》ぎ澄まされて、ますます精悍になったようだ。物言いだけは相変わらずひょうげている。

「物足りぬ……」

帰蝶は首をかしげた。

「はい。わては一日千秋《いちじつせんしゅう》のおもいでこの日を待ちわびてございました。ただもう御台さまのお顔が見たい、いうのんは、朋輩というより……」

「立入どの。岐阜城の主はたわむれ事がお嫌いじゃ。御首《みぐし》ともども京へ帰りたいなら、めったなことはいわぬがよい」

「首がとぶのを恐れていては、商人はつとまりまへん」

二人は崇福寺《そうふくじ》にきていた。といってもつれだって訪れたわけではない。立入宗継は、美濃と切っても切れない武将で今は織田家の家臣となっている武井夕庵に案内されて。帰蝶は玄蕃助と新五の斎藤兄弟と参詣《さんけい》に。表向きは偶然に出会ったふうをよそおっている。

崇福寺は、岐阜城とは長良川をはさんで対岸の西方にある、臨済宗《りんざいしゅう》妙心寺《みょうしんじ》派の寺である。斎藤氏ゆかりの寺で、帰蝶には幼いころからのなじみだった。

美濃を制圧して岐阜城へ入った信長は、この寺を織田家の菩提寺と定めた。寺の元僧侶で還俗《げんぞく》して斎藤家の武将となっていた稲葉《いなば》一鉄《いってつ》が美濃攻略の際に織田へ内通、織田方の勝利と美濃衆の寝返りに大いに貢献《こうけん》したことも、信長が崇福寺をひきたてた一因である。

川風は冷たいが空は晴れわたって、十一月とはおもえぬほど心地よい午後のひととき、帰蝶と宗継は境内《けいだい》をそぞろ歩いていた。

「そうそう、五徳姫さまはあんじょう暮らしてはるようで……」

「うつぎから文《ふみ》があったのか」

「はい。岡崎城下は聞きしにまさる鄙《ひな》びたところ。食べるもの着るものすべてが質素で、辛いとこぼされることもおありのようで……」

「女子は嫁がねばならぬ。見知らぬ土地へ嫁ぎ、はるかな郷里を偲ぶ。なれど郷里とは偲ぶためのもの。まことの郷里など、もはやどこにもない」

帰蝶はため息をつく。自分が恋い焦《こ》がれた郷里は岐阜にはなかった。おなじ金華山の麓へもどってきたものの、道三に守られ、小見の方に抱かれ、なんのくったくもなく笑いさざめいていたあの郷里はもう、どこかへ消えている。

「ほんまやなァ……」と、宗継もうなずいた。

「せやけど住めば都、地獄も住処《すみか》、といいまっさかい」

「徳姫も郷里など忘れ、婚家になじんでほしいものじゃ」

「徳川では織田のお姫はんを下へもおかぬほど大切にしてはります」

「今川方の姑《しゅうとめ》はどうじゃ」

「心配はいりまへん。築山《つきやま》とやらいう城外にお住まいやそうで。徳川さまのお母はんいうのがそれはでけたお人で、何事にも目を光らせておるそうでっさかい」

「於大《おだい》どのじゃな。刈谷《かりや》城主、水野信元《みずののぶもと》どのの妹御《いもうとご》だそうな。徳川さまが織田の質子《ちし》になっておられたときはたいそう胸を痛め、わが子にあれこれとどけてきたものじゃ」

賢夫人《けんぷじん》と評判の高い於大が奥を仕切っているなら、五徳も安泰《あんたい》にちがいない。

五徳の夫の信康は駿府で生まれ育った。桶狭間合戦で今川義元が敗れて家康が岡崎へ帰城してしまったあとは、母や妹と共に駿府で幽閉されていた。家康は信長と清洲同盟を結んだのち、人質交換というかたちで母子を岡崎へ呼びよせている。徳川と織田が婚姻によってより強固な関係を築く——両者の取り決めは当時から進んでいたようだ。

「母は強うおますな」

「徳姫には子がさずかるよう……」

腹を痛めた子がいないことは、帰蝶のいちばんの負い目《おめ》だった。もっとも信長が次々に女を孕ませるので、帰蝶を母と呼ぶ子供はすでに七人に増えている。

「うつぎの知らせによれば夫婦仲もよいそうどっさかい、じきにお子もさずかるに相違おへん」

「気が早いこと。徳姫はまだ九つじゃ」

「四、五年などあっというま」

「おや。この五年は一日千秋と……」

「時は速《はよ》うおます。せやけど、たったひとつ、人を想うときばかりは遅々として進まぬものにて……」

「立入どのときたら、調子のよいことばかり」

帰蝶は笑みを浮かべた。

信長は失言を許さない。いつ刃《やいば》を突きつけられるか、戦々恐々としていなければならない。それに比《し》べて宗継なら身の危険を感じなくてすむ。長年、信長によりそってきて、緊張を強いられることがむしろあたりまえになっていたのに、こうして宗継と語り合っているといかにこれまで自分が無理をしていたか、帰蝶はまざまざと感じた。といって、信長の御台所《みだいどころ》であることには満足している。夫がゆるぎない力をもっているとおもえば誇らしい。

「美濃へ移ってから殿はお人が変わられたようじゃ。以前にもまして居丈高《いたけだか》で、他人の言葉には耳を貸されぬ」

「天下布武《てんかふぶ》をかかげられましたんや、もうあともどりはでけしまへん」

信長は禅僧の沢彦宗恩《たくげんそうおん》の助言をえて、岐阜への改名と同時に「天下布武」の印文《いんぶん》も選ばせている。永禄元年（一五五八）に吉田兼右の進言をうけ、宗継をはじめとする信長びいきの一党が清洲を訪れて帝の綸旨をもたらしたときから、三好や松永を追い落として京にその名をとどろかせることが信長の悲願となった。一昨年、将軍足利義輝が殺害されるに至って、朝廷でも信長への期待が高まっている。今回も宗継一行は、女房奉書《にょうぼうほうしょ》や誠仁親王《さねひとしんのう》の元服費用を含む無心の目録《もくろく》とあわせて「天下仰せつけ」なる綸旨を信長にさずけたのだった。

「殿は来年、大軍をひきいて京へ上ると仰せじゃった」

「早くも兵が続々とあつまってはるそうで……」

「美濃衆の大半は織田についた。威勢はゆるぎない」

「ほんならお手並み拝見と参りまひょう」

心魅かれあう二人とはいえ、片や城主の妻女、片や商人にして朝廷の御倉職、最後は政の話にならざるをえない。未練をのこしつつ庫裏《くり》へもどると、夕庵や斎藤兄弟の他にもう一人、壮年の武士が待ちかまえていた。

「姫さま。お久しゅうございまする」

帰蝶を見るや、武士は両手をついた。大柄で気品のある顔貌《がんぼう》、目つきだけが鋭《するど》い男を見て、帰蝶は首をかしげる。御台さまでも御方さまでもなく「姫さま」と呼ぶ男に心当たりはなかった。

「お忘れにござりますか」

男は夕庵に困惑した目をむける。

「明智十兵衛尉《じゅうべえのじょう》どのにござるよ。長山城にお住まいのころ、稲葉山城に小見の方さまを訪ねたことがおありだそうでの」

夕庵に教えられて、帰蝶はあッと声をあげた。顔までは覚えていなかったが、そんなことがあったのは記憶している。

玄蕃助と新五に目をやると、二人もそろってうなずいた。男子同士なら槍の手合わせのまね事などもしたことがあるにちがいない。帰蝶が宗継と境内を散策しているあいだに、旧交を温めていたのだろう。

「姫さまは童女にあられたゆえ、覚えておられぬのも道理じゃ。それにしても、あのお転婆《てんば》な姫さまが岐阜城主の御台さまとは……今のお姿をごらんになられたら、亡きお父上お母上もさぞやおよろこびになられよう」

「そうじゃ、おもいだした。たしか長山城落城のおりに和泉国へ逃れたと聞いたが……」

「いかにも。今は和泉国の守護大名、細川さまの家臣にて」

光秀はかすかに眉をひそめた。

「さはあれど都は目にあまるありさま……それがしは朝廷の御為《おんため》に働いてござる」

「十兵衛尉どのは殿に相談がおありとかで、京よりお越しになられたのじゃ」

夕庵がまた説明をくわえる。

「殿はお留守の由。夕庵さまが京のお客人と崇福寺へお出かけとうかごうたゆえ、それがしも押しかけてもうた。この寺にはそれがしもよう詣でた。なつかしゅうてのう。ご住職の快川国師《かいせんこくし》にはたいそう世話になったものじゃ」

「快川国師さまは先おととし、甲斐の武田に招かれて恵林寺《えりんじ》のご住職になられたそうな。わらわもお会いできるかとたのしみにしておったのじゃが……」

「国師の消息は立入どのよりうかごうてござる」

「されば十兵衛尉どのも立入どのをご存じなのじゃな」

時をおなじくして、いずれも京から信長に会いにきた。帝の勅使と朝廷の為に働く男なら示しあわせてやってきたとも考えられる。

光秀が返事をするより早く、立入宗継が口をはさんだ。

「細川兵部大輔《ひょうぶのたいふ》さまは風流人にて、茶の湯や連歌、聴香《ちょうこう》など、ようごいっしょしてございます。禁裏にもお越しになられまっさかい……」

「主の縁にて、それがしも立入家にはたびたびうかごうてござる」

光秀もつづける。

帰蝶はふっと岐阜城御館の池をおもった。水面下で忙《せわ》しげに動く魚の群れは、ほんとうはなにか特別な意図があって黄金の鯉のまわりを泳いでいるのかもしれない。あの池同様、信長にはすべてが見えているのではないか。

「されば十兵衛尉どのも、立入どのにご妻女を見つけてもろうたのではないか」

生真面目《きまじめ》を絵に描いたような光秀をちょっとからかってみたくなって、帰蝶はいってみた。立入家には諸国の武将がつどい、そこから結ばれた縁組も数多いと聞いている。現に帰蝶と信長の婚姻がそうだった。

光秀はあくまで生真面目な顔をくずさなかった。

「それがしの妻は、浪々《ろうろう》の身となる以前に娶った古女房にござる。しかし立入どののお口添えがのうては、公家衆と親しゅうなることも叶わなんだ。そもそも細川家との縁も立入どのの根まわしのおかげ」

「いやいや、それをいうなら夕庵さまのご尽力《じんりょく》どす」

宗継が謙遜《けんそん》する。

「なに、都ではこのお二方ぬきには事が運ばぬ。のう、兄者……」

「いかにも。わが殿はまたとない援軍をふたつながら手にいれられた。夕庵さまと立入どのがそろうたら怖《こわ》いものなしじゃ」

玄蕃助や新五もくわわって、男たちはひとしきり都の政情や諸国の武将の噂話に花を咲かせた。じっと耳をかたむけながら、帰蝶の視線は宗継と光秀のあいだを行き来している。武士のごとく精悍な顔つきをした商人と、目つきこそ鋭いものの公家のように駘蕩《たいとう》とした雰囲気《ふんいき》をまとった武士――帰蝶の目には、いずれも一筋縄《ひとすじなわ》ではいかぬ曲者《くせもの》に見える。そこがまた好奇心をかきたてた。

「十兵衛尉どの。ゆるりと逗留《とうりゅう》なされよ。わらわもそなたと亡き両親の思い出話がしたい。長山城を落ちのびてからの話も聞かせておくれ」

「かしこまってござる」

「立入どの。都の粋人《すいじん》に見せたきものがある。夕庵どのと共に御館へ参られよ」

「はて、なんやろ。茶器におますか」

「さにあらず。動くものじゃ。色鮮やかに、自在気ままに、白砂の上を泳ぎまわる」

けげんな顔をしている宗継、光秀、夕庵をのこして帰蝶は帰路につく。城へ帰りつくまでに、玄蕃助と新五から光秀訪問の目的を聞きだしていた。

足利義輝将軍が弑逆されて、都は大混乱に陥《おちい》っている。朝廷は帝の綸旨をもって信長に上洛をうながした。それを知った上で、光秀は主の細川藤孝と諮《はか》り、元凶《げんきよう》である三好や松永の軍勢を打ち負かして義輝の弟である義昭《よしあき》を将軍に立てるよう、信長に後援をたのみにきたのだという。

「足利義昭……聞かぬの」

「還俗されたばかりとか」

「殿は承諾されようか」

「上洛の噂を聞きつけて軍勢が続々とあつまっておるのじゃ。するもしないもなかろうよ」

「されば兄上、殿は足利将軍を立てて天下布武を?」

「さよう。美濃の次は都だ」

玄蕃助は拳《こぶし》を突きあげた。が、新五は首をかしげる。

「さように容易《たやす》くはゆきませぬ。上杉、武田、朝倉《あさくら》、毛利《もうり》、長宗我部《ちようそかべ》……いずこも虎視眈々《こしたんたん》と都をにらんでおりましょう」

「新五。おぬしはどうも弱気でいかんな。綸旨を賜《たまわ》ったは殿じゃ。これよりは進軍あるのみ」

帰蝶は足を止めて、都へつづく空をながめた。

ふと目眩《めまい》をおぼえたのは、大地が大きく動こうとしている――その胎動《たいどう》をいち早く感じたからかもしれない。

同年　年の瀬――岐阜城　山麓の館

年も押しつまった一日、帰蝶はお鍋と正月用の装束《しょうぞく》を選んでいた。家人だれもが時と場所にふさわしいいでたちをするように心をくばるのが、御台所の役目である。

「お鍋。そなたは小倉賢治《かたはる》とやら申す山上城主の妻女だったと聞いたが、山上城とはいずこにあるのじゃ」

帰蝶は膝元に広げた着物に目をやったまままたずねた。

「琵琶湖《びわこ》から東へ、一里《り》（約四キロメートル）まではゆかぬあたり、鈴鹿《すずか》山脈へさしかかる手前の高台にございます。山脈の峡谷《きょうこく》から湖へそそぎこむ愛知川《えちがわ》が城のかたわらを流れております。八風街道《はっぷうかいどう》と千種《ちぐさ》街道の合流点でもあり、商人でにぎわう宿場でもあって……」

なれど……と、お鍋はつづける。

「わたくしは山上より郷里がなつかしゅうございます」

「女子はだれもおなじじゃ。そなたの郷里、高畠は琵琶湖の畔じゃったの」

「はい。琵琶湖の東岸に八幡山《はちまんやま》があり、その麓を通って日野川《ひのがわ》が湖へそそぎこんでおります。この山と川にほど近いところに、土塁《どるい》と堀にかこまれた小田城がございます。わたくしはそこで生まれ育ちました。小田城は城というのもおこがましい粗末な館、城下と呼べるほどのものもありませぬが、景色《けしき》の美しさといったら……きらめく湖水のかなたには京の都、夕暮れどきは湖面が黄金色に染《そ》まってこの世の光景ともおもえませせぬ」

お鍋は感きわまったように吐息をもらした。夕景の美しさは、帰蝶もこの美濃での幼い日々の記憶に鮮明に刻《きざ》まれている。

「そなたの生国《しょうごく》から、京の都が見えるのか」

「いえ、見えはしませせぬ。が、湖をわたる風が華やいだ気配をはこんで参ります。なにより淡海《おうみ》とも呼ばれる琵琶湖の広大さときたら……胸が晴れ晴れとして、四肢《しし》は伸びやかになり、活《い》き活きと、命までよみがえる心地がいたします」

お鍋が熱心に語るので、帰蝶はついいわずもがなのことをいってしまった。

「さほどに恋い焦がれる郷里なれば、殿にねごうて城を築いてもろうてはどうじゃ。そなたのたってのねがいとあらば叶えてくださるやもしれぬ」

お鍋は目をみはる。

「めっそうもございませぬ。わたくしごとき者に……」

そういいながらも、お鍋は鳩尾《みぞおち》で両手を合わせた。戦で夫を奪われ、質子《ちし》にされた息子たちを救うため信長に身をまかせた女にとって、郷里へのおもいは唯一《ゆいいつ》の心のよりどころにちがいない。

「殿も、琵琶湖こそ水運の要、これを手中におさめることが天下布武への第一歩と仰せられました。琵琶湖を見下ろす山頂に城を築けば……」

「殿は新しもの好き、とどまるところを知らぬお人じゃ。美濃をわがものにしたとおもえばもう次の城か。あわただしいことよ」

「いえ、殿はただ、御台さまに琵琶湖をお見せしたいのでしょう。そうそう、年が明けたら成菩提院《じょうぼだいいん》へごいっしょに詣でる由、心待ちにしておられました」

帰蝶の言葉にかすかな苛立《いらだ》ちを感じとったのか、お鍋は話題を変えた。

成菩提院は最澄開基《さいちょうかいき》の古刹《こさつ》で、美濃と近江の国境の柏原《かしわばら》にある。中山道《なかせんどう》沿いにあるので、出陣の際は信長の宿所にもなっていた。

参詣の話は帰蝶も聞いている。信長は参詣のついでに琵琶湖まで足をのばそうというのか。

「どうせなら京の都を見たいものじゃ」

帰蝶がつぶやいたときだ。悲鳴が聞こえた。

「何事じゃ」

「聞いて参ります」

お鍋は出てゆく。いくらもしないでもどってきた。

「池の、鯉が、死にましたそうにございます」

一匹ではない。四、五匹がいちどきに死んだ。しかもおなじように腹を上にしてひとところに浮きあがっていたというから、おなじ餌《えさ》を食べた魚が被害にあったのだろう。さらなる大問題は、そのなかに信長がとりわけ大切にしていた黄金の鯉がいたことだ。

「妙なことがあるものにございます。腐《くさ》った餌でもまざっていたのか」

「でなければ、だれかが毒を投げこんだか」

「御台さまッ」

「ほかには考えられぬ」

信長はこの日、山麓の御館ではなく山頂の戦城にいた。もし御館にいたら、即座《そくざ》に駆けつけ、怒りにまかせて鯉の飼育係を斬《き》りすてていたにちがいない。

「殿がお留守でようございました」

「かくしてはおけぬ。殿のお耳に入ればどうなるか」

二人は顔を見合わせた。どちらも青ざめている。

「だれが毒を投じたにせよ、咎められるのは飼育係じゃ」

「飼育係は佐兵衛《さへえ》とやら申す足軽《あしがる》。なれど、みすみす自分の仕業《しわざ》とわかることをするはずがございませぬ。もとより質朴《しつぼく》で忠義一途《いちず》の男だそうで……戦場で殿の楯《たて》となって射《い》ぬかれ、大怪我《おおけが》をしたそうです。一命はとりとめたもののもはや戦場では働けぬ、それゆえ鯉の飼育係にとりたてられたと聞いております」

「だとしても、殿は弁明にもとりなしにも耳を貸さぬ。いったん逆上したら冷静な判断など決してされぬお人ゆえ」

帰蝶の眼裏《まなうら》に、血の池に浮かぶ男の骸《むくろ》が見えた。

「お鍋。ぐずぐずしてはおれぬ。佐兵衛をここへ」

「ここへ？　奥へつれて参るのでございますか」

「わらわが詮議《せんぎ》するといえ。殿がもどられるまで、奥へ捕らえておくと。さァ、いいから早《はよ》う」

鯉の一件がおもてへ広がらぬよう、よくよくいいふくめてお鍋を送りだす。帰蝶は侍女に文箱《ふばこ》と料紙《りょうし》を用意させて、あわただしく文を認《したた》めた。

ほどなく、お鍋に伴われて佐兵衛がやってきた。大事を知らされて以来、生きた心地もしなかったのだろう。たとえ歳がいくつであったとしても、うちひしがれて生気の失せた顔は老人のように見《う》えた。

「佐兵衛か、近《ちこ》う」

「御台さま。わしはなにもしとりませぬ。お殿さまの鯉に、どうしてこのわしが……」

「だまってわらわの話を聞くのじゃ。おまえのせいではないとしても、鯉は死んだ。殿の前でいいわけは通じぬ。おまえの命はないも同然」

怒《いか》れる信長にとって、佐兵衛が池に毒の餌を投じたかどうかは問題ではない。佐兵衛か、でなければ別のだれかを下手人《げしゅにん》に仕立てて血祭りにあげなければ、信長の怒りはおさまらない。

「今すぐ、逃げよ」

佐兵衛はしゃっくりをした。

「逃げれば、無実の罪をみとめたことに……」

「だれになんとおもわれてもよいと肚をくくるのじゃ。死んではなにもならぬ」

「お言葉なれど御台さま、それでは面目《めんぼく》がたちませせぬ。無実を訴えて成敗されたほうがまだましと申すもの」

「無実を訴えられればよい。なれど、おそらく、殿はおまえが声を発する間もなく成敗なさるはずじゃ。周囲の者も、とばっちりを恐れるがゆえに、おまえを罪人とみとめざるをえなくなる」

「しかし……」

「真の下手人がだれか、おまえを怨《うら》む者がいるかいないか、今はさようなことを論じているときではない。殿は山の上、鯉が死んだというだけで急使は出さぬ。明日、山を下りるまでに逃げのびるのじゃ」

「いまだ怪我の癒《い》えぬ身、とうてい無理にございます。なればいっそ自害を」

「女房子供がおるのではないか。おまえの自害だけではすまぬやもしれぬ」

帰蝶の言葉に佐兵衛は息を呑んだ。うッと呻《うめ》いて平伏すると、烈しく肩をふるわせる。

「よいか。わらわのいうとおりにするのじゃ。裏道をぬけて武井夕庵どのの屋敷へゆけ。お鍋がおまえの女房子供をつれてゆく。夕庵どのにこの文をわたせば、おまえたちを京へ逃《のが》してくださるはずじゃ」

夕庵は美濃と京を往復している。土地鑑《かん》も人脈もある。たとえ信長にうたがわれても煙にまくだけの泰然自若《たいぜんじじゃく》とした落ち着きと、権勢者にも屈しない豪胆《ごうたん》さをもちあわせていた。

「立入どのにも文を書いた。立入どのは京の豪商。いざとなれば南蛮、唐天竺へも逃してくれよう。わらわには借りもあるゆえ……」

帰蝶はうつぎを助けた。今度は宗継の番だ。宗継は必ずや力になってくれるはずである。

「一刻《いっこく》も無駄にできぬ。佐兵衛、夕庵どのの屋敷までは己の足でゆかねばならぬ。だれぞに咎められたら、この文をとどけるところだというのじゃ」

「御台さま……」

「さ、早《はよ》う。お鍋、裏口まで共にゆけ」

「承知つかまつりました。佐兵衛どの、参りましょう」

周到に謀《はか》ったつもりでも、しくじるかもしれない。信長に見やぶられ、佐兵衛ばかりか夕庵にもお咎めがあるかもしれないし、帰蝶自身が成敗される心配もあった。なんのかかわりもない足軽一人のために——。

十人中九人がしりごみするにちがいない。が、帰蝶に迷いはなかった。どんなに信長が恐ろしくても、見すごしにはできぬことがある。

それにしても、黄金の鯉はなぜ死んだのか。命の危険をかえりみず信長にたてつくことのできる人間が、自分以外にもいる、ということか。

美濃を手中におさめ、帝の綸旨をいただき、天下布武を宣言した信長という完全無欠な器に、眸《ひとみ》を凝らさなければ見えないほどではあるものの決してとりのぞくことのできない罅《ひび》が入ったような気がして、帰蝶はおもわず身ぶるいをした。

四　さだめ（四十二歳）

天正四年（一五七六）正月――岐阜城　山麓の館

笛《ふえ》や鼓《つづみ》の音、朗々《ろうろう》たる唄声《うたごえ》、篝火《かがりび》が燃えさかる音に衣《きぬ》ずれの音……岐阜城山麓の館の前庭にしつらえられた高殿《たかどの》では、幸若舞《こうわかまい》が披露《ひろう》されていた。信長の好む平家《へいけ》物《もの》で、ちょうど「敦盛《あつもり》」から「景清《かげきよ》」に変わったところだ。

こけら葺《ぶ》きの高殿は軍議や宴会などさまざまな目的に利用される。渡り廊下はあるものの奥の居館とは塀《へい》で仕切られていて、出入りは厳重に監視されていた。

正月の宵《よい》だ。篝火に皓々《こうこう》と照らされた高殿の内外には新年を寿《ことほ》ぐ人々がつどい、華やいだ気配につつまれていた。一方、館はひっそりとしている。こちらは威風堂々たる四階建てで、二階と三階の前廊《ぜんろう》だけがほのかに明るい。女や子供たちが居並んで、遠目《とおめ》に舞いを鑑賞しているからだ。

帰蝶はさらにその上、四階の前廊に座していた。高殿から人が館を見上げても、はるかに高く、ひとまわり小さい四階の前廊までは見えない。その前に、今や弾《だん》正《じょうのじょう》忠と呼ばれて風格を増した信長が同席している場で、不躾に館を見上げる者など、そもそもいるはずがなかった。

「まァ、かように暗いところで……御台さま、燭台《しょくだい》をおもちいたしましょうか」

背後でお竹《たけ》の声がして、帰蝶は眉をひそめた。お竹は年若い侍女である。帰蝶の部屋子《へやご》になってまだ日は浅いが、すでに信長の手がついていた。

信長が女たちを見境なく褥《しとね》へつれこむのは日常茶飯事《さはんじ》だ。帰蝶はもう毛ほども動じない。眉をひそめたのは、お竹に、ではなく、燭台と聞いたためである。

「明かりはいらぬ」

「なれば下の階で皆さまとごいっしょにごらんなされませ。こちらでは舞いが見えませぬよ」

「かまわぬ。見あきるほど見ておる。ここでよい」

とりつく島がなかった。お竹は追いたてられて退散する。

帰蝶はため息をついた。古参のお鍋なら、帰蝶の気持ちを忖度《そんたく》して、そっとしておいてくれたはずだ。帰蝶が暗がりを好むことも、人前に出るのを嫌うわけも、お鍋は承知している。

そのお鍋は今、高殿にいた。信長のかたわらにはべって、本来なら帰蝶がつとめるはずの妻の役を演じている。

今宵の宴は例年の年賀とはちがっていた。昨年十一月末に嫡男の信忠《のぶただ》（幼名・奇妙丸）が織田家の家督を相続した。その祝いと、安土城《あづちじょう》の築城がはじまる祝いを兼ねている。信忠の養母は帰蝶だから本来なら祝賀には帰蝶が出席しなければならない。だが安土城築城に関していえば、安土の近隣で生まれ育ったお鍋のほうが適任である。

安土城の築城が決まったとき、帰蝶は宣言した。

〈わらわは安土にはゆかぬ。岐阜城にて信忠の後見をする〉

美濃は生まれ故郷、愛着もひとしおである。

〈わらわのかわりにお鍋をおつれください〉

帰蝶の申し出に、信長はあっさりうなずいた。三十代の半ばに大病をしたあと人前に出たがらなくなった妻をおもいやる気持ちも多少はあったかもしれないが、美濃衆の心を掌握しておくためには、斎藤道三の娘、帰蝶が美濃に君臨《くんりん》しているほうがよい。

ただし、信長は帰蝶の気をひきたてるのも忘れなかった。

〈安土の城はこの世のものともおもえぬ豪華絢爛《ごうかけんらん》な城となる。皆、度肝《どぎも》をぬかれよう。お濃。完成したら真っ先に見に参れ〉

帰蝶をさしおいて安土へゆくことに、お鍋ははじめのうち難色を示していた。が、母が家督を継いだ息子のそばにいてやりたいとねがうのは当然だ。帰蝶が郷里《さと》の美濃をおもう気持ちにも共感したようだ。

〈そなたこそ安土どのじゃ。上さまをよろしゅうたのむぞ〉

ねんごろにたのまれて、お鍋はうなずいた。

〈御台さまのお心づかい、ありがたくうけさせていただきまする。安土はわが郷里も同然、ほんにうれしゅうございます〉

そんなわけで、築城が順調に進み仮寓《かぐう》の御殿ができれば、来月にもお鍋は信長にしたがって安土へおもむくことになっていた。かつて、生前の吉乃が小牧山城へ入ったように、地の利のある女なればこそ信長の役に立つはずである。

それはともあれ――。

帰蝶は膝をのりだして、眸《め》を凝らした。暗がりなのをよいことに両手で欄干《らんかん》をにぎりしめる。

舞いなど、どうでもよかった。ぜひとも見たいものがある。

祝賀のために京の都からも公家や豪商など多彩な客がやってきた。そのなかに立入宗継がいた。宗継は数年前に剃髪《ていはつ》して隆佐《りゅうさ》と名を改めたと聞いている。が、帰蝶の眼裏《まなうら》には、九年前、最後に逢ったときの宗継の姿がそっくりそのまま焼きついていた。

あれは、信長が美濃を制圧して岐阜城へ入った記念すべき年だった。この館をはじめ、崇福寺でも武井夕庵の屋敷でも旧交を温めた。二人きりで話したのはほんの一、二度だったが、夕庵や帰蝶の兄弟、今や惟任日向守《これとうひゅうがのかみ》と呼ばれて織田家の武将のなかでも出世頭となった明智光秀らの同席のもと、二人は、二人だけに通じる親密さを分かちあい、言葉を超えた心の対話を交《か》わしあった。

あのときはまたすぐに逢えるとおもっていた。翌永禄十一年（一五六八）に信長が上洛した際も、勅使の万里小路惟房《までのこうじこれふさ》に同道した宗継が粟田口《あわたぐち》で献上品をうけとったと聞いたので、ますます行き来がひんぱんになるものと心待ちにしていた。

ところが、信長は以後、怒濤《どとう》のごとき戦乱の渦《うず》にまきこまれた。伊勢の平定があり、越前の合戦がつづき、比叡山《ひえいざん》の焼き討ち、三好と松永の謀叛《むほん》、将軍足利義昭の挙兵、さらには近江へ出陣、長島《ながしま》の一向一揆《いっこういっき》、長篠《ながしの》の合戦……。

信長の冷酷かつ残忍なやり方に、なにもそこまで……と苦《にが》い唾《つば》を呑みこんだことも何度となくあったが、マムシの道三の娘は顔色ひとつ変えず夫を戦場へ送りだした。殺《や》るか殺られるかは紙一重《かみひとえ》、殺伐とした日々こそが現実で、都の豪商との淡い交流などいつしか胸の片隅に押しやられている。

とはいえ、この間、宗継とまったく疎遠《そえん》だったわけではない。帰蝶のもとには、相変わらず季節の折々に、京の逸品《いっぴん》が贈られてきた。あたりさわりのない文面ではあったが、文《ふみ》のやりとりもつづいている。

帰蝶は六年前に大病を患《わずら》った。

この年、信長は京から越前へ出陣、姉川《あねがわ》での勝ち戦や三好三人衆の討伐《とうばつ》を成し遂《と》げた。反面、将軍足利義昭との間に確執《かくしつ》が生じたり、刺客《しかく》に襲《おそ》われたり、本願寺《ほんがんじ》の顕如《けんにょ》に叛旗をひるがえされたり、まさに席の温まる暇もなかった。そんな最中《さなか》での病だったから、帰蝶は信長にも知らせず、ひとり生死の境をさまよった。

あとから聞いたところによれば、夕庵から帰蝶の病を知らされた宗継は、南蛮渡来の秘薬をもって駆けつけてくれたという。が、帰蝶はこのときの記憶がない。秘薬のおかげかどうか、一命をとりとめた。ところが、病は痘痕《あばた》という置き土産《みやげ》をのこした。危機を脱してからも宗継は一度ならず岐阜城へ見舞いにやってきたが、帰蝶はその都度、面会を断っている。

逢いたいけれど逢う勇気がない――。

そうこうしているうちに歳月《さいげつ》は流れ、ひとつまたひとつと歳《とし》をとってしまった。今は、逢いたいともおもわない。ただ、せめてひと目でよい、顔が見たい。それも宗継には気づかれぬように。

今宵は千載一遇《せんざいいちぐう》の機会だった。逃《のが》したくない。

「地蔵菩薩《じぞうぼさつ》さま、なにとぞわらわのねがいをお聞きとどけください」

崇福寺の本尊の延命地蔵菩薩に念じたのが天に通じたのかもしれない。しばらくながめていると、宗継が体のむきを変えた。頭にかぶった平礼烏帽子《ひれえぼし》をなおしながら顔をあげたのは、その仕草にかこつけて館へ目をやるためだろう。

帰蝶はおどろいて身を退《ひ》いた。あんなに顔を見たいとねがっていたのに、こちらは暗がりだから見えるはずがないとわかっているのに、自分でもおかしいほどうろたえている。

それは、一瞬の出来事だった。

遠目なので表情まではわからない。が、宗継は顔貌《かお》も体つきも昔とさほど変わらないように見えた。

おもえば奇妙な男だ。信長にいち早く目をつけ、朝廷とのとりもち役を買って出た。天下布武をけしかけておきながら、意に沿わなければいつでも切り捨てるとうそぶく。したたかで、用意周到で、恬淡《てんたん》としているように見えるのに人情味があり、どこかひょうげていて憎めない。なによりおどろくのは、信長を恐れていないことだった。この乱世で、織田信長を恐ろしいとおもわぬ者が何人いようか。

宗継のことを考えているうちに、無性《むしょう》に話がしたくなった。今の今まで逢いたくないとおもっていたのに。

ばかげたことを……逢えば失望させるだけじゃ——。

帰蝶は片手で頰をなでた。痘痕はもう、化粧をすれば目だたない。けれど消えたわけではなかった。消えることはない、何事も。

腰をあげた。

お竹には声をかけず、帰蝶は段梯子《だんばしご》を下りて居室へ帰っていった。

翌早朝——岐阜城　山麓の館四阿

祝宴の夜が明けようとしている。

帰蝶は水仕《みずし》の童女から手わたされた文で、四阿《あずまや》へ呼びだされた。

館の裏手には巨石がずらりと組まれていて、四阿はそのひとつに建てられている。雑木《ぞうき》にさえぎられているので、館からは見えない。

冬の陽はまだ昇りきっていなかった。朝霧《あさぎり》がたちこめて、あたりは冷涼《れいりょう》としている。

「まこと、うつぎが参るのじゃな」

帰蝶は頭からかぶった袿《うちき》を体にまきつけ、寒さに身をちぢめながら、弟の新五に念を押した。

新五の話では、五徳の侍女となって岡崎へいっていたうつぎが昨夜、岐阜にもどったという。うつぎはかつて宗継に養われていた。今も連絡をとりあっているようだから、宗継が岐阜城を訪れると知り、示し合わせて帰ってきたのだろう。

「まっすぐ館へ参ればよいものを」

「昨夜は祝賀の最中、姉上には面会が叶わぬとおもうたそうにござります。城内の様子もわかりませぬゆえ、まずはそれがしの屋敷へ参った次第」

「されば内々の帰参か。立入どのに会《お》うて知らせることがあるのじゃな」

「おそらく、立入どのにも姉上にも」

信長の耳に入れたくないことなら、たしかに大手《おおで》をふって帰ってくるわけにはいかない。うつぎは早々に岡崎へもどるつもりでいるのだろう。

「新五。人目につかぬように番をせよ。御門は大事ないか」

「今一度、見て参ります」

新五が立ち去る。

帰蝶は四阿の一隅《いちぐう》に腰を下ろして鳩尾《みぞおち》に手をあてた。もしや、岡崎で異変があったのではないか。五徳は無事でいようか。九歳で嫁いで九年、十八になる五徳は今、妊娠していた。腹の子は健《すこ》やかに成長していようか。

不安がこみあげてくる。と、そのとき、「御台さま……」と女の声がした。

「うつぎッ。うつぎじゃな」

「お久しゅうございます」

霧のなかから女の姿が浮かびあがった。

「そなたにはおどろかされる。いったい何事が……」

いいかけて、帰蝶は目をみはった。

うつぎは一人ではなかった。もう一人、同行者がいた。平礼烏帽子をかぶって小袖に葛袴《くずばかま》をはいた男は――。

「立入どのではないか。なにゆえ、ここに……」

考える前にとがった声が出ていた。

逢いたかった。が、逢うつもりはなかった。四十二という高齢、痘痕の消えぬ顔、自分に憧憬《どうけい》を抱いてくれた男なればこそ、今の姿を見られたくない。

一方、宗継は宗継らしく眸《ひとみ》を躍らせた。

「こうでもせな、いつまでたってもお逢いでけしまへん。この歳どっさかい、早《はよ》うせな、恋い焦がれたままお陀仏《だぶつ》になってしまいます」

「深草少将《ふかくさのしょうしょう》みたいにございますね」

うつぎは一瞬だけ口元をゆるめた。

深草少将は小野小町《おののこまち》に恋い焦がれて通いつめ、約束の百日を前に九十九日目に死んでしまったという伝承のなかの男である。

「そんなことより、よう忍びこめたものじゃ。ま、よい。座りなされ。うつぎ。早《はよ》う話を」

肚《はら》をくくるしかなかった。帰蝶は二人を四阿へ招き入れる。

霧が出ているとはいえ、いざむきあってみれば、宗継も遠目で見たときとちがって歳相応に老いていた。それでも眸は炯々《けいけい》として、表情も若々しい。むしろうつぎのほうが一気に歳をとったように見えた。それとも、はるばる岐阜まで駆けつけなければならなかった大事が若さを奪ってしまったのか。

帰蝶にうながされて、うつぎは口を開いた。

「年の瀬に岡崎で忌々《ゆゆ》しき騒ぎがございました」

徳川家康は嫡子の信康に岡崎城をゆずって、自らは浜松城《はままつじょう》へ移っている。正室の築山殿は信康の後見として岡崎城へのこった。信康は五徳の夫だから、岡崎で起こった出来事は、当然ながら五徳も知らぬ存ぜぬではいられない。

「しかも、岡崎の殿さまの後見人が忌々しき騒ぎを起こした張本人にて……」

「後見人？」

「石川数正《いしかわかずまさ》どのと申される武将にございます」

「名は聞いたことがある。勇猛《ゆうもう》な男で数々の手柄をたてたと……敵方へ寝返ったか」

「いえ、そうではございませぬ。於大さま——徳川さまのご母堂さまにございますが——その於大さまの兄上の水野信元さまを、石川数正どのは大樹寺《だいじゅじ》へ呼びつけ、騙し討ちしたそうにございます」

「騙し討ちッ。気でもふれたか」

「気がふれたのでも喧嘩《けんか》をしたのでもありませぬ。私怨《しえん》があったわけでも……これには事情がございます」

昨年、信長は武田方に与《くみ》する美濃の岩村城を攻めた。城を包囲していたとき、水野信元の家来が秘かに兵糧《ひょうろう》を城へ運びこんでいた。それを知った信長は激怒した。家康も頭を抱えた。信元はかねてより老獪で横柄《おうへい》なために評判がわるく、敵方に寝返る心配もあったので、ひとおもいに始末してしまおうということになったらしい。実行にあたっては、石川数正と平岩親吉《ひらいわちかよし》に白羽の矢がたった。

「ほやけど、それやったらご下命にしたごうたまでのことやおへんか。石川さまが騒動を起こしたわけやおまへん」

帰蝶がたずねようとした疑問を、宗継がいち早く口にする。

うつぎはうなずいた。

「理屈はそのとおりにございますが、於大さまは、そうはおもいませぬ。ご自分の兄者をむごたらしく殺《あや》められた、それも岡崎で、岡崎の殿さまの後見人に」

　問題の根はさらに深かった。於大は、駿府の今川家からやってきた家康の正室を毛嫌いしていて、その正室、築山殿が産んだ信康も疎んじていた。それでも正室と姑の女同士のいがみ合いだけですんでいればまだよかった。家康の古参の家臣は今川嫌いで於大びいき。家康が浜松城へ移ったことで、浜松方と岡崎方に溝《みぞ》ができてしまった。

「こたびのことが火に油をそそぐ結果とならねばようございますが……」

　それがすべてではないにせよ、今回の騒動の発端《ほったん》は、家康はじめ徳川の人々が信長の怒りを極度に恐れていることにある。つまり信長の存在が信元弑虐《しいぎやく》という悲劇を生んだ。織田から嫁いだ五徳が腫《は》れ物にさわるような扱いをうけているのもそのせいで、おもてだって非難できないがゆえに陰口を叩かれたり白い目で見られたり、とばっちりをうける心配もあった。

　うつぎの話が終わっても、帰蝶と宗継はしばらく言葉を発しなかった。

「徳川さまも、家内で厄介事を抱えておるのじゃな」

　ややあって帰蝶がつぶやくと、宗継もくちびるをゆがめた。

「厄介事のない家などございませんへん」

「水野どののこと、上さまはご存じか」

「ご存じにございましょう。なれど噂まではお耳に入っておらぬものと存じまする」

「噂……」

「水野さまを亡き者にせよと命じたのは織田の殿さまだと、岡崎ではまことしやかにささやかれております。騙し討ちは織田のお家芸だという者も。噂の真偽はともあれ、徳川では、なにかというと織田のせいにして事をすまそうという風潮《ふうちょう》がございます」

といって、そんなよけいなことを報告すればまたもや信長が逆上して、今度は織田と徳川のあいだに不信が芽生《めば》えかねない。うつぎは帰蝶と宗継だけに徳川家の内情を伝え、速《すみ》やかに岡崎へとってかえすつもりだという。

「こちらでお二人にお会いできてようございました」

京へいかなくてすんだ、ただちに岡崎へ帰るといううつぎに、帰蝶は今ひとつの気がかりをたずねた。

「徳姫と岡崎どのの夫婦仲はどうなのじゃ」

うつぎは眉をくもらせる。

「はじめのうちはむつまじゅうあらせられましたが……このところは諍《いさか》いもしばしばで……」

信康は勇猛果敢な武将に成長した。が、そのぶん独断的なふるまいが多くなった。もとより細《こま》やかな情に欠ける男だ。今や岡崎城主として自らの家臣団をもち、父家康の監視下から逃れたこともあって、目にあまるふるまいも……と、うつぎは言葉をにごした。

「側妾《そばめ》、におますな」

「徳姫さまは胸を痛められて……」

「さようなことにいちいち目くじらをたてるな、というてやりなされ」

「けどまァ、お若いゆえ無理もございまへん。御台さまもはじめてお逢いしたころは……」

「立入どのッ。わかっておる。わらわもそうじゃった。なれどそのうちにわかる、側妾をもたぬ武将などめったにおらぬと。御台所は泰然自若《たいぜんじじゃく》としておればよいのじゃ」

そういいながらも、帰蝶は首を横にふる。五徳は癇《かん》の強い娘だった。しかも岡崎では四面楚歌《しめんそか》。なぜなら今川方の姑に疎まれている上に、こたびの水野の一件では祖母の於大からも故《ゆえ》のない怨みを買ってしまった。

「うつぎ。徳姫をくれぐれもたのみます」

「おまかせください」

いうやいなや、うつぎは霧のなかに消えた。ひきとめる間もなかった。

なにもそんなにあわてなくても……と帰蝶は狼狽したが、宗継は泰然としている。おそらく、こんな好機はまたいつ訪れるかわからないから、帰蝶と二人きりにしてくれと宗継自身がうつぎにたのんでおいたのだろう。

「ようやく二人になれました。どれほどこの日をねごうていたか」

「かようなところを見られたら、上さまに八つ裂《ざ》きにされますよ」

「ほれ、このとおり頭も丸めました。惜《お》しくもない命におます。おっと、御台さまをまきぞえにしてはあきまへんな。ほんならちょっとだけ」

まともに顔を見られたくない。顔をそむけようとおもうのに、やはり帰蝶の視線は宗継の強い眼光にひきよせられてしまう。

「どないどす？　都で暮らす気はおまへんか」

「まだそんなことを……わらわにさような勝手がゆるされるとおもうてか」

「安土にはいかはらへん、とうかごうたさかい」

「だからというて気ままはできぬ」

「無理強《じ》いはせえしまへん。せやけど、ほんまに、いろんなことがおましたなァ。長島の皆殺しやら浅井《あざい》・朝倉の成敗やら、叡山《えいざん》の焼き討ちはとりわけ恐ろしゅうおした」

「それは……わらわとて恐ろしい。今でも夜中に目が覚《さ》めると阿鼻叫喚《あびきょうかん》が聞こえる」

「本願寺はんがおなじ目にあわんよう、仲立ちをせなりまへん」

「立入どのが？　かかわりになるのはおやめなされ。上さまに近づいてはならぬ」

「恐ろしいけどおもしろいと、いつぞやは目をかがやかせてございました」

「遠い昔じゃ。今はあのとき唐天竺へいっておればよかったとおもうこともある」

口にすまいとおもっていたのに、つい、いってしまった。帰蝶の正直な気持ちだった。信長は破竹の勢いで快進撃をつづけ、織田家は今や天下にその名をとどろかせている。そういう男だからこそ、おもしろいとおもい、かつては目をかがやかせた。けれど今、宗継と話していると、自分のなかにそれとはちがう、苛立ちやむなしさがくすぶっていることにいやでも気づかされる。

自分は上さまを、ほんとうはどうおもっているのか——。

「立入どの、まちがえてもろうてはこまる。わらわは悔《く》やんでいるわけではない。これが、わらわのさだめじゃ」

「まだ間に合う、というたら……」

宗継の手がすいと伸びてきた。初老の男の手は、かさついているようでやわらかい。

手をひっこめるべきだとおもったが、帰蝶はそうしなかった。

「冗談《てんごう》はおやめなされ。わらわはもう高齢《とし》じゃ」

「さようなことはございませへん。はじめて逢《お》うたころよりずっとお美しゅうならはりました」

「ようもまァ嘘《うそ》ばかり。ほら、痘痕がある。ごらん、ここにも、ここにも、ここにも……」

「わてにはありがたい痘痕に見えます。おかげでお命が助かったんやさかい」

「そうじゃ。礼をいわねばならぬの。薬をもろうた」

「あのときは生きた心地ものうて……」

宗継がいいかけたとき、足音がした。二人はさっと手をひっこめる。血の気がひくのは当然、こわばった顔を見合わせた。

やってきたのは新五である。

「立入どの。そろそろ帰ったほうがよさそうだ。姉上も、館へ」

帰蝶と宗継は同時に立ちあがった。

「ほな御台さま……」

「くれぐれも危ういことは……」

「それはこっちがいうことどす。ほんなら参りまひょ」

宗継はもう帰蝶の顔を見なかった。

帰蝶も速足で館へもどる。胸におもいがあふれていればいるほど平坦《へいたん》な表情になるのは、この織田家という婚家で身につけた技だった。そのおかげで、朝餉《あさげ》の席で信長からどこへいっていたのかとたずねられたときも、平静な顔でこたえることができた。

「巨石のあいだを歩きまわっておりました」

「わざわざ寒風に吹かれたくなったか」

「頭を冷やさぬと奥の用はつとまりませぬ。女も子も数がふえましたゆえ」

冬だというのに腋《わき》の下に汗をかきながら、それでも高飛車《たかびしや》にいう。

「上さま。五徳になんぞよろこびそうなものを送ってやろうとおもいますが、よろしゅうございますか」

信長はうなずいただけで、それ以上は追及してこなかった。

数日後――――岐阜城　山麓の館

安土で築城がはじまった。

信長はじっとしていられないのか、帰ったとおもったらもう出かけてゆく。ゆけば短くても二、三日は帰らない。

その日も信長は不在だった。帰蝶は毎朝のごとく先祖の位牌《いはい》に燈明《とうみょう》をあげ、乳母につれられて挨拶にやってきた子供たちの話を聞いてやり、一日をつつがなくすごせるよう、女たちに献立《こんだて》や衣服、生け花など細々《こまごま》と指図をした。

信長の身内や寵《ちょう》をうけた女たちの部屋が館の二階に並んでいる。各々《おのおの》異なる絵が描かれた襖と金屏風《きんびょうぶ》で飾りたてられていた。

帰蝶はお鍋の部屋をのぞく。

「おや、いかがしたのじゃ」

お鍋はぐったりと脇息《きょうそく》にもたれかかっていた。

帰蝶がそばへゆくと、苦しげに息を吐《は》きながらも床《ゆか》に両手をつく。

「御台さま。おゆるしくださいまし」

いきなり謝《あやま》られて、帰蝶は目をしばたたいた。

「何事じゃ。なんとした？」

「稚児《やや》を……さずかりましてございます」

お鍋には前夫とのあいだにできた男児が二人いる。岐阜城へやってきてからは、信長の血をひく二児を産んだ。こちらも男児である。すでに三十近くになるが、信長が安土城へ同伴するほどのお気に入りだから、子ができてもふしぎはなかった。

「なにゆえ謝るのじゃ。めでたきことではないか」

「さようにはございまするが……」

　正室の帰蝶をさしおいて新しい城へおもむく。となれば、お披露目《ひろめ》のための社交の場もふえるはずで、岐阜城の帰蝶より安土城のお鍋のほうが家臣にも客人にも重きをおかれるのは目に見えている。それだけでも恐縮しているところへ、またもや子ができた。実子のいない帰蝶に申しわけがたたぬと、お鍋は身をちぢめている。

「子をさずかるはめでたい。わらわにとっても吉報《きっぽう》じゃ」

「御台さま……」

「わらわには信忠がいる。信忠は織田家の頭領ぞ。岐阜城の主じゃ」

　もし、手塩にかけて育てた信忠が家督を継いでいなければ、帰蝶もこれほど冷静ではいられなかったかもしれない。織田家は依然、信長がすべてを牛耳《ぎゅうじ》ってはいた。今はまだ信忠の出る幕はたいしてないが、ゆくゆくは信長にかわって全軍を率いることになる。

「そなたの子らは信忠の家臣じゃ。忠義を尽くしてもらわねばならぬ」

「むろんにございます。皆、命にかえましても」

「なれば一人でも多いほうがよいではないか。信忠も心強い」

　お鍋は洟《はな》をすすった。と、同時に片手で口をおさえ、肩をあえがせる。

「つわりか。横になっておれ。だれぞ呼んで……」

腰をあげようとすると、お鍋はもう一方の手で帰蝶の袖をつかんだ。

「お待ちください」

「まだなにかあるのか」

「いえ、ただ……わたくしは、安土にて、上さまのお世話をさせていただきますことを、身にあまる誉《ほま》れとおもうております。なれど、御台さまにもお仕えしとうございます。なにとぞ、安土にもいらして、お暮らしくださいますよう」

このまま岐阜と安土に別れたきりにはなりたくない。それはお鍋が帰蝶を姉のように慕《した》っている証拠だった。

「そなたの自慢の郷里《さと》じゃ。見にゆかねばなるまいの」

帰蝶は口元をほころばせる。

お鍋もつわりが徐々におさまってきたようだ。

「ごらんになられれば、きっと住みとうなられますよ」

「いや、わらわはここでよい。ここ以外に住むなら……京の都じゃ」

都への憧れは常々口にしている。おどろくことではなかったが、お鍋はじっと帰蝶の目を見返した。

「立入どのがおられるゆえにございますか」

「お鍋ッ」

「いえッ、いえ、申しわけございませぬ。妙な勘ぐりではありませぬ。わたくしが申しましたのは、長いおつきあいのある立入どのなれば、御台さまが都でおもしろおかしゅうお暮らしになられるよう、お手配くださるにちがいないと……」

帰蝶はお鍋に話したことがある。宗継と自分が言葉では説明しにくい――烈しくもなく腥《なまぐさ》くもないが、かといって枯れてもいない――不可思議な情で魅《ひ》かれあっていることを。それは、忘れているかとおもうと突然、あぶりだしのように鮮明になる。長い空白があっても、いっこうに色あせない。

「のう、お鍋。そなたにわかってもらえるかどうか……わらわは立入どのが、そう、若いころ心ならずも離縁させられた夫ででもあるかのようにおもえるのじゃ。いつかの間、心をかよわせた、気兼ねのう話せる朋でも身内でもある。いまだに未練があり、なつかしゅうてならぬが、だからというて立入どのに再嫁《さいか》しようとはおもわぬ。今のまま、大切に胸にしまっておきたいお人なのじゃ」

お鍋は首をかしげた。

「ようはわかりませぬが……そういえば先日、立入どのも似たようなことをいうておられました。御台さまは、ただこの世にいてくださるだけでよい、護符《ごふ》のように胸に潜《ひそ》ませておきたい、と」

「護符……」

「病の御台さまを見舞ったとき、そのことに気づかれたそうで。剃髪されたのは、御台さまの病平癒《へいゆ》を祈願するためだそうにございます」

「わらわのために剃髪をッ」

歳を重ねたとはいえ、いまだ御倉職を一手ににぎり、朝廷と諸大名との橋渡し役としても活躍する宗継である。なぜ剃髪をしたのか、気になっていた。

「知らなんだ、まさか立入どのが……」

茫然《ぼうぜん》としている帰蝶に、お鍋は膝をよせた。

「実は、その際にたのまれましてございます。御台さまを安土の新城へきっとお呼びするようにと。むろんわたくしもそのつもりでおりましたが、立入どのは、なんとしても、とそれは強い口調で念を押されました」

宗継はなぜそんなことをいったのか。

はじめはわからなかった。が、次のお鍋の言葉で腑に落ちた。

「家内が二手に分かれるのだけは避けねばならぬ、と」

宗継はうつぎが知らせてきた徳川の内情をおもい、織田家がおなじ轍《てつ》をふむことを危ぶんだのだろう。徳川では、家康が嫡子の信康に岡崎城をゆずりわたし、自らの家臣団をひきつれて浜松城へ移った。正室の築山殿は、今川出の自分を疎んじる古参の家臣や姑の於大がいなくなって、さぞや安堵したにちがいない。けしかけたとはいわないが、母がわが子をそばで甘やかせば、信康は増長し父に逆《さか》らうようになる。いや、実際はどうあれ、離れていれば日々疎遠になり、噂だけがひとり歩きして、さまざまな誤解が生じかねない。

今、織田家でも、徳川と似たようなことが起ころうとしていた。安土に父、岐阜に息子――帰蝶がわが子にべったりついていてはなにが起こるか。うつぎがあわただしく知らせてきたのは、ただ単に五徳がおかれた状況を知らせるためばかりではなかったのだ。

「よう、わかった」

帰蝶は深くうなずいた。

「戦に勝って領地を広げても、家内がひとつにならねば家は滅びる。立入どのはそのことをいわれたのじゃ。お鍋。これはわらわのつとめと心得、安土城へもたびたびゆくことにする」

「まァ、ようございました」

「なれど人前には出ぬぞ。安土どのはそなたじゃ」

「誠心誠意、つとめさせていただきまする」

外で戦うのが男たちの役目なら、家を守るのは女の仕事だ。信長と信忠が万にひとつ、敵味方になることのないよう、仲をとりもたなければならない。それができるのは自分しかいないと、帰蝶は決意を新たにした。

「さァ、休みなされ。男子でも女子でも、腹の子は安土の申し子じゃ。なんとしても無事に産んでもらわねば」

帰蝶はお鍋の部屋を出て段梯子《だんばしご》を上った。三階には信長の居室と、帰蝶や信忠の部屋がある。

「おや、ここにおったか」

前廊に信忠のうしろ姿を見つけ、帰蝶は歩みよった。

信忠はまぶしそうに目をしばたたき、母に会釈《えしゃく》をする。二十歳《はたち》になる若武者は父信長ゆずりの色白細面《ほそおもて》だが、斎藤家の血もひいているせいか、鋼《はがね》のように頑健な体つきをしていた。目鼻立ちは美女と誉れの高かった生母に似てやさしい。どことなく帰蝶にも似ているのは、生母が帰蝶の異母妹だからだろう。

信忠は小袖に葛袴という、くつろいだいでたちだった。髪は茶筅髷《ちゃせんまげ》である。

「さような格好では体が冷えますよ。なかへお入りなされ」

帰蝶は息子を気づかった。が、信忠はつきだした片手を水平に動かして「ごらんください」と、眼下の景色を指し示した。高台にあるので、城下と、城下をとりまく美濃、そのむこうの尾張の一部が見わたせる。今や信忠のものとなった領地だ。

「母上。それがしはこの地を盤石《ばんじゃく》に治め、今以上に豊かにしてみせます」

家督を継いだばかりの若者に、気負《きお》うな、とたしなめたところで無駄だろう。

「これでようやくお祖父《じい》さまの悲願が叶《かの》うた。美濃はわれらの手にかえってきたのじゃ」

「いつか、父上を超える武将になりとうござります」

信忠の声ははずんでいる。

帰蝶は、自分より背丈《せたけ》が高くなった息子の横顔を見あげ、朝陽をあびた長良川のように澄んだ眸に見惚《みと》れた。

五　暗転（四十七歳）

天正九年（一五八一）二月――――――――安土城　天主

早春とはいえ陰暦《いんれき》の二月はまだ肌寒い。とりわけ陽射しの入らない城の内部は、足下《あしもと》から冷気が這《は》いのぼって骨の髄《ずい》までこごえそうだ。

首尾ようおつれできようか――。

安土城の一重目に設けられた石蔵《いしぐら》の隅《すみ》に身を潜め、帰蝶は足音に耳を澄《す》ませていた。大柱《おおばしら》にさえぎられて蔵からも通路からも死角になっている。絢爛豪華《けんらんごうか》な城には他に人目を忍ぶ場所がないため、帰蝶はこの一隅を秘密の面談場としてたびたび利用していた。

かつて清洲城に住んでいたころはよくお忍びで城外へ出かけたものだ。寺社へ詣でたり、家臣の家々を訪ねたり。岐阜城でもおもいのまま参詣した。たとえ見とがめられたとしても、城主の正室とわかればだれもが見て見ぬふりをしてくれた。

ところが、ここ安土城では万事がちがっていた。外出はおろか、天主《てんしゅ》に住む家人が二の丸や三の丸へゆくことさえ容易ではない。

ひとつには、城の造りが堅固な上に見張りの数が多いためである。帰蝶の顔を知らない者ばかりだ。しかも、融通《ゆうずう》がきかない。だれもが城主信長を畏《おそ》れてびくついている。信長の目が以前にも増して研ぎ澄まされ、厳格になっている証拠だろう。

上さまは、変わられた――。

領地が拡大してゆくにつれて、信長の威信《いしん》も増大した。威信を保《たも》つためには強引な手を使わざるをえなくなる。怨みを買うこともしょっちゅうだ。となれば、謀叛を封じるためにも、ますます高圧的にならざるをえない。

実際、近ごろの信長はありとあらゆるものに不信の目をむけているようにみえた。女たちも例外ではなく、常に監視の目にさらされている。

もっとも帰蝶は、信忠の後見として岐阜城に住んでいるから、岐阜城では自在にふるまうことができた。それならずっと岐阜にいればよいのだが、そうもいかない。帰蝶がこうしてひんぱんに安土へやってくるのは、安土城の信長と岐阜城の信忠――父子《おやこ》のあいだに亀裂《きれつ》が生じないよう、妻として母として仲をとりもつ役割を果たすためである。

わらわはよい。なれど、徳姫はたえられようか――。

信長から再三、五徳をともなうよう催促《さいそく》されている。

眉をひそめたとき、新五の声がした。

「姉上。おつれいたしました」

あたりをはばかって、ひそやかな声である。

「おう、待ちかねておりました。さァ、これへ」

「手前は見張りをしておりますゆえ、ごゆるりと」

新五が退《ひ》くと、かわりに僧形《そうぎょう》の男が進み出た。

「御台さま、お久しゅう……」

「立入《たてり》どのッ。よう参られた。首を長《なご》うしてお待ちしておりました」

手をとらんばかりに招き入れようとすると、宗継は眸《ひとみ》を躍らせた。

「かような歓迎をうけるとはおもうてもみまへんどした。お天道《てんと》はんが西から昇るんやおまへんか」

「なにをおいいじゃ。わらわが立入どのを歓迎しなかったことなど一度もありませぬ」

帰蝶は頰をふくらませた。いい歳《とし》をして小娘のようだと自分でもおかしかったが、今は宗継と再会できたうれしさのほうが勝《まさ》っている。

「あれから五年か。あのときはまだ、この城は影も形もなかった。ちょうど普請《ふしん》をはじめようというときで……」

「そうどした。まさか、弾正忠さまがこれほどの城をおつくりにならはるとは……。はじめて照覧《しょうらん》の栄に浴《よく》させてもろたんは三年前の、石山《いしやま》本願寺はんとの和《わ》睦《ぼく》を進めさせていただきましたときどすけど、あのときはまだ築城最中、それでもまァ、この世のものともおもえず、しばらく口を開けたまま声も出せまへんどした」

「三年前……そうじゃ、兄者から聞きました。昨年、本願寺との和睦が成ったのは、立入どのが何度も足をはこんで仲をとりもってくれたおかげだと……」

延暦寺《えんりやくじ》との争いから比叡山を焼き討ちにした信長は、石山本願寺にも次なる触《しょく》手《しゅ》を伸ばそうとしていた。無謀《むぼう》な殺戮《さつりく》はなんとしても防《ふせ》がなくてはならない。朝廷の意を汲んで、立入も仲介役の一人として尽力したと聞いている。

「あのときは、立入どのが安土へいらしたとは存じませなんだ。知らせてくだされば、わらわもとんで参ったものを」

「急なお招きどしたゆえ、お知らせする間ものうて。というより、てっきり、御台さまはこちらにおられるとばかり……」

三十代半ばで病を得てからというもの、帰蝶は人前へ出ることを厭《いと》うようになった。それでも信長と共に安土城へ移っていれば、正妻としてのゆるぎない地位を保っていたはずだ。妻の役割をお鍋にたくして岐阜城で信忠の後見をする道を選んだがために、存在感が薄れてしまった。

「安土はお鍋ゆかりの地、岐阜城こそがわらわの城じゃ。皆は安土安土ともてはやすが、織田の当主は信忠、本城は岐阜ぞ。なのに安土では、わらわが死んだと噂する者までおるそうな」

帰蝶は苦笑した。自分はなんとおもわれようとかまわないが、信長の威信の陰になって織田家の長たる信忠がないがしろにされることだけはがまんがならない。

「立入どのも、噂をうのみにして京へ帰ってしまわれたのでは？」

軽くにらんでみせると、宗継は大仰《おおぎょう》に両手をふりたてた。

「さような噂、信じる者はあらしまへん。そうやおまへんか。小牧の御方さまが亡《の》うなられたときかて、ねんごろなご葬儀をしやはったと聞いておます。上さまは、お子たちに、ご生母さまがたのご法要もおこたりのうさせてはるそうで。はばかりながら御台さまが亡うなられたとなれば、それこそお家の一大事、諸国津々浦々までご葬儀のお噂が広まるはずどす」

宗継のいうとおりだ。比叡山を焼き、本願寺と争ったからといって、信長に仏心がないわけではなかった。安土城の郭内《くるわ》には摠見寺《そうけんじ》も建立《こんりゅう》されている。

信長は見境なく女を孕ませる反面、一目おく女には、独善的とはいえ情の深さをみせる男でもあった。嫡男の信忠、次男の茶筅丸あらため信意《のぶおき》、それぞれに喪主《もしゅ》をつとめさせて各々の生母の葬儀や法要を営《いとな》ませたくらいだから、もし帰蝶が死去したとなれば、美濃衆を瞠目《どうもく》させる盛大な葬儀を営み、豪奢な霊廟《れいびょう》や大伽藍《だいがらん》をこれみよがしに建立したにちがいない。

「わらわはこのとおり、生きております。それより立入どの、こたびはなんとしてもおねがいしたきことがあり、安土で待ちかまえておりました」

帰蝶は異母兄の玄蕃助から立入の動静を知らされた。信長が近々催すことになっている京での馬揃《うまぞろ》えを正親町天皇も天覧《てんらん》あそばされることになり、立入がその準備を申しつかったという。打ち合わせに女官《にょかん》ともども安土を訪問する予定だと聞くや、帰蝶は安土へとんできた。

なんとしても逢いたい――。

帰蝶にはそうおもう切実な理由がある。

世情は刻々《こくこく》と変化していた。いつのまにか芽吹きだした不安は、今や見て見ぬふりができぬほどに成長して、帰蝶を脅《おびや》かしている。

そのひとつが五徳だ。

「一昨年《おととし》、忌々《ゆゆ》しき出来事がありました」

宗継もたちどころに表情をあらためた。

「徳川、どすな」

すいと目を細める。

「徳姫さまはお気の毒におました」

「岐阜へもどって一年になるのに、いまだにふさぎこんでばかり」

「無理もおへん。大切なもんをいちどきに奪われてしもうたんやさかい」

「なれど、このままというわけには参りませぬ。上さまは矢の催促で……」

「どこぞへまた嫁がせるおつもりどすな」

「知れたこと。そのためにも、早《はよ》う安土へつれて参れ、と」

　五年前、帰蝶と宗継は、宗継の間者《かんじゃ》でもある五徳の侍女うつぎから徳川家の内情を教えられた。浜松城を拠点《きょてん》としている家康と、岡崎城で自らの家臣にとりまかれている嫡男の信康のあいだに亀裂が生じ、互いに不信感をつのらせているという。今川出の母をもつ信康と織田から嫁いだ五徳とのあいだにも、ぎくしゃくしたものがあるようだった。岡崎では五徳への風当たりも強くなっているとやら。話を聞いた帰蝶は、娘の身はむろんのこと、徳川に何事も起こらなければよいがと案じていた。

　不安は的中した。

　一昨年、今川出の信康の母が殺害され、信康自身も自刃《じじん》に追いこまれた。幼い二人の娘たちとひきはなされて、五徳は昨年の二月、岐阜城へ帰ってきた。

〈岡崎では皆が噂しておりました。わらわがあることないこと実家《さと》へいいつけたゆえ、父上が腹を立て、お舅さまに旦那《だんな》さまのお命を絶《た》つよう命じたのだと……〉

〈まことにいいつけたのか〉

〈旦那さまは側妾《そばめ》を、それも武田の旧臣の娘を孕ませたのでございます。かっとなって文を認《したた》めました。なれど、それは父上に、少しばかり諫《いさ》めていただこうとおもうただけで……〉

〈側妾にいちいち腹を立てては武将の妻はつとまりませぬ〉

眉をひそめながらも、帰蝶には五徳の悔《くや》しい気持ちが痛いほどわかった。自分もそうだった。美濃の領主、斎藤道三の愛娘には、織田の若造《わかぞう》のもとへ嫁にきてやったという優越感があった。おそらく五徳にもあったはずで、だからこそ、側妾にうつつをぬかす夫が許せなかったのだろう。

だが、そんなことは、若夫婦にはよくあることだ。それをだれかが利用した。信康とその家臣団を排除したがっていただれかが……。事前にうつぎから内情を聞かされていた帰蝶には、おおよそのからくりがみえている。

ともあれ家康は、武田方と内通したという疑いで妻子を成敗してしまった。五徳は心に深い傷を負って岐阜城へ帰ってきた。自分の讒言《ざんげん》が悲劇の発端になったことだけでも胸がはりさけそうなのに、もしや岡崎での噂どおり、父が裏で糸をひいていたとしたら……。父への不信感もふくらみ、二重の苦しみにさいなまれているらしい。

ところが当の信長は、娘の気持ちを忖度する暇もなければ気づかいもない。

「徳姫は安土へは断固ゆかぬと……。なれど上さまはあのとおり、ご自分のおもいのままにせねば気がすまぬお人じゃ。騒ぎが起こらぬうちに、なんとしても立入どののお力にすがらねばと一日千秋《いちじつせんしゅう》のおもいでお待ちしておりました」

帰蝶の眸には懇願《こんがん》の色がくっきりと浮かんでいた。出逢ったそのときから宗継の心をとりこにした双眸《そうぼう》は、歳月を経《へ》ても変わらない。

宗継は目をしばたたいた。

「せやけど御台さま、わてはどないしたらええのんか……」

「しばらくのあいだ、徳姫をあずかってもらいたいのじゃ」

「あずかる？」

「立入どののだけが上さまを恐ろしゅうないというた。いざとなれば唐天竺へも逃がしてやるとも……」

はじめて逢ったとき、宗継はそういって帰蝶を誘《さそ》った。あれはまだ清洲城に住んでいたころだから二十年以上も昔である。才気にあふれ、めきめきと頭角をあらわしてきた昇り龍のごとき夫を、帰蝶は「非凡な男」といいかえし、織田家を「おもしろい」といいきった。「唐天竺なんぞへゆかれようか」と笑いとばしもした。だが、今は――。

五徳を信長の目のとどかぬところへやりたいとねがうのは、自分自身が夫を恐れ、見限ろうとしているからではないのか。

宗継は帰蝶の心を見透《みす》かしたようである。

「歳月はえらいもんどすなァ。目に見えんもんまで変えてまう」

感慨《かんがい》をこめてつぶやいたところで目くばせをした。

「もっとも、わてはあのときからわかっておました。遅かれ早かれこうなる、いうことが……。よろしゅおす。御台さまのお望みやったらどこへなりと」

「わらわではない。徳姫じゃ」

「そうどした。はい、承知。おあずかりいたしまひょ」

「まァ、よかった。恩に着ます」

帰蝶は安堵の息をついた。

「して、上さまにはなんといわはるおつもりで？」

「あわてて駆けつけたのはそこじゃ。京で馬揃えがある。上さまは今、都人の度肝をぬこうと、それればかり。馬揃えは帝も天覧あそばされるそうな。女官がたもたのしみにしておられましょう」

立入が女官とつれだって安土へやってきたのも、その打ち合わせのためである。

「なるほど。ふさぎこんでおられる徳姫さまに、華やかな馬揃えはいちばんの薬、京へでかける口実《こうじつ》にもなる、いうことどすな」

「この機会に内裏によしみを通じておくことも、ゆくゆく役に立ちましょう」

信長は人の意見に耳を貸さない。が、利に聡《さと》く、役に立つとおもえば即座に実行に移す男でもあった。帰蝶は、その信長に進言のできる数少ない人間の一人である。

「ほな、決まりどすな」

「よろしゅうたのみます」

「馬揃えがすんだら、お気が晴れるまで京見物などしはったらよろしゅおす。そうや、御台さまよりおあずかりしてる佐兵衛……」

「佐兵衛……あッ、岐阜城で鯉の世話をしていた……」

あのときは血も凍《こお》るおもいだった。山頂の戦城《いくさじろ》からもどった信長は逆上して佐兵衛を妻子もろとも成敗しようとしたが、とうとう見つけられず、結局は事無きをえている。

「へえ。御台さまに命を救うてもろうたいうて、えろう感謝してはります。朝晩、こっちむかって両手あわせてるほどどっさかい」

「息災なれば重畳《ちようじよう》」

「京のお医者に診《み》てもろて、足もすっかりようならはりました。わての用をいろいろつとめてくれてはりますのや。なんというても戦場でならした男やさかい。ちょうどようおす、徳姫さまの用心棒、してもらいまひょ」

　あの佐兵衛が立入の片腕になっていると聞けば、帰蝶も感無量である。佐兵衛は、あのとき匿《かくま》ってくれた上に京へ送りとどけてくれた夕庵とも懇意にしているという。

「そうや。長逗留にならはるようなら、御台さまもいっぺん、徳姫さまの様子を見にこなあきまへん。そのときはもう帰しまへんさかいに、そのおつもりで。先の短い命や、二人してどこへなりとゆこうやおまへんか」

「まださような馬鹿げたことを……」

　いったいいくつとおもっているのか。自分はもう四十七になる。宗継は五十半ばになっているはずだ。そんな二人が駆け落ちなどできようか。

　あきれつつも帰蝶の胸ははずんでいた。女は、こんな年齢になってもなお、胸をときめかせることができるものらしい。

　宗継は今一度、表情をひきしめた。

「ひとつだけ、おねがいがおます」

　帰蝶はうなずく。

「うつぎ、じゃな」

「ようおわかりで……」

「徳姫と京にいたのでは、本来のお役目がつとまらぬ」

「さよう。徳姫さまを都へおつれして馬揃えを見物したら、うつぎはひと足先に御台さまのおそばへ帰らせていただけまへんか」

「なれば安土がよい。上さまは武田へ軍を進める機会をうかごうておられます。風雲急となれば、わらわも岐阜にこもってはいられまい。うつぎも安土にいたほうが、立入どののお役に立ちましょう」

織田家の動静を京へ知らせるのがうつぎの役目だ。その片棒《かたぼう》を担《かつ》ぐことはすなわち、帰蝶も夫を裏切ることになる。わかってはいたが、うしろめたさは感じなかった。

信長から逃げるつもりはない。ただ、かつてのように非凡な男だと目をかがやかせ、夫の一挙手一投足《いっきょしゅいっとうそく》に胸をときめかせることは、もはやなくなっていた。信長にしたところで、帰蝶がなにをしようが気にも留めないはずである。絶対的な存在となった男は、神のごとく、すべてを己のなかで決着しようとしている。他人の顔色をうかがうことはもとより、妻の心を忖度することもない。

「ほな、うつぎのことは……」

「できるだけ上さまのおそば近くお仕えできるよう、わらわが内々に手筈をととのえましょう」

二人は目を合わせた。これで一蓮托生《いちれんたくしょう》、いたずらの相談をした童のように、どちらの眸も躍っている。

「この城は千の目をもつ大蛇《だいじゃ》より油断がならぬ。だれぞに感づかれたらおしまいじゃ。立入どの、そろそろ……」

帰蝶はあたりの気配に耳を澄ませた。新五がこちらへやってくる。

「ほな、おなごりはつきまへんけど……」

「油断は禁物《きんもつ》。うつぎにも、くれぐれも用心するように、と」

「わかってま。なんぞ上手《うま》い方法を考えまひょ。あんじょうやりまっさかい、心配はいりまへん」

自信たっぷりにかえされるとかえって不安になる。未練をのこして立ち去る男を、帰蝶もうしろ髪をひかれるおもいで見送った。

同年四月――――岐阜城　山麓の館

安土城では天主に家人が住んでいる。

ここ岐阜では、金華山の頂にある天守はあくまで戦のための砦《とりで》で、生活の場は麓《ふもと》の館にあった。まだ斎藤家の所領だったころからそれは変わらないので、館のかたちこそちがえ、帰蝶にとっては幼いころからなじんだ景色だ。どこよりも心安らぐ。

四月半ばのこの日も、帰蝶は館の居間から緑滴《したた》る山肌をながめていた。ともすればものおもいに沈みがちで、文机《ふづくえ》におかれた書きかけの文の筆もいっこうに進まない。

娘の五徳へ宛《あ》てた文である。

五徳は、馬揃えがすんだあとも、ふた月近く京に滞在していた。

馬揃えは大成功をおさめたと聞いている。奉行《ぶぎょう》は明智光秀――帰蝶の遠縁にあたる、あの十兵衛尉――がつとめたそうで、その手腕は大いに信長を感服させた。飾りたてた名馬を、これまた意匠《いしょう》を凝《こ》らした装束に身をつつんだ男たち――連枝《れんし》衆《しゅう》や名だたる武将たち、公家衆まで――がひきだして披露する光景は、帝をはじめとする宮中の人々ばかりでなく都人の目もうばい、信長の威光をいやがうえにも高めたという。

五徳もさぞや胸を躍らせたにちがいない。なぜなら、馬揃えの前と後では帰蝶に書いてくる文の調子が明らかに変わったからだ。どこを見物した、なにを食べた、などと都の風物を淡々と書きつらねるだけでなく、近ごろは立入の勧《すす》めであつらえた着物のことや化粧、小間物《こまもの》のことにまで筆が及んでいる。そう、女らしい華やぎをとりもどしつつあるらしい。短い文なので心の変化まではわからぬものの、行間からは浮きたつような息づかいも感じられる。まるで、恋を知り初《そ》めた乙女《おとめ》のような……。

徳姫はまだ若い。次こそは良き夫を――。

硯箱《すずりばこ》の墨汁《ぼくじゅう》に筆先を浸《ひた》したときである。

「御台さま。一大事にございますッ」

あわただしい足音とともに、侍女のお竹が入ってきた。敷居際《しきいぎわ》に両手をついて肩をあえがせている。

「騒々《そうぞう》しい。いかがしたのじゃ」

「安土にて大変なことが……」

「上さまの御身《おんみ》になにかッ？」

帰蝶は鳩尾《みぞおち》に手をあてた。

お竹は両手を泳がせる。

「いえ、そうではございませぬ。上さま付きの女たちが成敗されたそうで」

「なんとッ、もう一度、いうてみやれッ」

「上さまのお留守《るす》に寺詣でに出かけたそうにございます。ところが上さまは早々にお帰りになられ……女たちの勝手なふるまいにそれは激怒されて……」

四月十日のことだという。

信長はこの朝、数人の供をつれ、馬で長浜《ながはま》にある羽柴秀吉《はしばひでよし》の居城へ出かけた。そのあとは舟で琵琶湖に浮かぶ竹生島《ちくぶしま》へ参詣におもむくことになっていた。片道十五里（約六十キロメートル）ほどの道のりである。日ごろ厳しい監視の目にさらされている女たちは、これぞ好機とばかり、主のいないあいだにつかのま羽を伸ばそうとしたらしい。

「成敗？　いったいだれを……」

「皆にございます」

「皆ッ。まさか……一人のこらず？」

「……と申しましても、くわしいことはわからぬそうにて。二の丸へ出かけていた女たちもいて、この者たちが縄《なわ》で数珠《じゅず》つなぎにされてつれもどされるところは、城兵たちも見ていたそうにございます。桑実寺《くわのみでら》へ参詣に出かけた女たちは忽然《こつぜん》と姿が消えたまま……」

桑実寺は、安土城とは尾根《おね》つづきの繖山《きぬがさやま》にある寺で、これまでも女たちがひんぱんに参詣していた。

忽然と消えたとはどういうことか。追放されたか、どこかに囚《とら》われているのか。

「そなたは、成敗と申した」

「はい。寺にほど近い山中で女の骸《むくろ》が見つかったそうにございます」

「女の骸……」

「首を刎《は》ねられていたそうで……たしかに侍女の一人だそうにございます。そばには寺僧の骸も……」

激怒する信長、縄をかけられて曳《ひ》かれてゆく女たち、桑実寺の住職は命乞《いのちご》いをしたとやら。にもかかわらず一人も城へもどらない。しかも山中には城の侍女と寺僧の骸……。

虚々実々《きよきよじつじつ》が錯綜《さくそう》したまま、噂はまたたくまに広まった。住職もろとも女たち全員が成敗されたという話がまことしやかにささやかれ、安土ではだれもが戦々恐々として身をちぢめているという。

帰蝶も恐ろしさのあまりしばらく声が出なかった。

信長ならやりかねない。比叡山の焼き討ちでは僧侶《そうりよ》ばかりか女子供まで容赦《ようしや》なく殺戮した。伊勢長島では二万人をむごたらしく焼殺《しようさつ》、越前《えちぜん》でも無差別に三、四万人ともいわれる命を奪っている。些細《ささい》なことでも、機嫌をそこねれば即、斬首《ざんしゆ》。帰蝶もこれまでどれほど悲惨な現場を目にしてきたことか。

しかもこたびは、信長に仕える侍女たちの災難……。

帰蝶はあッと声をもらした。

「上さまの、上さま付きの、女たち……と、申したか」

「さようにございます」

「山中で見つかったのはだれじゃ」

「名は存じませぬ。ごく最近、女房衆にくわわった者だとか。以前は徳姫さまの侍女にございましたそうで……」

うつぎだ──。

帰蝶は次なる声を失っていた。成敗と聞いたときから、ぞわぞわと毛穴から虫が這いだすような感じがしていた。まさかと否定しつつも、胸のどこかで悲劇の予《よ》兆《ちょう》に怯《おび》えていたのだろう。


それにしても、この話には腑に落ちないところがあった。

なろうとおもえば、信長はとことん残虐になれる。激怒したとき目の前にいれば、たとえ僧侶であれ女子供であれ、即刻、首を刎ねられる。

けれど一方で、激しやすい反面、思慮深いところもあった。身のまわりの世話をさせている女たちは敵ではなく身方の縁者である。天下を掌中《しょうちゅう》におさめようというこの大事なときに、あえて身方の怨みを買うようなことをしてのけようか。

女たちは主君の逆鱗《げきりん》にふれた。が、成敗されるべきところを助命され、もしも秘かに養家へもどされたのだとしたら……。

この一事《いちじ》は人々を震撼《しんかん》させ、信長への畏怖《いふ》をいやがうえにも高める。一方、身内の命を助けられた武将や郎党は、信長に恩義を感じ、以前にも増して熱烈《ねつれつ》な信奉者になるはずだ。もしそうなら一石二鳥《いっせきにちょう》ではないか。

根拠はないものの、帰蝶は、行方知れずの女たちが生きているような気がした。では、なぜ、うつぎだけが成敗されたのか。

うつぎは災難にまきこまれたのではない。うつぎだけが、たまたま不運にみまわれたわけではない。

帰蝶は虚空をにらんだ。

「安土へゆく。ただちに仕度を」

「今からにございますか。あちらは混乱の最中《さなか》、事が鎮まるまでお待ちになられたほうが……」

「混乱の最中ゆえ駆けつけるのじゃ。さァ、早《はよ》う。あ、お待ち。その前に文を……ここで書いておかねば」

宗継に知らせなければ、と帰蝶はおもった。安土ではどこでだれが耳目をそばだてているか。

宗継はさぞや悲嘆にくれるにちがいない。辛い役目だが、遅かれ早かれわかることだ。かくしておくわけにはいかない。

あわただしく文を認めた。

指がふるえ、ともすれば涙がこぼれそうになる。書き終えた文は、自分の文字ともおもえないほどゆがんでいた。

数日後――――――――――安土城　天主

「御台さま、なにとぞ、お鎮まりくださいまし」

お鍋に身を投げだされて、帰蝶は地団太《じだんだ》をふんだ。いかに気が逸《はや》っていても、足元にうずくまる女をまたいでゆくわけにはいかない。

「どうか、最後までわたくしの話を……」

「上さまから直《じか》に聞く。いや、聞かねばならぬ」

「今はおやめください。客人ととりこんだ話がおありのようで……四国がどうとやら、本殿に近づいてはならぬときつう仰せにございます」

「さようなことにびくついておっては織田家の家刀自《いえとじ》はつとまらぬ」

そういいながらも、帰蝶は御座《ござ》にふたたび腰を下ろした。深呼吸をして心を鎮める。

「聞こう。いうてみなされ」

お鍋は安堵の息をつき、帰蝶の前にかしこまった。

「うつぎという女子は、たびたび桑実寺へ参っておったそうにございます。寺僧に会《お》うて文をわたしておったとやら」

それは、宗継の指示に従ったのだ。安土城内で文をやりとりするのは危険なので、寺詣でをかくれ蓑《みの》にして、寺僧にたくすことにしたのだろう。

いっそお鍋に打ち明けてしまおうかとおもった。が、帰蝶は自重《じちょう》した。お鍋まで共犯者にひきこむのはさすがにためらわれる。

帰蝶の逡巡《しゅんじゅん》をよそに、お鍋は先をつづけた。

「だれかが気づいて、上さまに諫言《かんげん》したのではないかとおもわれます。よくよく調べたところが、うつぎは徳姫さまの侍女、いっときは岡崎におりましたし、もとはといえば駿府にもおったそうにございます。となれば、徳川の息がかかった者に相違なしと……」

帰蝶は心底おどろいた。

「上さまは、うつぎを、徳川の間者とおもわれたのか」

「さればこそ、あのように手のこんだ始末をされたのでしょう」

そうだったのかと、帰蝶は苦い唾を呑みこんだ。

　信長はうつぎを間者と見ぬいた。さすがに慧眼《けいがん》である。が、ひとつだけまちがっていたのは、徳川の間者だとおもいこんでしまったことだ。となれば、簡単には成敗できない。天下取りには徳川の援軍が必須だ。徳川とはぜひとも良好な関係を保ちたい。つまり、うつぎは間者としてではなく、織田家の侍女として成敗されなければならない。

信長は機会をうかがっていたのだろう。女たちを油断させ、竹生島から急ぎとってかえした。風紀の乱れに激怒してみせたのも芝居かもしれない。女たちが成敗されたとなれば、うつぎが犠牲者の一人であってもふしぎはなかった。

信長らしい巧妙《こうみょう》なやり口である。

この騒動が家康の耳に入っても、信長に文句をつけるわけにはいかない。よけいなことをいえば、織田家に間者を忍ばせていたと認めることになってしまう。

徳川を出しぬいた、してやったりと、信長はほくそえんでいるにちがいない。帰蝶には夫の得意げな顔が見えるような気がした。気むずかしげに口をひきむすびながらも、子供のように眸がきらめいている。それは一見、無邪気《むじゃき》に見えるが、実は、残虐で狡猾《こうかつ》なきらめきである。

「上さまは、いつから、悪鬼《あっき》に魂《たましい》を売りわたされたのか」

おもわずつぶやくと、お鍋は心外そうな顔をした。

「御台さまともおもえぬお言葉。うつぎのことは上さまの非ではございませぬ。成敗されたは哀《あわ》れなれど、いうなれば身から出た錆《さび》にございます。今は戦乱の世、生きのびるためには非情にならねばなりませぬ」

夫を戦乱で失ったばかりか子らまでも人質にされて、命がけで信長に助けを求めたお鍋である。修羅《しゅら》をくぐりぬけた女は、ひかえめでおとなしやかな見かけとは裏腹に烈しいものを内に秘めているようだ。

帰蝶とてマムシの道三の娘である。生きるか死ぬか、だれもがぎりぎりのところであがいていることは重々《じゅうじゅう》承知していた。

「間者なれば……うつぎも、覚悟はできていたはずじゃ」

自らにいいきかせるようにいう。

むろん宗継も、表むきは素知《そし》らぬふりをせざるをえない。胸のうちで慟哭《どうこく》し、信長の非情を怨んだとしても、うつぎとの関係を覚《さと》られるわけにはいかないからだ。

「骸はいかがしたのじゃ」

帰蝶は口調をあらためた。

「山中へ埋《う》めたそうで……だれがいいだしたのか、女たちの骸が皆いっしょに埋められているとの噂が広まり、怖がってだれも近づきませぬ」

「うつぎと寺僧だけが成敗されたというのはまことじゃな」

「確証はございませぬがおそらく……。おなじ成敗でも、他の者たちは各々の養家へ帰したと上さまが……」

成敗にはふたつの意味がある。命を奪うことと、罪に見合った処罰《しょばつ》を与えることだ。城主の留守に勝手に外出をした女たちは処罰された。今は養家で神妙《しんみょう》に謹慎《きんしん》しているはずである。

お鍋によると、女たちと僧の助命嘆願をした桑実寺の住職も、当座は信長の怒りを恐れて身を潜めていたそうだが、今は無事に寺へもどっているという。

「それなのに噂ばかりが尾ひれをつけられ……わたくしは口惜《くちお》しゅうございます。上さまがまるで血も涙もないお人のようで……」

「それこそが上さまの望むところ。自ら鬼神になられるおつもりなのじゃ」

そう。信長は鬼神だ。「非凡な男」「昇り龍のような……」と胸をときめかせてながめていた夫はもういない。帰蝶はため息をつく。

一方、お鍋は信長に、帰蝶とは異なる感情を抱いているようだった。

お鍋はまだ若い。帰蝶より十四、五歳は年下だ。腹を痛めた子供たちもいる。お鍋にとって生きることは――若き日の帰蝶がそうだったように――壮絶な戦い以外のなにものでもない。戦いの最中にいる者の目には、信長こそ安土城の黄金の天主そのもの、かがやける神に見えるのだろう。

「わらわは明朝、岐阜へ帰る」

ここへきたことは内密にせよ……というと、お鍋はけげんな顔をした。

「なにゆえさような……いらしたばかりではございませぬか」

「上さまに会うなどというたのはそなたじゃ」

「いえ、わたくしはなにも……御台さまがお気を昂《たか》ぶらせておられましたゆえ、お心を鎮めてからお会いになられたほうがよろしいのではないかと……」

「わかっている。そなたのせいではない」

「お顔も見ずに帰られたことが知れれば、上さまは妙におもわれましょう」

お鍋になんといわれても、帰蝶の心は動かなかった。理由はどうあれ、宗継からの大切なあずかりものの命を奪った信長とは一日たりともいっしょにいたくない。

「お鍋。今、上さまをお支えすることができるのはそなたじゃ。わらわではない。天下のためにも織田家のためにも、上さまの力になってさしあげておくれ」

「御台さま……」

信長に会えば、ようやく鎮まった胸がまたもや昂ぶって、非難の言葉を投げつけてしまいそうだ。信長はなじられてだまっている男ではない。

お鍋にはよくよくいいふくめた。侍女たちにも口止めをした。

帰蝶はその夜、城の四重目にある自室にこもり、早々と床《とこ》に就いた。といっても、金泥《こんでい》でまばゆい襖にかこまれているので、なかなか寝つけない。

四重目は夫婦の住まいである。岐阜城にいることが多いとはいえ、帰蝶は歴《れっき》とした正室だ。贅《ぜい》美《び》を尽くしたつづき部屋が常に用意されている。

多忙な信長はこの日も本殿で客を迎えていた。帰蝶が小耳にはさんだところでは、客人は阿波《あわ》三好家の密使らしい。お鍋も「四国」といっていた。明智光秀のとりなしで、信長はここ数年、四国の長宗我部家とよしみを通じている。三好と長宗我部は敵対関係にあると聞いているから、信長が長宗我部の使者ではなく三好の密使と面談しているというのは、帰蝶のように政とかかわりのない者でさえ不可解におもえた。信長はいったいなにを企《たくら》んでいるのか。

それはともあれ、今宵は山ほどいる妾《めかけ》のなかからお気に入りの一人を選び、本殿の寝所で伽《とぎ》をさせるつもりだろう。

わらわはお役御免《ごめん》じゃ、それならいっそ——。

五徳の様子を見に京へ上ってみようか。そのまま帰れなくてもよい。宗継は南蛮でも唐天竺でもつれていってくれるといっていた。南蛮や唐天竺がどんなところか想像もつかないが、宗継といっしょなら、きっとおもしろおかしく暮らせるはずである。

夢は限りない。追いかけては消え、消えては追いかけ……そうしているうちに、ようやく帰蝶のまぶたは重くなってきた。

夢のつづきか、と、おもった。

うっかり宗継の名を呼んでしまいそうになって、あッと目をみはる。

信長の光る目が帰蝶の顔を真上から見下ろしていた。

「上さまッ」

「なぜ知らせぬ？」

「……お客人と、うかがいましたゆえ」

帰蝶はあわてて身を起こそうとした。

信長は起こすまいとするように、ぐいと身をよせてくる。苛立っているようでもあり、とまどっているようにも見えた。

「使いをよこさなんだはなにゆえだ？」

「このたびは急に、そう、急に安土へ参りとうなりました」

「女たちの一件か。噂を聞いてとんで参ったか」

「それも、ございます」

こうなった以上はいたしかたない。帰蝶は肚をすえ、信長をにらみかえした。

「侍女をお手打ちにされたとか。うつぎはわらわが助け、徳姫のために召し抱えた女子にございます。京より呼びもどして上さまのおそばにお仕えするよう命じましたのも、わらわにて……」

信長は一瞬、言葉をつまらせた。

「素性を、知っての、ことか」

双眸がにわかに険《けわ》しくなる。

今度こそ、帰蝶は信長を押しのけて半身《はんみ》を起こした。

「素性？　むろん存じております。うつぎは立入宗継どののご養女、昔、山科卿ご一行にくわわって駿府へゆき、そのまま滞在しておりましたそうにて……。身の危険を感じて清洲城へ逃げて参ったのでございます。うつぎが桑実寺の寺僧に文をたくしておったは、寺僧が寺の使いでひんぱんに京へ出かけ、立入どのがご出家された寺へたちよるからだとうかごうております」

信長は言葉を失っていた。帰蝶の話の信憑性《しんぴょうせい》をはかっているのだろう。

帰蝶はなおもつづける。

「立入どのはふさぎこんでいる徳姫をご案じくださり、一日も早《はよ》う安土城へ送りとどけようと、うつぎと手筈を相談していたそうにございます。わらわもさようたのみました」

帰蝶の烈しいまなざしに耐えかねたか、信長は顔をそむけた。

「上さま。うつぎは……」

「もうよい」

「ようはございませぬッ」

「すんだことだ。とやこういうてもはじまらぬ」

「すんだことと？　いつもそうじゃッ。風向きがわるうなると話を終えようとなさる。なれど、こたびばかりは……かような大事をうやむやにするなど断じて許せませぬ」

「大事だと？　ハッ……たかが侍女一人、どのみちわれらが命など……生きるも死ぬるもしょせん大差ないわ」

「いいえ。上さまには大差がのうても、うつぎにはたったひとつの命にございました。軽々《かるがる》しゅういうてはうつぎが……」

「やめよッ」

信長は甲走《かんばし》った声で叫《さけ》んだ。唐突に帰蝶のあごをつかむ。

「息の根を止められとうなかったら口をつぐめッ」

あごをつかまれては声が出ない。それでも帰蝶は、ひき下がる気など毛頭《もうとう》なかった。胸の底からわきあがったものが一気に噴《ふ》きだそうとしている。激しく首をふり、両頬に食いこんでくる指をふりはらおうとした。

「利かぬ女子めがッ」

信長は空《あ》いているほうの手で帰蝶の頬を張る。と、その拍子《ひようし》に帰蝶の口が首尾よく信長の指をとらえた。ここぞとばかり歯をたてる。信長はウッとうめいて手をはなした。

「息の根を止めたいなら、ひとおもいに止めなされッ」

帰蝶は叫んだ。なぜか恐怖は感じなかった。いつもならふるえをけんめいにこらえる。恐怖をひたかくしにして平静をよそおう。

今はふしぎなほど平静だった。とうに覚悟はできている。

信長の手のとどくところに護身用の懐剣《かいけん》があった。いや、そんなものはなくても、数多《あまた》の無辜《むこ》の命を奪ってきた手は、いともたやすく妻の首を絞《し》めあげるにちがいない。華奢《きゃしゃ》な首を折るのも造作《ぞうさ》ない。

目を閉じた。この世の名残《なごり》に清涼《せいりょう》な夜の大気を吸いこむ。

と、同時に、信長の両手が肩におかれた。帰蝶は床に押し倒された。つづいてその手が肩をはなれ、帰蝶のこめかみからあごをつつみこむ。

息が顔にかかった。信長が顔を近づけたのか。

帰蝶は最期《さいご》の瞬間をじっと待つ。

ところが――。

最期の刻《とき》はこなかった。断末魔《だんまつま》もない。かわりに、冷たく乾《かわ》いたくちびるが、帰蝶の湿《しめ》ったくちびるの上に落ちてきた。

本能寺の変

天正十年（一五八二）五月十四日——安土城　二の丸

夜が明けようとしていた。

梅雨《つゆ》の最中《さなか》、雨は降っていないが、湖をのぞむ安土城《あづちじょう》はこの時刻、なまめかしく湿《しめ》った大気につつまれている。

「シッ。声が高《たこ》うございます」

二の丸御殿《ごてん》の奥、屏風《びょうぶ》を立てまわした寝所《しんじょ》では、五徳《ごとく》が、手のひらで男の口をふさいでいた。

「父に知られたら、わらわは生きてはおられませぬ」

埴原左京亮《はいばらさきょうのすけ》は片手でそっと五徳の手をはずし、もう一方の手で五徳の体を抱きよせた。耳元にくちびるを近づける。

「おれは、とうに、命などすてている」

「おたわむれを……」

「たわむれなものか。これも宿世《すくせ》だ。こうなった以上、逃げもかくれもせぬわ」

五徳の手をつかんでいた左京亮の指が寝衣《しんい》の袂《たもと》へ忍びこんで、かぼそい腕をなでさする。さわられただけで五徳の体は燃えてくる。

「わらわも、はなれとうありませぬ」

「はなすものか。父にたのんで、上さまの許しをもらう」

「さようなことができましょうか」

「おれの父は軽輩《けいはい》だが、なぜか上さまから目をかけられておる。なんぞ弱みをにぎっておるのやもしれぬ」

「もしそうなら……。わらわは再嫁《さいか》するよういわれております。今度こそ、ふさわしい相手を探してやる、と。女子の役目は嫁《とつ》いで子をなし、家と家との楔《くさび》になることだ、とも……」

「すでに役目を果たしたではないか。悲惨な目におうて苦しみぬいたのだ。もう他国へ嫁ぐのはいやだといえばよい」

「あァ、それができたなら……」

五徳は左京亮の胸に頰《ほお》をよせた。

前夫とは諍《いさか》いをした。腹を立てて父に訴えたこともあったが、だからといって、二女をなした夫と離縁するつもりはさらさらなかった。ところが、舅《しゅうと》に罪を問われて前夫が自害に追いこまれたために、可愛《かわい》いさかりの娘たちをおいて岐阜城《ぎふじょう》へ帰らざるをえなくなった。以来、五徳は心労のあまり寝ついてしまった。病《やまい》が癒《い》えても心は癒えず、ふさぎこむばかり。

それがどうだろう。母に勧《すす》められて京《きょう》へ出かけた。あまり気のりはしなかったが、母が懇意《こんい》にしている京の豪商で禁裏《きんり》の御倉職《みくらしき》をつとめる立入宗継《たてりむねつぐ》の家に身をよせ、京の暮らしにどっぷりつかっているうちに少しずつ心が晴れてきた。

とりわけ信長《のぶなが》が京で催《もよお》した馬揃《うまぞろ》えの華々しさには目をみはった。女官《にょかん》たちと共に見物していた五徳は、そのなかの一人、美貌《びぼう》の若者に目を奪われた。挨拶《あいさつ》にやってきた若者が塙原左京亮――幼馴染《おさななじみ》の乙殿《おとどの》――と知ったときは、あまりのなつかしさ、再会のよろこびに胸を高鳴らせたものである。

京の都は、恋に溺《おぼ》れるにはもってこいの舞台だった。二人は急速に惹《ひ》かれあい、いつしか理《わり》ない仲になっていた。信長に招かれても拒《こば》んでいた五徳が、京から帰ったあと自分から安土へゆくといいだしたのも、左京亮が安土にいたからである。

今春は武田《たけだ》攻めがあった。左京亮も戦《いくさ》に駆りだされた。大勝利の知らせと共に凱《がい》旋《せん》した左京亮が、だれに逢《あ》うより先に五徳のもとへ忍んできたのはいうまでもない。

「心配はいらぬ」

左京亮は五徳の華奢《きゃしゃ》な体を抱きしめた。

「あと数日、この数日さえやりすごせばなんとでもなる」

「なにゆえ、そのようなことが……」

「徳川《とくがわ》さまが機嫌《きげん》ようお帰りになられれば、上さまも安堵《あんど》なされよう。そなたも徳川の顔色をうかがわずともようなる」

　武田攻めの手柄《てがら》として、信長は徳川家康《いえやす》に駿河国《するがのくに》をあたえた。家康一行《いっこう》は明日、御礼言上《ごんじょう》のために来訪、数日間、滞在することになっている。

　家康は五徳の前夫の父親で、二年前までは舅だった。

「ゆえに、その好機に……」

　左京亮は五徳のあごをつかんで顔を上《うわ》むけた。早暁《そうぎょう》のなかで二人は見つめあう。目鼻立ちのととのった色白細面《ほそおもて》は、一見、貴公子然として見えた。が、戦場の左京亮は勇猛果敢《ゆうもうかかん》な男だと評判である。

「好機などありませぬ。その前にまた出陣せよと命じられるに決まっています。いやじゃ。わらわはもう待てぬ」

「しッ。姫さまこそ、お声が高《たこ》うござるぞ」

　五徳は首をすくめた。

「よいか、よう聞け。徳川さまのご一行が出立《しゅったつ》されたら、今度こそ、ただちにねがい出る。出陣の命《めい》が下ろうとも、その前に必ず……」

「なれば、わらわは母に話します」

「御台《みだい》さまに？　安土どののほうがようはないか」

この安土城で信長の妻の役をつとめるのは安土どの、つまり側室のお鍋《なべ》で、帰蝶《きちょう》は岐阜城にあってわが子の信忠《のぶただ》を補佐している。ときおり安土にも訪れるものの、あくまで奥の監督《かんとく》の御局《おつぼね》役で、表には決して出ない。

「父の心を動かせる者があるとしたら、母しかおりませぬ」

「御台さまにはさような力がおありか。話に聞いてはいる。だれもが存じておるが、だれも会《お》うたことがない。ふしぎなお方よの。ぜひとも、お会いしてみたいものだ」

「それだけは無理にございます」

「わかったわかった。まかせよう。そなたの母がわれらの身方《みかた》となり、晴れて夫婦《めおと》にしてくださるよう祈っている」

「左京亮さま……」

抱き合ったまま、二人は昨夜の余韻《よいん》を残した床《とこ》へ倒れこむ。

かたく閉じたつもりが、五徳のくちびるから水鶏《くいな》のような声がもれた。

同日――――――――――安土城　大手道

安土城は安土山の頂《いただき》にある。周囲には家臣の屋敷が建ち並んでいた。南の麓《ふもと》の大《おお》手《て》門《もん》から本丸《ほんまる》御殿まで一直線につづく上り坂が大手道で、この道を上り、左手の脇《わき》道《みち》へ入ったところに織《お》田《だ》家の右筆《ゆうひつ》、武井《たけい》夕庵《せきあん》の屋敷があった。

武井邸の門前に、二人の男がいる。

「お待ちあれ。いずこへおいでか」

「見ればわかろう」

「夕庵さまなら京だぞ。ここにはおらぬ」

「存じておるわ。急ぎの用ゆえ、家人《けにん》に文《ふみ》を託そうとおもうての」

声をかけたのは、今は信長嫡《ちゃく》男《なん》・信忠の側近となっている佐藤《さとう》（斎藤《さいとう》）新五《しんご》で、呼び止められたのは織田家の武将、明智《あけち》日向守《ひゅうがのかみ》光秀《みつひで》の家臣の斎藤内蔵助《くらのすけ》利三《としみつ》。

二人は美濃国《みののくに》の生まれで、縁つづきでもあった。

「内蔵助どの自《みずか》らお出ましとは、よほど火急《かきゅう》の用とお見うけいたす」

「地獄耳《じごくみみ》のおぬしのことだ。とうに存じておるはずじゃ」

内蔵助は苦笑した。用心深く左右を見まわして、新五を少しはなれた木立《こだち》の陰へうながす。

大柄で骨太《ほねぶと》の内蔵助は、剛勇《ごうゆう》の士として知られている。新五のほうは小柄で童顔だから、大人が子供をひっぱってゆくようにも見えた。

「聞いたとおりよ。旧主に牙《きば》をむかれた。そこまで腹を立てるとはおもわなんだが、あろうことか、上さまに訴え出たそうだ」

新五は眉《まゆ》をひそめた。

「やはり、そうか。そこまでこじれたか。しかし、おぬしとてわかっていたはずだぞ。これが最初ではないのだ。危険を冒《おか》してまで、なにゆえ、旧主の家臣をそそのかして、明智へ鞍替《くらが》えさせた？」

「背に腹はかえられぬからだ」

二人は目を合わせた。体格はちがっても、双方とも眼光は鋭《するど》い。一瞬、火花が散ったように見えた。

「まさか、筑前《ちくぜん》と一戦まじえる気ではなかろうの」

筑前守《かみ》とは羽柴秀吉《はしばひでよし》、足軽《あしがる》から身をおこして目覚《めざ》ましい出世を遂《と》げ、今や明智光秀と並ぶ織田家筆頭の武将である。

「馬鹿をいうな、といいたいが……筑前めは上さまのお子を養子にもらいうけて、機嫌とりに精を出しておる。このままではわが主《あるじ》は立場がわるうなるばかりだ。これ以上、虚仮《こけ》にされぬためにも、秀《ひい》でた家臣をあつめねばならぬ」

光秀は丹波国《たんばのくに》を所領としているが、そもそもが浪人《ろうにん》だったため、明智家に譜代《ふだい》の家臣はいない。大身《たいしん》になればそれだけ家臣も必要になるため、他家から優秀な人材をひきぬくこともやむをえない仕儀ではあった。とはいえ、内蔵助自身が稲葉《いなば》家から明智家へ鞍替えして物議をかもしたにもかかわらず、旧主の家臣に誘《さそ》いをかけたとなると……。

「上さまの逆鱗《げきりん》にふれるやもしれぬぞ」

「それゆえ、こうして参ったのだ」

「しかし、いくら夕庵さまでも京におってはなにもできまい。ほかにだれか……」

「皆、戦《いくさ》に出はらっておるわ。在荘《ざいしょう》を仰《おお》せつかったはわが主くらいのものよ」

在荘とは、戦に出なくてよいという、謹慎《きんしん》同然の処罰である。内蔵助が苦々《にがにが》しげにいったのは、主の光秀だけが除《の》け者《もの》にされたように感じているからだろう。

「堀《ほり》さまはどうじゃ」

「あんな若造に頭を下げられるか」

「おいおい、そういうところが嫌《きら》われるのだぞ」

新五は内蔵助の顔を見上げて、おもわず舌《した》打ちをしそうになった。剛胆《ごうたん》な男は、強情《ごうじょう》でもあり傲慢《ごうまん》でもある。

困ったものだとはおもうが、美濃の斎藤一族につらなる者同士、どちらかがしくじりをすれば、もう一方の立場も危《あや》うくなるわけで……。

「ともあれ、なんとかせねばの。となると……やはり姉上にたのむよりないか」

「姉上……女子《おなご》になにができる？」

「ただの女子にあらず。マムシの娘だぞ。姉上には上さまも抗《あらが》えぬ」

「まことか。いや、しかし……」

「そもそも日向守を上さまに推挙《すいきょ》したのも姉上ではないか」

「そうか。そうであったの。しかし、お力添えいただけようか」

「安心召《め》され。姉上はそこもとの義姉《あね》だったこともあるのだ」

二人は今一度、目を合わせた。いずれの眼光も多少やわらいでいる。

「姉上は表にはお出ましにならぬが、弟のおれなら直《じか》に話ができる。そこもとの一件、早速、たのんでやろう」

「おう、よろしゅうたのむ」

「よいか。くれぐれも短慮《たんりょ》はならぬぞ」

「わかっておる」

立ち話を終え、二人は別れた。

内蔵助は、それでも念のために夕庵の屋敷へ。大兵《たいひょう》のうしろ姿を見送った新五は、城のほうへ上がってゆく。

大手道から見上げる五層七重の天主《てんしゅ》は、朝の光をあびて、鮮《あざ》やかな朱紅《しゅこう》と金箔《きんぱく》が神々《こうごう》しくかがやいていた。

同日――――――――摠見寺　能舞台

二人の斎藤が武井夕庵邸の門前で立ち話をしていたおなじころ、この屋敷の脇道を下ったところにある摠見寺《そうけんじ》の、人のいない能舞台の横手の暗がりで、こちらも二人の男が立ち話をしていた。

一人は、またもや斎藤である。新五の異母兄の玄蕃助《げんばのすけ》、織田家の家臣だ。

もう一人は、内蔵助の主の明智日向守光秀。

血縁こそないが新五の母は明智の娘なので、この二人もまた、美濃の斎藤家につらなる縁者、ということになる。

光秀は太い息を吐《は》きだした。

「上さまは将軍になるおつもりらしい」

今このとき、能が演じられ、居並ぶ観客が舞台に魅入《みい》られているかのように、その声はひそやかだ。舞台を凝視《ぎょうし》しているのは、なにもない舞台に、なにかを見ているのか。

「それは、どうでござるかのう……」

玄蕃助のほうは、いささか当惑していた。光秀がなにを見つめているかわからないので、その視線は空《から》の舞台をさまよっている。

「勅使《ちょくし》には即答なさらなんだそうではござらぬか」

織田軍が武田を滅《ほろ》ぼしたので、祝い言上のため、朝廷から勅使がやってきた。二度目に訪れた勅使は、褒賞《ほうしょう》として太政大臣《だいじょうだいじん》か関白《かんぱく》か将軍か、いずれに推挙したらよいかと信長に打診した。この勅使には路次賄《ろじまかな》い者《もの》として例の立入宗継も同行、裏工作もしたようだが信長は答えず、うやむやのまま帰してしまった。

「即答せなんだのは、いまだ足利《あしかが》将軍がおられるからだ」

光秀は顔をしかめた。

かつて、光秀は落魄《らくはく》の将軍、足利義昭《よしあき》を信長にひきあわせた。信長に義昭の支援をたのむためである。結局、二人の仲は決裂《けつれつ》、義昭は追放され、光秀だけが信長に重用《ちょうよう》されることになった。それでも義昭はまだ将軍の位にあり、毛利《もうり》氏の庇護《ひご》のもと、備後国鞆《びんごのくにとも》の浦で再起の秋《とき》をうかがっている。

信長が将軍になるためには、最後の大敵である毛利を斃《たお》し、義昭の将軍位を剝奪《はくだつ》しなければならない。

「いずれにせよ、上さまは早晩《そうばん》、悲願を達成されよう」

「めでたきことではござらぬか。われら、織田の家臣にとっては」

「めでたい？　ふん、平氏《へいし》ごときが……」

光秀は顔をゆがめた。

それを見て、玄蕃助は非難の色を浮かべる。

「たしかに、明智は清和源氏《せいわげんじ》の血をひく名門の土岐《とき》一族、そこもとは源氏の末裔《まつえい》だ。だが、これも世の趨勢《すうせい》にござる。美濃の申し子であられる若殿が織田の家督《かとく》を継がれた今、われら美濃衆がもりたててゆかねばならぬ」

若殿とは信長の嫡子、信忠のことで、美濃の血をひいていた。名目《めいもく》とはいえ、すでに織田家の当主になっている。

「姫さま、いや、御台さまがお腹《なか》を痛めたお子なればもりたてもしようが……」光秀は舞台から玄蕃助に視線を移した。「御台さまは、まこと、愛くるしき姫にござった」

「そうか。そこもとは妹や新五の従兄《いとこ》であられたの。二人がようなついておると、マムシの親父《おやじ》が目を細めておったわ」

玄蕃助はあらためて光秀の横顔をながめる。

「その従妹《いとこ》を、織田はないがしろにしている」

吐きすてるようにいって、光秀は再び舞台へ目をもどした。

「待て待て。それはちごうてござるぞ。妹はないがしろになどされてはおらぬ」

「ではなぜ、表へお出にならぬ？　安土どのがすべてを仕切っておられるではないか。まさか、幽閉《ゆうへい》でもされておるのではなかろうの」

「いや、そうではない。そうではないが、これにはその……わけがあっての」

「わけ？　聞かせてもらおう」

「それは……おれの一存では明かせぬ。が、わかった。そのうち必ず場をもうける。妹から直に聞いていただくがいちばんじゃ」

光秀は鼻をならした。

「ともあれ……上さまは将軍になるおつもりだ。上さまのお子をもらいうけて、筑前は喜色満面《きしょくまんめん》。これで毛利を破れば、どこまで増長するか。おまけに四国。あろうことか、神戸《かんべ》の若殿が四国征伐《せいばつ》におもむくという……」

神戸の若殿とは熱田《あつた》生まれの三七丸《さんしちまる》のことで、今は伊勢《いせ》の豪族の養子、神戸信孝《のぶたか》となっている。

光秀のこめかみには青筋《あおすじ》が立っていた。

玄蕃助もさすがに苦い顔だ。

「四国征伐は……無謀《むぼう》にござるの。朱印状《しゅいんじょう》を発布《はっぷ》しておきながら、神戸の若殿にせがまれて反故《ほご》にするとは、長宗我部《ちょうそかべ》が怒り狂《いか》うのも無理はない」

「われらの面目《めんぼく》もまるつぶれだ。この件では、内蔵助も怒り心頭《しんとう》に発しておるわ」

光秀は長年、四国の長宗我部氏と信長とのあいだをとりもってきた。ただ仲介しただけではない。内蔵助の妹を長宗我部家へ嫁がせるなど、幾重《いくえ》にも婚姻関係を結んでいる。ところが昨年、羽柴水軍が阿波《あわ》を攻略して以来、信長が友好から敵対へ一方的に方向転換したので、両者のあいだで明智は窮地《きゅうち》に立たされていた。

光秀は深呼吸をして、こみあげた怒りを鎮《しず》めた。おだやかな目を玄蕃助にむける。おだやかだが底知れぬ目だ。

「ひとつ、訊《き》いてもよいか」

「なんなりと」

「玄蕃助どのとは、御台さまやおぬしの異母弟、新五どののような血縁こそないが、わしの従弟であることに変わりはない。いつなんどきも、身方、とおもうてまちがいはないか」

玄蕃助は一瞬、ためらった。が、迷いを吹っ切るようにうなずいた。

「なんぞ困ったことが起きたときは、いうてくれ。たいした力にはなれぬが、おれも新五も妹も、できるかぎりのことはさせてもらう」

「妹……」光秀はついと目をそむける。「あれはいつだったか。岐阜の崇福寺《そうふくじ》で再会したときだ。御台さまは……いや、あのときは姫さまとお呼びしていたが……夕庵どのやおぬし、新五どのも同席して都の話や諸将の噂話《うわさばなし》に花を咲かせたものだ。おう、そうそう、立入どのもおったの。立入宗継……あの者はわしの無二の友だ」

「立入どの……あやつは食えぬ男にござる。飄々《ひょうひょう》として人好きのする……しかし、真のところはなにを考えておるやら」

「その立入どのもおもうところあって、わしへの同心を約束してくれた」

「同心……」

「たった今、おぬしもいうたではないか、できるかぎりのことはすると……その言葉、たしかに聞いたぞ」

「しかし……」と、玄蕃助はあわてていい足した。「上さまのやりように苛立《いらだ》つのはわかる。筑前にしてやられたと臍《ほぞ》をかむのもわかる。が、何事も堪忍《かんにん》が肝心《かんじん》にござるぞ。上さまにはこれまでさんざん世話になったのだ。いっときは腹が立つやも知れぬが、長い目で見れば、あのときこらえてよかったとおもうときがくる」

光秀は答えない。

舞台の脇の暗がりから、二人は朝陽《あさひ》のなかへ出た。北東の空にきらめいているのは、信長自慢の安土城の天主だ。

「長い目で見ようにも……わしはもう老人だ」

歩きだそうとして、光秀はぼそりとつぶやいた。

同日――――安土城　天主

天正十年五月十四日の朝、帰蝶は、安土城天主の四重目、狩野永徳《かのうえいとく》の筆《ふで》になる鳳《ほう》凰《おう》の襖絵《ふすまえ》に四方をかこまれた座敷で、信長と朝餉《あさげ》をとっていた。

本拠地である岐阜城と信長の安土城を行き来する暮らしがつづいている。

昨年は侍女《じじょ》のうつぎが信長に成敗《せいばい》されるという悲惨な出来事があった。うつぎが立入の縁者であったことからも帰蝶の衝撃《しょうげき》は大きく、信長への憎悪《ぞうお》も烈《はげ》しかったが、そこはむろん、長年つれそった夫婦だけに相手を知りつくしている。怒りは胸ひとつにおさめ、いつに変わらぬ日々を心がけていた。

怒りといえば、もうひとつ、帰蝶は信長に腹が煮えくりかえるほど怒っていることがある。名僧の誉《ほま》れ高い快川国師《かいせんこくし》の死である。岐阜にある崇福寺――土岐氏とその家臣の斎藤氏が建立《こんりゅう》した臨済宗妙心寺《りんざいしゅうみょうしんじ》派――の寺の元住職で、帰蝶も信長も親交を結んでいた。国師はのちに武田家へ招聘《しょうへい》され、恵林寺《えりんじ》にいたため、この春の武田攻めにまきこまれて寺もろとも焼死してしまった。

――心頭滅却《めっきゃく》すれば火も自《おの》ずから涼《すず》し

信長軍の焼き討ちにあった際、国師は名言を遺《のこ》して泰然《たいぜん》と火に焼かれたという。

凱旋した弟の新五からその話を聞いた帰蝶は悲嘆《ひたん》にくれ、しばらくは信長の顔を見ただけで吐き気《け》がしたものだ。新五の話では、崇福寺と縁の深い明智光秀や斎藤内蔵助も、そのときばかりは苦悶《くもん》の表情を浮かべていたという。

しかし、そんなことがあってさえ、帰蝶は平静をよそおい、怒りを見せないようつとめていた。そうするしか生きのびるすべがなかったからだが、信長を心底《しんそこ》、恐れているためでもあった。「恐れる」という言葉はもしかしたらこの場合、ふさわしくないかもしれない。帰蝶は十五のときから人生を共にし、数えきれないほど肌《はだ》を合わせてきた夫を、人として恐れているのではなかった。人を超えた、得体《えたい》の知れぬものに対峙《たいじ》したときのように畏怖《いふ》している。

だが、八方破れで唯我独尊《ゆいがどくそん》で、人というより異教の神のようにすらおもえる信長は、一方では律儀《りちぎ》な男でもあった。たとえ妻妾《さいしょう》のいずれかと褥《しとね》を共にした朝でも、帰蝶が安土城にいれば、決まって帰蝶とむきあって朝餉を食べる。それも好むのは冷汁《ひやじる》に香《こう》の物、たで酢や、大根を煮たあいまぜといった質素な食事だ。

「例の件、たのんだぞ」

帰蝶が香の物に箸《はし》を伸ばしかけたとき、今朝《けさ》にかぎって寡黙《かもく》だった信長が、突然、話しかけてきた。

帰蝶はまたたきをして、色白で鼻筋《はなすじ》のとおった男の顔を見返した。いつもながら、四十九には見えない若々しい顔である。

「例の、件とは……」

「五郎左《ごろうざ》の嫡男との婚礼だ。万事、つつがなきよう」

「それでしたら進めております。おまかせください」

帰蝶は木で鼻をくくったように答えた。

五郎左とは織田家の家臣の一人、丹羽《にわ》五郎左衛門尉長秀《ごろうざえもんのじょうながひで》。信長は娘の一人を、丹羽家に嫁がせると決めている。

帰蝶は、どんなに嫌悪《けんお》していようが畏怖していようが、信長にはそう感づかせないよう気をくばっていた。嫁いでこのかた、目をそらせたり、口ごもったりしたことは一度もない。

自分との政略結婚が信長にもたらした恩恵が計《はか》り知れないことも、自明の理である。父道三《どうさん》は愛娘《まなむすめ》の夫であるがゆえに――もちろん信長の天稟《てんぴん》を見込んでのことだが――美濃国を婿《むこ》にゆずると遺言した。だからこそ、美濃国と美濃衆を手中におさめた信長は、ここまで強大になったのである。

信長には奇矯《ききょう》なところが多分にあったが、道理だけはわきまえていた。夫婦になってただの一度も、帰蝶をないがしろにしたことはない。

信長と帰蝶の関係はつまり、余人にはうかがい知れぬ均衡《きんこう》の上に成り立っているわけで――。

「徳姫《とくひめ》の具合はどうじゃ」

信長はたずねた。表では見せない父の顔だ。

「徳川さまのことなれば、ご案じ召されますな。詫《わ》び見舞いだとお気づかいくださったばかりか、幼い姫たちも徳川の宝として大切に育てると仰せくだ
さったそうにございます。五徳も安堵しておりましょう。京へやっていただきましたおかげで、病も癒えたようにございます」

五徳の夫であった家康の嫡男は、武田との内通を疑われて自害させられた。当時、武田は織田の宿敵、それも強大な敵だったから、家康が信長の勘気《かんき》を恐れ、泣く泣くわが子を手にかけたという噂もまんざら作り話ともいえないが、聞くところによると、浜松城《はままつじょう》の家康と岡崎城《おかざきじょう》の嫡男の家臣たちが反目《はんもく》しあっていたことがいちばんの原因だったとか。今川《いまがわ》の血をひく嫡男ではゆくゆく争いが生じると判断して、家康はやむなくわが子を切りすてたのだろう。

「彼《か》の地では、余《よ》が切腹を命じたかのごとく、とり沙汰《ざた》されておるとやら。でためもはなはだしい。他家の内紛に口だししている暇《ひま》などあるものか」

「織田の名を出せば泣く子もだまるからでしょう。それだけ上さまは徳川で恐れられているということ。よいではありませぬか。知らぬ顔をしておいでなさいまし」

「家康は狸《たぬき》ゆえの、肚《はら》のなかでほくそ笑《え》んでおろうさ」

「口達者《くちだっしゃ》な猿《さる》より、二枚舌の狸のほうが、まだしも信用がおけまする」

信長は機嫌のよい笑い声を立てた。

「そちは筑前が嫌いとみえる」

「嫌《きろ》うているわけではありませぬ。あれだけのお働きは、余人にはできぬこと」

「お鍋は筑前の女房と親しゅうしておるそうじゃの。犬《いぬ》の女房とも」

「おねどのとおまつどのにございますね。あの無鉄砲な犬千代《いぬちよ》が利家《としいえ》どのとなられで、前田《まえだ》の軍勢を率《ひき》いている。今は上杉討伐《うえすぎとうばつ》にかかっておるそうな。上さまはたのもしき家臣をおもちにございます」

「うむ。狸に猿、犬とくれば、柴田《しばた》はさしずめ熊《くま》か。彼奴《きゃつ》らの肚の内はわかっている。が、どうにも読めぬ輩《やから》もいる」

信長はそこで、苦々しげに口をへの字に曲げた。

帰蝶はきっと眉をつりあげる。

「もしやわが身内のことを仰せなれば、わらわとおなじく、国師さまの一件で上さまに腹を立てているのでしょう。それで追従《ついしょう》がいえぬのでございます」

「またその話か。和尚《おしょう》のことなら許せと謝《あやま》った」

「謝ってすむことではありませぬ」

「救おうにも救えなんだのじゃ。彼岸《ひがん》で会《お》うたら、平身低頭《へいしんていとう》、地べたに額《ひたい》をすりつけて詫びてやるわ」

快川国師の死は信長にもこたえたようで、まだ口約束ではあったが、安土へ移ってから顧《かえり》みることのなかった崇福寺に新たに寄進をし、今後とも手厚く遇《ぐう》するということで帰蝶の怒りをなだめようとしていた。ほとんどあらゆる面で直感にも洞察《どうさつ》にも優《すぐ》れた男だが、ただひとつ、人情だけは解《かい》さない。そんなことで帰蝶の怒りが鎮まるはずもないということがわからないのか。

今さらむしかえしたくない話題を早々に切りあげ、

「お振《ふり》の熱は下がったか」

と、信長はまたもや話題を変えた。

「はい。ようなりました」

「長丸《ちょうまる》も元服《げんぷく》の儀をとりおこなわねばならぬの」

「一歳《ひとつ》しかちがいませぬゆえ、藤四郎《とうしろう》の元服もいっしょにしてはいかがにございましょう」

「よきにはからえ」

話しているところへ、小姓《こしょう》が家康一行の道中の様子を知らせてきた。予定どおり明日到着と確認をした上で、信長はおもむろに腰をあげた。

「徳姫に、家康に挨拶するよういうておけ。次に相《あい》まみえるときは他家へ嫁いでおるやもしれぬ」

「かしこまりました。して、どなたが饗応役《きようおうやく》をおつとめになられますのか」

「いかがしたものか、考えておるところよ」

信長はついと手を伸ばして枇杷《びわ》をつまみあげ、頰ばりながら出ていってしまった。帰蝶といるときは、うつけといわれた若いころにもどったような気安さである。

帰蝶は眉をひそめた。行儀のわるさではなく、最後のひとことに。

いかがしたものか考えている……などといったが、常に先へ先へ物事を見る信長にかぎって、そんなことはありえない。何事も先考即断。ましてや、家康一行が到着するのは明日と決まっているのだから。

饗応役をまだ決めていないのは、なにか魂胆《こんたん》があるとみたほうがよい。間際《まぎわ》に伝えてあわてさせる、迅速《じんそく》な対応ができるかどうか見定める、つまり、しくじれば叱《しつ》責《せき》しようと企《たくら》んでいるのではないか。

主《おも》だった家臣で、今現在、安土城にいる者は数少ない。城にいる者のなかで、信長が足をすくおうとしている家臣とは――。

「あッ」と、帰蝶はとりあげたばかりの箸を落としそうになった。

同日――――――――――――――――――――――安土城　天主

日が高くなるにつれて、安土城の天主も騒《さわ》がしくなる。

家康一行の接待は主に本丸御殿や饗応役の家臣の屋敷で行うが、信長は自慢の天主へも当然ながら招き入れ、己《おのれ》の力を誇示《こじ》するにちがいない。明日に迫《せま》ったそのときを見越して、隅々《すみずみ》まで拭《ふ》き清められ、家具や調度はみがきたてられている。

もちろん本丸御殿も、ありふれた御殿ではなかった。近い将来、帝《みかど》の行幸《ぎょうこう》を請《こ》うつもりで、内裏《だいり》の清涼殿《せいりょうでん》を模《も》して造っている。

帝の行幸――。

直接、聞いたわけではなかったが、帰蝶は、信長が将軍位に就《つ》こうとしていると考えていた。信長は平氏の末裔である。これまで将軍になったのは源氏のみ、平清盛《たいらのきよもり》でさえならなかった地位に就こうとしているのではないか。

あとひと息だ。毛利と戦っている秀吉が戦巧者《いくさこうしゃ》ならではの手腕を発揮して敵を打ち負かせば、悲願は叶《かな》う。

ここまで長い道のりだった。新婚当初の信長をおもえば、よくぞまァ、この乱世を生きのびたものよと感慨《かんがい》をおぼえる。まことにうつけなれば寝首《ねくび》をかけと父道三に送りだされ、何度となく激怒したり憎悪したり――今このときでさえ、うつぎのことや快川国師のことで怒り心頭に発しながらも――この三十三年間、夫唱婦随《ふしょうふずい》をつらぬいてきたのは信長が一度もうしろをふりむかず、ひたすら前だけを見つめて走りつづけてきたからである。その総仕上げが目前《もくぜん》に迫っている今、自分の縁者でもある光秀、そう、幼馴染の十兵衛尉《じゅうべえのじょう》が信長に引導《いんどう》をわたされるところだけは見たくない。

「御台さま。鍋にございます」

「待っていました。お入り」

「はい。お呼びとうかがいました」

「徳川どのの饗応役について、なんぞ聞いてはおらぬか」

「そのことにございます」

お鍋は膝《ひざ》を進めた。

「明智日向守に仰せつけられたそうにて」

「おもうたとおり……」

帰蝶はくちびるをかんだ。信長ははじめから明智光秀に饗応役を命じる気でいたのだ。朝餉のとき帰蝶にいわなかったのは、帰蝶の縁者であることをおもいだしたからだろう。

ということは、やはりいやがらせか。

「して、日向守はいかがしておる？」

「大あわてで京や堺《さかい》へ使いを立てたそうにございます」

それはそうだろう。今日の明日である。織田家の面目に恥じない饗応をするには、美味珍味《びみちんみ》を急ぎあつらえなければならない。

「お鍋。そなただけにいうのじゃ。わらわは胸騒ぎがしてならぬ」

帰蝶は気がかりを打ち明けた。お鍋は分身のようなもの、遠慮はいらない。

「日向守には織田と足利将軍の仲をとりもち、朝廷との橋わたしをする役目があった。長宗我部との仲介も日向さまのお役目だった。ところがその将軍は追放、長宗我部は切りすてて四国征伐にのりだすという。つまり、日向さまは無用になったのじゃ。上さまは、役に立たぬ者には容赦《ようしゃ》せぬお人ゆえ……」

お鍋は聡《さと》い。三十半ばになっても衰《おとろ》えない美貌が、一瞬にしてくもる。

「狡兎《こうと》死して走狗《そうく》烹《に》らる、にございますね」

なれど……と、思案する目になった。

「日向守は戦場で多くの手柄を立てておられます。丹波の国主でもあられますし、無用どころか、まだまだお役に立てましょう。そのくらいのことは、上さまとてご承知のはずにございます」

「それは……そうじゃが……」

「だいいち、日向さまは御台さまのお従兄《にい》さまではありませぬか。だれよりも大切になさっておられる御台さまを悲しませることなど、断じてありませぬ」

もちろん帰蝶も、信長が自分を苦しめるとはおもわなかった。明智光秀を切りすてて窮地に追いこむことは、帰蝶の顔に泥を塗《ぬ》ることになるのだから。

けれどその一方で、夫としての信長はともかく、武将としての信長は、私情にとらわれない男だ、ともおもう。

帰蝶の眼裏《まなうら》に、新婚当時の初々《ういうい》しい夫婦の姿がよみがえった。敵国から嫁いできた花嫁に内心とまどい、気後《きおく》れするがゆえにかえってぶっきらぼうになり、しばらくは手もふれられずにいた信長……。事あらば刺しちがえようと身がまえ、拳《こぶし》をにぎりしめながらも非凡な若者に胸をざわめかせていた帰蝶……。

あれから長い年月が流れた。今はもう、あのころの初心《うぶ》な二人ではない。双方、したたかにも老獪《ろうかい》にもなっている。

「三十三年も共に暮らしていながら、わらわは上さまがようわからぬ。歳月《さいげつ》がたてばたつほど、わからなくなる」

「わたくしにはわかります。上さまも御台さまも、お互いになくてはならぬお人にございます」

「されど快川国師のこともある。この上、日向守になんぞあらば……」

「ご案じ召されますな。饗応役を命じられたということは、それだけ上さまのご信任が厚いということにございます。大事なお役目を、だれが用なしのお人にまかせましょうや」

「そうじゃな。饗応役をつつがのうつとめれば、万事、丸うおさまるやもしれぬの」

二人が表情をやわらげたときだった。

信長の子を産んだ側妾《そばめ》の一人で、帰蝶の身のまわりの世話をしているお竹《たけ》が血相《けっそう》を変えて駆《か》けこんできた。

「何事じゃ」

お鍋がたずねる。

お竹は両手をついて一礼するや、帰蝶に上気《じょうき》した顔をむけた。

「内密に、とのことにございまするが、上さまは今しがた日向守をお呼びだしになられ、折檻《せっかん》なされたそうにて……噂では足蹴《あしげ》にされたとも……」

いよいよくるときがきたかと、帰蝶は脇息《きょうそく》をにぎりしめた。

――信長が日向守を折檻した。あの明智十兵衛尉を。

やはり案じていたように、信長は光秀を切りすてるつもりか。

いいや、それなら饗応役に抜擢《ばってき》するはずがない。徳川家康一行が訪れる前日になって命じたのは困らせようという信長特有の意地のわるさかもしれないが、折檻についていえば、饗応役の一件とはかかわりがなさそうだった。なぜなら、準備にとりかかったばかりでは文句《もんく》のつけようがないからだ。

「なにゆえ、折檻されたのじゃ」

帰蝶はたずねた。声がうわずっている。

「存じませぬ。そこまではおそらくだれも……。人払いをされ、お二人で話しておられたそうにございますから」

「二人きりで話していたなら、なぜ折檻されたとわかるのじゃ」

「それは、その……」

むろん、そうだ。襖には目や耳がある。貧家の破れた襖でも、狩野永徳の絵に彩《いろど》られた安土城の襖でもおなじこと。

「もうよい。して、そのあとはどうなった？　日向さまはいかがしておられる？」

「日向守なれば、何事もなかったかのように、饗応の仕度《したく》をしておられるそうにございます」

帰蝶はとりあえず安堵した。

「上さまは……」

「お出かけにございます」

「四国のことで日向守がなんぞ進言したのやもしれぬ。それが上さまの逆鱗にふれたに相違ない」

四国征伐――。

長宗我部氏と血縁まで結び、仲介役となっていた光秀の顔をつぶしてまでも、信長は四国をわがものにするつもりなのだ。

帰蝶は確信をこめていったが、お鍋は首をかしげた。

「四国の一件は、今にはじまったことではございませぬ。日向守は年初より、何度となく交渉にあたられ、苦しいお立場に立たされておいででした。若殿さまの出陣が決まってから日数もたっておりますし……」

「それもそうなれど……」うなずきはしたものの、帰蝶はやはり四国の一件がかかわっているような気がした。「むろん、たわいのないことやもしれぬ。虫の居所《いどころ》がわるいと、上さまはまわりのしわぶきひとつにも逆上するお人ゆえ……」

しかも、信長の腹の虫は、いつ機嫌をそこねるか、予測不能だった。今まで笑っていたかとおもうと、次の瞬間、まなじりをつりあげて刀をふりかざしている。実際に目の前で人が斬《き》られるところを、帰蝶は見たことがあった。

腹の虫のせいだと、無理にもおもいこむことにした。

「大げさに騒ぐこともあるまい。日向守に変わりはないのじゃ」

「さようにございますね」

帰蝶とお鍋はうなずきあう。

「なんぞあれば、新五が知らせてこよう。弟は地獄耳ゆえ」

「さすれば、これにて。おじゃまをいたしました」

お竹は退出した。

脇息にもたれて、帰蝶はため息をついた。

「ほんにのう……わらわが男子《おのこ》であれば……いや、せめて昔のままであったなら……日向守に会いにゆき、なにがあったか、なにがどう動いているのか、探りだしてみようものを。足があるのに使えぬとは、もどかしいことじゃ」

お鍋は痛ましげに帰蝶を見る。

「お気持ちはお察しいたしまするが、お顔の痣《あざ》なればずいぶんと薄《うす》うなられましたよ。化粧《けしょう》をなされば目立ちませぬ。お気になさらず、表へ出られても……」

「いいや。醜《みにく》い顔を人前にさらすくらいなら死んだほうがましじゃ」

帰蝶はぴしゃりといいかえした。

十二年前、疱瘡《とうそう》（天然痘《てんねんとう》）に罹《かか》った際の痘痕《あばた》はいまだに消えない。信長は意にも介さなかった。女たちも、おきれいですよ、などと世辞《せじ》をいうが、帰蝶は以来、頑《がん》として人前に出なかった。マムシの子が白鳥に化《ば》けた……と、新婚当初おどろかれたこともあって、なんだ、やはりマムシではないか、化けの皮がはがれたぞ……などと口さがない者たちからいわれるのはがまんがならない。

自分が表に出なくても、織田家はまわっている。

「そうじゃ。わらわもこうしてはおれぬ」

帰蝶は気をとりなおした。

「長丸と藤四郎の元服の仕度をせねばならぬ。丹羽家との婚礼の仕度も……。おお、その前に、明日のことじゃ」

明日は家康一行が来訪する。となれば、子供たちを五徳のいる二の丸へ移したほうがよいかもしれない。この天主の三重目は子供たちと女たちの住まいだが、十歳以下の子供が九人もひしめいていて、騒々《そうぞう》しいことこの上ない。いずれにせよ、子供たちには装束《しょうぞく》の仕度もしておく必要があった。信長がいつ、だれを呼びつけるか、わからないからだ。

「話しておかねば……。お鍋。徳姫をここへつれてきておくれ」

母の顔になって、帰蝶はお鍋に命じた。

同日――――――――安土城内　信忠邸

信長は同母弟を騙し討ちにして謀叛《むほん》の芽をつんだ。斎藤道三の嫡男も、弟を騙し討ちにしたばかりか、実父を成敗した。

骨肉の争いはこの時代、めずらしくもない。

そんな風潮《ふうちょう》のなかで、斎藤家の二人、帰蝶の異母兄の玄蕃助と同母弟の新五は、これまで争うこともなく、親密なつきあいをつづけていた。どちらも帰蝶を崇《あが》め慈《いつく》しみ、帰蝶が育てた嫡男、信忠の家臣として忠勤に励《はげ》んでいる。

「新五。聞いたか」

「日向守が上さまに折檻された話か」

「さすが早耳だの」

「兄者《あにじゃ》こそ、だれから聞いた？」

「聞くつもりがのうても聞こえてくるわ。こういう話は尾ひれがついて、おもしろおかしゅう囃《はや》したてられる」

二人は安土城内にある織田信忠邸の車舎《くるまやどり》に隣接する小部屋で、たった今、顔を合わせたところだった。太陽が真上にある時刻で、まわりに人はいない。

「忌々《ゆゆ》しきことよ。日向守も上さまのご気性《きしょう》は存じておられるはずではないか。なにゆえ、怒らせるようなことをしたのか。平身低頭しておれば、ご勘気にふれずにすむものを……」

齢《よわい》を重《かさ》ねるにつれて温厚になるならともかく、明智光秀はますます剛直《ごうちょく》になったようだ。新五は身内の一人としてはらはらしている。

一方、玄蕃助は明智びいきだ。

「日向守が腹を立てるは当然よ。四国の一件をみよ。そもそも筑前ばかりが目をかけられて、日向守はないがしろにされておる」

「筑前守は上さまのお子を嫡子にもらいうけたのだ。とても敵《かな》わんさ」

「日向守はわれらが従兄《いとこ》ぞ。虚仮《こけ》にされては、おれとてがまんがならぬ」

「しかし四国征伐はやむをえぬ仕儀でもある。長宗我部と盟約《めいやく》を結んだころとは事情が変わったのだ。それは日向守もご承知のはず」

「それならなにゆえ折檻された？　新五、おぬしはなんとみる？」

玄蕃助は父道三ゆずりの鑿《のみ》で彫ったような目で、異母弟を見すえた。

新五は父道三ゆずりの小ぶりのくちびるをゆがめる。

「内蔵助の一件だろう。とりなそうとしたにちがいない」

「稲葉家とのごたごたか」

「あれは内蔵助に非がある。稲葉さまが激怒するのは当然だ」

内蔵助は稲葉家の家臣だったが、明智家へ鞍替えした。ばかりか、今年になって、稲葉家の家臣をそそのかし、明智の家臣団にひきいれた。

「たしかに、あれはまずかった。もう少し、なんとかやりようがあったはずじゃ」

「稲葉さまが上さまに訴え出たと聞いて、内蔵助も不安に駆られたらしい。夕庵さまに泣きつこうとしておったぞ」

新五は、今朝がた、武井夕庵邸の門前で内蔵助とばったり出会った話をした。だが夕庵は京にいる。

「夕庵さまには荷が重かろう。争い事のお嫌いなお人ゆえ」

「おれもそうおもうたゆえ、姉上のほうが話が早い、たのんでやると約束した」

「そうか。で、妹はなんというた？」

「まだ会《お》うておらぬ。日向守の一件が聞こえてきたゆえ、少々訊きまわっていた」

「それも妹のためか」

「むろんだ。おれが目と耳を働かせるのは、若殿とわが姉のためだ。お二人をお守りするのがわれら美濃衆の役目」

玄蕃助は苦笑した。

「それは織田家のためでもあるぞ。われら美濃衆も、今や織田のいうなりよ」

「兄者はなんぞ不服があるのか。父上は織田に美濃を託した。上さまは約束どおり若殿に家督をゆずられた。美濃の面目を大いに立ててくださったのだ」

「おいおい、落ち着け。おれとてそのくらい、わかっておるわ。日向守はどうあれ、おれはどこまでも若殿をもりたててゆく」

「それを聞いて安堵した。姉上にとってはわれらだけがまことの身内だ。兄者。なにがあろうと、われらはお二人の後《うし》ろ盾《だて》になろうぞ」

「いうまでもないわ」

目をかがやかせていう新五と、弟に同調しながらもどこか冷めている玄蕃助――多少のちがいはあるものの、二人はこのとき、帰蝶の兄弟として、信忠の忠臣として、己の役割をまっとうするつもりでいた。遠からず異なった道を歩むことになろうとは、むろん、知る由《よし》もない。

玄蕃助と新五ばかりでなく、美濃出身の織田家家臣たちは皆、信忠を旗頭《はたがしら》に仰《あお》いでいた。なぜなら、信忠が美濃の血をひいているからだ。

信忠の出自はこみ入っている。

帰蝶を織田家へ嫁がせて七年後、道三は長良川《ながらがわ》の戦でわが子の義龍《よしたつ》に討たれた。晩年、身のまわりの世話をさせていた女が産《う》んだ娘を、道三は戦の前、小牧《こまき》にある家臣の家に隠していた。戦乱の最中、信長はこの娘を救いだし、生駒《いこま》屋敷へ匿《かくま》った。

生駒氏とは信長の母土田御前《どたごぜん》の母方の一族で、馬借《ばしゃく》から身をおこし、近隣の商《あきな》いを掌握《しょうあく》して、とてつもない財力を築《きず》いていた。織田家は生駒家の財力や人脈、輸送網を基盤に勢力を拡大してきたといっても過言《かごん》ではない。

当時、信長は生駒家に入りびたっていた。

娘は生駒屋敷で信忠（幼名は奇妙丸《きみょうまる》）を産んだ。道三生存中は、舅の目をはばかって、女を孕ませても帰蝶にはかくしとおしていた信長だったが、このときはちがった。道三はすでに死んでおり、嫁いで八年たっても帰蝶には子がさずからなかったので、もはやかくす必要がなくなっていたのだ。

美濃国を手中におさめるには、美濃を地盤とする武将たちをとりこまなければならない。そのためにも、美濃の血をひき、財力のある生駒家で生まれた信忠は、またとないさずかりものである。

異母妹の子――。

話を聞かされたとき、帰蝶は動揺した。が、マムシの娘は賢《かしこ》い。冷静になるや、この事実を逆手《さかて》にとることにした。

生駒家には他にも、信長の子を孕んだ後家《ごけ》がいると聞いていたからである。後家は、おるいという名がありながら、信長の幼名《ようみょう》の吉法師《きつぼうし》をもじって「吉乃《きつの》」と呼ばれるほど寵愛《ちょうあい》されているとやら。となれば、吉乃に正室の座をおびやかされないためにも、異母妹とその稚児《ややこ》を自らの庇護下におく必要があった。

〈なんという名にございますか〉

〈奇妙丸じゃ〉

〈おかしな名にございますね〉

奇妙な縁ということか。それとも、正室の異母妹と契《ちぎ》ってしまった気まずさを、とっさにごまかすためのおもいつきか。信長の命名に苦笑しながらも、帰蝶は平静をよそおって答えた。

〈さすれば、奇妙はわが手で育てまする〉

道三という後ろ盾を失った帰蝶にとって、信忠は、正室の座を安泰《あんたい》に保《たも》つための手形だ。ゆくゆくは美濃衆の旗頭ともなる稚児である。

清洲《きよす》城へ母子をひきとってからも、信長は生駒家へかよい、吉乃に茶筅丸《ちゃせんまる》と五徳の兄妹を産ませた。が、それ以外にも女がいた。しかも一人ならず。女たちは次々に信長の子を産んだ。今やその数二十余人。もっとも名目上は、帰蝶が全員の母ということになっている。

信長は桶狭間《おけはざま》の戦で今川義元《よしもと》を斃《たお》した。家康と同盟を結び、いよいよ美濃攻めにとりかかる足がかりとして小牧山に城を築いた。生駒家は小牧山城から一里《り》（約四キロメートル）ほど。小牧山城ができて三年後、吉乃は茶筅丸と五徳の二児と共に城へ迎えられた。このとき吉乃は不治《ふじ》の病に罹《かか》っていた。幼子《おさなご》を遺して、吉乃は死んだ。信長は吉乃の死を悼《いた》み、茶筅丸を喪主として葬儀を営んだ。一方、帰蝶の異母妹も奇妙丸の妹を出産した際、命を失っている。このときは奇妙丸が喪主《もしゅ》となり、葬儀をとりおこなった。

やがて信長は念願の美濃平定を果たした。帰蝶は生まれ育った稲葉山城へ意気《いき》揚々《ようよう》と凱旋した。城は岐阜城と名をあらためられ、敵対していた美濃衆も、美濃の象徴《しょうちょう》である奇妙丸のもとに結集した。

そう。信長は武力で美濃を手中におさめたが、美濃衆がこぞって信長の家臣となったのは帰蝶と奇妙丸、のちの信忠がいたためである。

玄蕃助と新五にとって、命を捧げる主は帰蝶と信忠であって、信長ではない。

同日――――――――安土城　天主

「徳姫さまがお越しにございます」

襖のむこうでお鍋の声がした。

帰蝶は筆をおき、文机《ふづくえ》から顔をあげた。

徳川家へ嫁いだ五徳は離縁して帰ってきたものの、冬姫《ふゆひめ》、鶴姫《つるひめ》、秀子《ひでこ》、永姫《えいひめ》はそれぞれ蒲生《がもう》家、中川《なかがわ》家、筒井《つつい》家、前田家に嫁いでいる。娘たちの婚礼をお膳立てしただけでなく、嫁いだあともひんぱんに文をやり、母らしい気づかいをみせるのは帰蝶の役目だった。政略結婚である以上、それこそが他家の内情を探る有効な手段でもある。

「お入りなされ」

書きかけの文をまきあげて、帰蝶は居住《いず》まいを正した。そのまま退《さ》がろうとしたお鍋をひき止め、二人をなかへ招き入れる。

「気分はどうじゃ」

「ご心配をおかけいたしましたが、すっかりようなりました」

母に訊かれて、五徳は答えた。

たしかに顔色はよい。が、帰蝶の目には、五徳がひどく緊張しているように見えた。やはり舅だった家康に面会するのが不安なのか。

「明日の段取りを話しておかねばなりませぬ。そなたにしてみれば辛《つら》い思い出、今さら心乱されとうはなかろうが、仮にも舅上《ちちうえ》と呼んだお人じゃ。そなたの娘たちにとっては祖父でもある。知らぬ顔はできませぬよ」

「承知しております」

「なればよい。お鍋。お竹に申しつけて、徳姫の衣装をととのえておくよう」

「かしこまりました」

帰蝶はあらためて五徳に目をむけた。

「そなたがどんなおもいをしたか、わかっています。が、戦乱の世、夫を失うはようあることじゃ。このお鍋も戦で夫を亡《な》くした。そなたの亡き母も最初の夫を亡くしている。わらわも兄の手で父や弟を奪われた」

五徳は神妙に耳をかたむけている。なにか心にかかることがあるのか、膝においた両手を白くなるほどににぎりしめているのが、帰蝶は気にかかった。

「戦場ならいざ知らず、信康《のぶやす》どのが切腹にて果てたはたしかに異様なこと。そなたが不審におもうは当然じゃ。じゃがの、徳川さまにはそれだけの、やむにやまれぬご事情があったに相違ない。悔《くや》しかろうが、すんだことはきっぱり忘れて……」

「徳川さまのことではありませぬ」唐突《とうとつ》に、五徳が口をはさんだ。すがるような目で帰蝶を見つめている。「母上におねがいがございます」

「いうてみなされ」

はい……といいながら、五徳はもじもじしている。

帰蝶はやさしい目になった。

「遠慮はいりませぬ。ほかならぬそなたのねがいじゃ。わらわにできることならなんでもしましょう」

五徳はひと膝、進み出た。決然とした目の色になる。

「父上は、わらわを再嫁させると仰せにございます。それだけは、なんとしてもおやめくださるよう、母上からたのんでくださいまし」

「二度と嫁ぎとうない、ということか」

「いえ、さようなわけでは……」

「しかし、再嫁はいやじゃと……」

帰蝶は首をかしげた。唾《つば》を呑《の》む音が聞こえた、とおもうや、五徳の頬から首すじが紅《あか》く染《そ》まった。

「いいかわしたお人がおります」

「なんとッ」

心底おどろいた。京へやるまで心を病《や》んでいた娘である。京から帰って病は癒えたようにみえたが、なにかといえば御殿へこもり、あるいは寺社詣《もう》でに足しげくかよい、なにを考えているのか、真意のつかみきれない娘だった。いったいいつ、どこで、そのような相手を見つけたのか。

目の前で身をちぢめている五徳をはじめて見る生き物でもあるかのようにながめ

ながら、それでも帰蝶はたちどころに冷静さをとりもどしていた。

武将の娘は童女《どうじょ》のころから己の役目を教えこまれる。男子が初陣《ういじん》を心待ちにするように、女子は家と家との架け橋になる日を待っている。

けれど五徳は、すでに役目を果たしていた。離縁したとはいえ、織田と徳川の血をひく娘を二人、産んでいる。幼い娘たちが徳川で大切に育てられている今、両家の結びつきは盤石《ばんじゃく》だった。

好いた男がいるなら、おもいのまま、添わせてやってもよいのではないか。

「その男と添いたいと申すのじゃな。家中の者か」

「はい……」

「名はなんという？」

「埴原左京亮さまにございます」

一瞬、間が空《あ》いた。左京亮が何者かおもいだそうとしている帰蝶の目に、五徳のうしろにひかえるお鍋が両手で口をおおうのが見えた。

「埴原……左京亮……」

「御台さま。乙殿にございます」

お鍋が口をはさんだ。五徳はすかさずお鍋を見る。

「お鍋も幼名を知っているのか」

五徳に訊かれて、お鍋は目を白黒させた。

「は、はい。左京亮さまのご幼名は……」

「そなたが岐阜城へあがったころはもう、左京亮さまは京におられたはずじゃ」

「それは……さようにはございますが、埴原家のことはいろいろと……そう、かつて姫さまがお小さいころ、亀《かめ》を見たさに乙殿のあとをついてゆき、大騒ぎになった話などもうかごうてございます」

帰蝶は言葉を失っている。

なにかがおかしいと、五徳も察《さつ》したようだった。

「母上。埴原家は小身《しょうしん》にございます。むろん徳川さまとは比べようもございませぬ。なれど、織田家にとりましては忠義の臣、この先、たよりとなりましょう」

帰蝶は一瞬目を泳がせたのち、ひとつ息をついた。

「なにも、埴原がわるいというておるのではありませぬ」

「されば、左京亮さまと……」

「それはならぬ」

「なにゆえにございますかッ」

「それは……」

「左京亮さまとは京の馬揃えでお逢いいたしました。それは美々《びび》しゅう……というても見た目だけではありませぬ。武田攻めでも敵の首級《みしるし》をあげるお働きをなさいました。文武に優れ、諸芸にも秀で、お人柄も非の打ち所がございませぬ」

「そういうことではないのじゃ」

「では、なにゆえ、ならぬと？」

「姫さま、お心をお鎮めくださいまし」お鍋がかたわらへにじりよった。「御台さまは、なにもいじわるで仰せなのではございませぬ。ご事情がおありなのでございます」

「事情とはなんにございますか。母上。お教えください」

帰蝶は素早く思案をめぐらせた。今、五徳はのぼせあがっている。なにをいっても、聞く耳はもたないだろう。いっそ真実を打ち明けてしまおうかともおもったが、それを聞いたときの衝撃がどのような事態をもたらすか、想像がつかない。

だいいち、左京亮のことは信長の秘密で、帰蝶が勝手に話してしまうわけにはいかなかった。

お鍋に目くばせをする。

「ようわかった。左京亮のことはわらわがあずかる。ようよう考え、わるいようにはせぬゆえ、しばしお待ちなされ」

「母上……」

「いずれにせよ、そなたを再嫁させる話は断《ことわ》りましょう。安心なされ」

表情をやわらげた五徳を見て、帰蝶は、ただし……とつけくわえた。

「貞節《ていせつ》を守って、決して早まったことをしてはならぬぞ。よいか徳姫、それだけは心しなされや」

五徳は両手をつき一礼したのち、腰をあげた。いったん敷居際《しきいぎわ》まで下がって膝をつき、もう一度、今度は挑《いど》むような目で帰蝶を見る。

「母上のお言葉、承《うけたまわ》りましてございます。なれど、左京亮さまとわたくしはもう、他人ではございませぬ」

五徳は立ち去った。

帰蝶とお鍋は茫然《ぼうぜん》と顔を見合わせる。


「う、う、うつぎがついていたら、かようなことにはならなんだはず。お亀はなにをしておったのじゃ。そばについていていながら気づかぬとは……」

帰蝶は脇息に拳を叩《たた》きつけた。

お亀も信長の側妾《そばめ》の一人で、うつぎ亡きあと、五徳の身のまわりの世話をしている。

「姫さまは長いことお気鬱《きうつ》にございました。お亀は新参者ゆえ遠慮があったのでしよう。上さまの御用をつとめることもございましたし……」

「だれぞに宿直《とのい》をさせればよいのではないか。気の利《き》かぬ女子よ」

腹を立てたところで、今となっては遅い。

「いかがしたものか。よもや、このようなことに……」

「ほんに、よりによって左京亮さまとは……姫さまも不運なお方にございます」

二人は同時に嘆息《たんそく》した。

「上さまにいうてはなりませぬ」

「はい。なれど、このままでは早晩……」

「断じてならぬ。上さまはああ見えて、人一倍潔癖《けっぺき》なお人ゆえ」

数多《あまた》の女を孕ませてきた信長だが、若気《わかげ》の至りは別として、ただ乱淫《らんいん》をむさぼっていたわけではなかった。妻妾や子らは皆、帰蝶の庇護下におかれている。今は亡き帰蝶の異母妹もそうだが、お鍋が安土どのとして妻の役割を果たしているのも、信長自身ではなく、むしろ帰蝶の意によるものだった。

弟を騙し討ちし、比叡山《ひえいざん》の僧徒を焼き殺し、神仏を恐れぬ所業《しょぎょう》を数々しでかしてきた信長だが、私生活においてはおどろくほど謹厳《きんげん》である。

「岩村《いわむら》どののこともある」

「さようにございますね。もしや、お二人の仲をお聞きあそばせば……」

帰蝶とお鍋は身をふるわせた。

岩村どのとは、岩村城へ嫁いだ信長の叔母《おば》である。信長の男児を養子にしていた。ところが夫の死後、武田方に攻められ、やむなく開城。敵将の妻となり、男児を武田方の質子《ちし》にさしだすという、織田にとってはおぞましい裏切りをしてのけた。激怒した信長は岩村城を攻め、城兵とその家族を皆殺しにした上、夫共々叔母を逆《さか》さ磔《はりつけ》に処している。

むろん、五徳は父を裏切ったわけではない。が、身持ちのわるい女を、信長がどれほど忌《い》み嫌うか。しかも五徳の相手が左京亮となれば――。

「なんとしても二人をひきはなさねば……」

「こうなれば、埴原《さつきゆう》家のほうから、左京亮さまにいいふくめていただくしかございませぬ。それも早急《くじゆう》に」

帰蝶とお鍋は苦渋にみちた顔を見合わせた。

左京亮、幼名乙殿は信長のかくし子、五徳の異母兄である。

帰蝶が乙殿の存在を知ったのは、まだ童女だった五徳が乙殿のあとについて埴原家へいってしまい、大騒ぎになったときである。というのは、乙殿が誕生したころはまだ道三が健在で、舅をはばかって公《おおやけ》にされなかったからだ。乙殿の生母、お駒《こま》は織田家に仕《つか》えていた。身ごもったとわかり、急遽《きゆうきよ》、家臣の埴原常安《つねやす》に下げわたされた。

主の子を宿《やど》した女をもらいうけるのは一門の誉れだ。しかも以後、埴原家は信長からさまざまな恩恵をうけていた。夫婦は仲むつまじく、お駒は男児を出産したのち、夫の娘を三人、産んでいる。

丸くおさまったはずの信長の若き日の放蕩《ほうとう》が、今になって、こんなかたちでおぞましき事態に発展しようとは……。

「こうしてはおれませぬ。ただちにお駒どのに会《お》うて参ります」

「よろしゅうたのみます」

帰蝶はお鍋を送りだした。

お鍋がいてくれてよかった——。

いつものことながら、帰蝶は安堵《あんど》した。手足となって働いてくれる女がいなければ、どうなっていたか。信長の子を三人も産んでいればこそ、安心して何事もまかせられる。

お鍋が岐阜城へ嘆願《たんがん》に訪れた日のことを、帰蝶は忘れたことがない。織田方についたがために夫は討ち死に、幼い子らを質子にとられて途方に暮れていた女は、それでも精一杯、気丈《きじょう》にふるまっていた。二十歳《はたち》になるやならずの楚々《そそ》とした見かけとは裏腹に、烈しいまなざしをぴたりと信長にすえて、

〈わらわの子らをとりもどしてください〉

と、訴えた。いや、訴えるというより、命じるがごとき口調だった。

その後、帰蝶は流行病《はやりやまい》による痘痕《あばた》を恥じて表舞台から退《しりぞ》き、異母妹も吉乃も病死、さてどうしたものかと頭を抱《かか》えたとき、お鍋の顔が浮かんだ。

あの女子なれば織田家を守れる――。

安土城が築城され、信長が岐阜から安土に移る際、お鍋に信長の妻の役を割りふったのは最良の決断だった。戦の絶えぬ乱世、武将の妻は知力と胆力《たんりょく》を兼ねそなえていることが必須である。

そう。お鍋なら、五徳と左京亮の不運な恋も上手《うま》くおさめてくれるはずだ。

帰蝶は脇息にもたれて、かゆくもないのに頬の痘痕をかいていた。

同日――――――――――――安土城　天主

年齢《とし》をかさねるにつれて一日は短くなってゆく。天主にこもって似たような日々をすごしている帰蝶でさえ、そう実感していた。それでも、ごく稀《まれ》に、二度と日が暮れないのではないかとおもうほど長い一日がある。

天正《てんしょう》十年（一五八二）五月十四日もそうだった。

「御弟君《おんおとうとぎみ》がご面会をねごうておられます」

お竹が知らせにきたとき、まだ夕暮れには間があった。

光秀が信長に折檻された話だろうと、帰蝶はおもった。光秀が饗応役に命じられたのは今朝《けさ》のことだ。接待前日ではさぞ大変だろうと気の毒におもっていたら、折檻されたという噂が聞こえてきた。案じていたところへ、今度は五徳の問題がもちあがった。次から次へ心配事が怒濤《どとう》のように押しよせてくる。一日が倍にも三倍にもおもえるような――。

「いつものところで待つように、と」

「承知いたしました」

お竹が出てゆくと、帰蝶は鈍色《にびいろ》の頭巾《ずきん》をかぶった。尼僧《にそう》がかぶるような頭巾には、共布が縫《ぬ》いつけてある。片手で共布の端《はし》をひきよせれば、頰から下をおおいかくせる。

段梯子《だんばしご》を下りた。居室のある四重目から、女たちと子供たちが暮らす三重目へ。三重目から、書院や小座敷のある二重目へ。二重目から石蔵《いしくら》のある一重目へ。石蔵のかたわらにもうけられた秘密の面談場である。庭の四阿《あずまや》をそっくりもってきたような造りで、奥まった場所にある上、大柱に遮《さえぎ》られて、表からは見えない。

帰蝶はするりと面談場へ入った。

帰蝶を認めると、新五は「ああ」とも「おう」ともつかぬ声をもらした。暗がりなので顔色まではわからないが、双眸《そうぼう》に深刻な色がある。

「姉上にはご機嫌うるわしゅう……」

「挨拶はよい。なにがあったのじゃ」

二人は簀《す》の子《こ》に腰をかけた。

「日向守が上さまに折檻された一件にござる。内蔵助を庇《かば》ったためだと……」

「内蔵助？」

「斎藤内蔵助が稲葉さまから訴えられておるそうにて」

新五は、内蔵助が旧主の家臣を明智へ鞍替えさせた話をした。

「さようなことがあったとは……」

帰蝶は眉をひそめた。それでなくても、近ごろは光秀への風あたりが強くなっている。とりわけ四国の一件では、信長と光秀は真《ま》っ向《こう》から意見が対立している。こんなときに内蔵助が強引な家臣のひきぬきをすれば、どんな憶測《おくそく》を呼ぶか。織田家に叛旗《はんき》をひるがえすために人集めをしているともおもわれかねない。

「日向守ともあろう者が、なにゆえ内蔵助どのを諫《いさ》めなんだのか」

「ここだけの話にござるが、日向守ご自身が、躍起《やっき》になって家臣をふやそうとしておられる模様《もよう》にて。兄者にも不穏《ふおん》なもちかけをしたらしゅうござる」

「兄者に不穏なもちかけ？」

二人が兄者というのは、異母兄の玄蕃助である。

「なんぞ事があらば、同族のよしみ、わがほうへ身方するように……と」

帰蝶は息を呑んだ。

「日向守は、上さまに背《そむ》くつもりか」

「上さまにはここまでひき立ててもろうた大恩がござる。まさかそこまではなさるまい。しかし筑前守のことなれば、嫌いぬいておられるゆえ……」

「羽柴筑前と一戦まじえるとでも？」

「ゆくゆくは、あるやもしれませぬ」

それよりも……と、新五はつづけた。

「内蔵助も日向守同様、われらが身内にござる。放ってはおけませぬ」

帰蝶は、遠目に見た内蔵助の威風堂々《いふうどうどう》とした姿をおもいだしていた。直接口をきいたことはなかったが、織田家中一とも讃《たた》えられるほど勇猛な内蔵助が斎藤一族であることを、かねてより誇《ほこ》らしくおもっていたのである。

「わらわから上さまにとりなせと……」

「姉上にすがるしかござりませぬ。内蔵助もぜひお力を貸していただきたいと申しております る」

帰蝶はやれやれと首を横にふった。一難が去らぬうちにまた一難、今日という今日は、厄介事《やっかいごと》に追いたてられる一日らしい。

むろん、否《いな》とはいえない。

「できるだけのことは、やってみるが……」

帰蝶は即座に立入宗継の顔をおもい浮かべた。光秀と懇意にしていて、信長とも親しい。しかも信長は昨年のうつぎの一件で宗継に負い目を感じているはずだ。宗継が仲裁《ちゆうさい》に入ればなんとかなるかもしれない。

だが、宗継は京だ。今日明日というわけにはいかない。

「立入宗継どのに文を書きます。監視の目はきびしいが、立入どのなれば、確実に文をとどけてくれる者がおるゆえ」

「かたじけないッ」

「明日は徳川さまがおいでじゃ。明智さまも饗応役に専心しておる由《よし》。饗応の最中に話をむしかえさば、かえってこじれよう。ご一行がご機嫌よう帰られ、上さまのお心が落ち着かれたころあいを見計《みはか》らって、わらわからも内蔵助どののこと、おねがいしてみます」

それでよいかと訊かれて、新五は口元をほころばせた。昔のままの童顔なので、帰蝶もつい目尻《めじり》を下げる。

「日向守……明智十兵衛尉どのにはよう遊んでもろうたの」

「姉上が織田へ嫁がれたとき、日向守はお寂《さび》しそうにござった」

「そなたはたしか九つ。翌々年には母上が死んでしもうて……」

「日向守とも会えのうなった。哀《かな》しゅうて泣いたら親父どのに叱《しか》られたわ」

二人の母は明智の娘、光秀の叔母である。

「十兵衛尉どのは野心満々の若者じゃったのう」

いいながら、帰蝶は小首《こくび》をかしげた。しばし思案した上で、すいと腰をあげる。

「新五。兄者にもよういうておくのじゃ。日向守も内蔵助どのも身内にはちがいないが……まずは若殿、織田家の当主に忠義を尽くすように、と」

天正十年五月十五日――――安土城　天主

ひっきりなしに聞こえていた人馬の足音が静まって、本丸の方角から華やいだ気《け》配《はい》が流れてくる。
・つつがのう進んでおるようじゃ――。
帰蝶は安堵の息をついた。

予定どおり家康一行が到着した。安土城の大手門内にある徳川邸にて装束をあらため、休む間もなく本丸御殿へ入っている。

今は旅の疲れを癒《いや》すための軽い膳が供されているころか。

軽いといっても、鯛《たい》の焼き物や鮒《ふな》ずし、菜汁《なじる》や香《こう》の物、御飯《ごはん》という本膳から、まながつおの刺身《さしみ》に鴨汁《かもじる》などをとりあわせた五の膳まで、そして最後には御菓子《おんかし》と、古式にのっとった献立《こんだて》である。

天主にいる帰蝶が直接目にすることはないが、本丸御殿の様子は逐一《ちくいち》、耳に入っていた。なかでも献立は、饗応役の明智光秀から事前に報告をうけている。応対をしたのはお鍋だが、お鍋は帰蝶の手足も同然、安土城のことで帰蝶の耳目《じもく》にふれぬものはほとんどない。

少なくとも、これまではそうだった。ところが――。

「御台さま。入ってもよろしゅうございましょうか」

お亀の声がした。切迫《せっぱく》した響きが感じられる。

「いかがしたのじゃ」

「徳姫さまが急な差し込みにて……御台さまが良薬をおもちゆえ、もろうて参るようにとの仰せにございます」

信長の側妾の一人でもあるお亀は、五徳の身のまわりの世話係でもある。二の丸御殿から駆けつけたのだ。

「仮病《けびょう》ではあるまいの」

かしこまっているお亀に、帰蝶は探るような目をむけた。

「よもや、さようなことは……」

心底おどろいたからか、それともぴたりといい当てられたからか、お亀は狼狽《ろうばい》した。認めたくはないが、それもありうるとおもいついて、にわかに不安になったのかもしれない。

「わらわが徳姫でも仮病をつかいとうなる。徳川さまに会えば、おもいだしとうないことまでおもいだそう。気鬱の病がぶりかえすやもしれぬ」

「今朝はお目覚《めざ》めのときからおつむりが痛いと仰せられて……それでもお仕度をなさろうとしておられましたが、突然、息苦しゅうなったとお胸をおさえられ……」

「それでわらわの薬を所望《しょもう》と……」

たしかに帰蝶は、差し込みに効《き》く唐来《とうらい》の薬をもっている。

「薬をとりによこすなら、なにも、そなたでのうてもよいものを」

「今朝はあわただしゅうございます。御台さまのまわりにもし人がおらぬとき、下《げ》女《じょ》の使いでは役に立ちませぬ。それゆえ、そなたが直々《じきじき》にもろうてきておくれと、姫さまは、さよう仰せになられて……」

帰蝶は天主の外へ出ない。ごくかぎられた身内としか面会しなかった。重篤《じゅうとく》か足萎えか、いや、とうに死んでしまったのではないか……などという噂まで、下々の者たちのあいだではまことしやかに流れている。

五徳がお亀を使いにだしたのは、お亀なら帰蝶と直に面会ができるからだ。つまり、それだけ痛みが差し迫っていたと考えることもできたが——。

邪推《じゃすい》をすれば、体《てい》よく追い払おうとした、と、みることもできる。

「さればこれを」

帰蝶は違い棚《だな》の上の木箱から薬の袋をとりだし、お亀に手わたした。

「急いでもどりなされ」

五徳は今、気持ちが昂《たか》ぶっている。なにをしでかすかわからない。

お亀もにわかに不安になったようだった。袋をおしいただくや腰を浮かせる。

「そなたも上さまのご気性は存じておろう。徳姫が羽目《はめ》をはずさぬよう、目を光らせておくことじゃ。しかとたのみまするぞ」

「は、はいッ」

五徳の夫だった信康は罪を問われて切腹させられてしまったが、幼い娘たちは徳川家で養育されている。となれば、いつなんどき、元舅に挨拶せよと信長から呼びだしがかかるか。速《すみ》やかに応じなければ信長の機嫌をそこねる。

むろん、帰蝶が案じているのはそのことだけではなかった。それよりはるかに厄介なこと……そう、五徳の恋、である。

よりによって相手があの乙殿、埴原左京亮とは――。

しかも、二人はもう深い仲になっているらしい。

埴原家は、織田家の家臣のなかでは中の上といった家格だが、左京亮は幼年期に公卿《くぎょう》の猶子《ゆうし》となり京で暮らしていた。従五位下《じゅごいのげ》という官位までもっているのはむろん、信長のかくし子だからだ。

お亀を送りだした帰蝶は、両手で左右のこめかみを揉《も》みほぐした。忌《い》まわしい恋に溺れるとは、つくづく五徳が恨《うら》めしい。

母として娘を案じていないわけではなかったが、帰蝶には娘以上に守らねばならぬものがあった。織田一族の安泰である。そのためにも波風は立てられない。

信長は宿敵の武田を滅ぼした。朝廷からは「望みの官位をやろう」と打診されている。四国を平定し、最後の宿敵である上杉と毛利を討ち果たせば、本人がいうところの「神」になるにも等しかった。端《はた》から見れば前途洋々《ぜんとようよう》である。

けれど、ここへきて帰蝶は不安を感じていた。

織田家の現当主は信忠だ。美濃の血をひく信忠の周囲をかためているのは美濃衆である。が、伊勢の神戸《かんべ》家の当主となった信孝（幼名は三七丸）も数々の戦に出陣して、この春の武田攻めでも功をたてていた。朝廷につながりをもち、異国の宣教師とも親交があるようで、そのそつのない外交手腕でも、父信長から一目《いちもく》おかれている。

武田攻めのあと、信孝は四国征伐をねがい出て、八日前の五月七日に丹羽長秀と共に出陣する許しをえた。それを知った武将たちがこぞって人馬や兵糧《ひょうろう》を支援したので、まだ青二才の信孝が今や総大将の貫録《かんろく》をただよわせている。

そんなとき、美濃衆筆頭の明智光秀の家臣、斎藤内蔵助利三が不始末をしでかした。内蔵助を訴え出た稲葉家も美濃衆の一人だから、いわば内輪揉《うちわも》めである。事が大きくなれば、帰蝶や信忠の立場もわるくなる。

帰蝶の不安にはそれなりの根拠があった。徳川家の内紛である。父子の亀裂《きれつ》——信長と信忠のあいだに生じる不信——こそ、帰蝶がなにより恐れるものだ。

そんな危うい最中に、信長を苛立たせる出来事などもってのほかである。五徳と左京亮の恋は断じて見逃《みのが》せない。

人の世はつくづくままならぬものだと、帰蝶はため息をついた。父道三が実の息子に討たれたのも宿世《すくせ》なら、自分が痘瘡《とうそう》に罹《かか》ったのも宿世、五徳が禁断の恋に落ちたのも宿世……。

二人はひきはなすしかない。それも早急に。

脇息《きょうそく》にもたれて、帰蝶は思案をめぐらせた。

同日――――――――――――――安土城　本丸

丸袖《まるそで》の着物に細帯《ほそおび》、素足《すあし》に草鞋《わらじ》、頭は白い布で髪をつつんで前結びにした桂巻《かつらまき》……どこから見ても下女としか見えないいでたちで、五徳は本丸御殿のまわりを歩いていた。左京亮を探している。

なにゆえ、昨夜《ゆうべ》にかぎって、左京亮さまは訪ねてくださらなかったのか。話したいことが山ほどあったのに――。

五徳は眠れなかった。

昨日の昼間は天主へ呼びだされた。母に問いつめられ、左京亮との仲を打ち明けてしまった。母なら父にとりなしてくれるのではないかと期待したのに、母は反対の意をかくさなかった。左京亮が城持ちの武将でないからか。それとも、他にわけがあるのか。

理由がなんであれ、今は、母に話したのはまちがいだったと覚《さと》っていた。母はあのあと埴原家へ人をやって、左京亮に忠告したにちがいない。そう。だから、昨夜はあらわれなかったのだ。

なんて、ひどい――。

このまま逢えなくなったら……そうおもうと、家康どころではなかった。なんとしても左京亮に逢って、変わらぬ心をたしかめたい。ぐずぐずしていれば、出陣の命令が下る心配もある。四国の長宗我部征伐が目前に迫っている。

そこで一計を案じた。差し込みのふりをしてお亀を使いに出し、あらかじめ手に入れておいた下女の扮装《ふんそう》をして二の丸御殿を忍び出た。

二の丸は塀《へい》にかこまれている。警備もきびしいが、下女のふりをすれば門の出入りは可能だった。とりわけこの日は本丸に人があつまっているので、二の丸御門も人がひっきりなしに出入りしている。

家康一行を迎えて、城内はざわついていた。

五徳はまず、天主や本丸とは反対の西側にある埴原家の屋敷へいってみた。おもったとおり、左京亮も両親もいなかった。もちろん本丸の御用に駆りだされているのだろう。饗応役以外にも警備役や案内役、接待役など、家臣にはさまざまな役が割りふられている。

本丸へゆくことにした。

たとえ見つけたとしても、まわりに人がいれば近づけない。話ができても、だれかに見とがめられるかもしれない。無謀なまねはしないほうがよいとわかっていたが、この機を逃せば逢えなくなるのではないかと不安が先に立って、じっとしてはいられなかった。

逢いたい、どうしても――。

五徳は物事をじっくり考えて為《な》すのが苦手《にがて》だ。おもいたてば即、実行に移してしまう。よくいえば決断力がある。わるくいえば軽はずみ。徳川家に嫁いでいたときも、不満があれば考える前に筆をとって父信長に訴えていた。自分の行いが禍《わざわい》の種を撒《ま》くことになるとはちらりともおもわずに……。

下女の扮装が、なおのこと五徳を大胆《だいたん》にしていた。この姿を見て、だれが信長の娘と気づこうか。どのみち下女が入りこめる場所はかぎられていた。信長や家康と鉢合《はちあ》わせする心配はまずない。

北東の虎口《こぐち》から南東の虎口まで、目立たぬように歩いてみた。御殿はさんざめいている。下女に目を留《と》める者はいない。

もしや、あのお人では――。

左京亮に似た人影を見つけるたびに、五徳は胸を昂ぶらせた。期待と落胆《らくたん》をくりかえしながら、広大な本丸をあてどなく歩く。

「おい、そこの女ッ。なにをぐずぐずしておる？　早《はよ》う終えてしまわぬか」

ふいに怒声をあびせられた。五徳は身をすくめる。

なにを終えるのか、だれとまちがえられたのか、わかるはずがなかった。あわててかたわらの小屋へ逃げこんだところで、あやうく悲鳴をあげそうになる。厩《うまや》だった。

男が二人、片隅《かたすみ》で話しこんでいる。薄暗いので五徳には気づかない。

五徳は物陰《ものかげ》にかくれた。

「とんでもない不始末《ふしまつ》をしでかしたものよのう」

「烈火《れっか》のごとく怒っておられるそうだが、無理もないわ」

「で、どうなる？」

「わからぬ。兄者はどうだ？」

「おれは、このままではすまぬとおもう。いや、確実に、まずいことになる」

「しかし上さまは機嫌よう談笑しておられたぞ」

「三河守《みかわのかみ》がおられるからだ。一行が去ったあとどうなるか。笑顔に騙されて近づくやまっぷたつ……そんな例なら、おぬしも存じておろう。それが上さまの恐ろしさよ」

三河守とは徳川家康である。

五徳は聞き耳を立てた。

どちらの声にも聞きおぼえがある。眸《ひとみ》を凝《こ》らした。帰蝶の異母兄の玄蕃助と同母弟の新五ではないか。帰蝶は五徳の養母で生みの母ではないから五徳と血縁はないが、幼いころはよく遊んでもらった。

　徳川家から出もどった当初、五徳は岐阜城で暮らしていた。信忠の家臣である二人も岐阜城にいたはずだ。とはいえ、当時の五徳は気鬱の病がひどかったので、表には出なかった。二人と話した記憶はない。すぐにわからなかったのは、五徳の記憶にある二人の面影《おもかげ》が十年以上も前のものだったからだろう。

　話はつづいていた。

「たしかにやりすぎだ。人倫《じんりん》にもとる」

「うむ。他人のものを盗《ぬす》むとはの」

「しかも盗んだのは人、それも家を背負うて立とうという……」

「下手《へた》をすれば打ち首、いや、磔《はりつけ》か。おそらく切腹はまぬかれまい」

「やめてくれ、兄者。不吉な話は」

「おぬし、上さまのお目を見たか。顔は笑《わろ》うていても目は笑うていなかった。あれは嵐の前の静けさだ。妹もひどく案じておったそうではないか」

「おう、案じておったどころではないわ。日頃は沈着《ちんちゃく》な姉上が別人のようだった。とり乱していた、といってもいい」

　二人が話しているのは、もしや、左京亮のことではないか。そう、まちがいない。信長から五徳を盗んだ。とんでもないことをしでかした。五徳の話を聞いた帰蝶は青ざめ、明らかに動転していた。

「忌々しき仕儀になったのう。妹はいかなる手を打つつもりか」

「立入宗継どのをあいだに立てるというていた」

「たしかに財もある、朝廷に顔も利《き》く、上さまも一目おいておられる。だが京の御《ご》仁《じん》では当座の間にはあうまい」

五徳は凍《こお》りついていた。京では立入家に滞在して、宗継の世話になっている。二人の話は自分と左京亮のことにちがいない。

と、そのときだ。人声が聞こえた。

「おっと、こうしてはおれぬ。明日もまた、おなじ時刻に……」

「よし。聞きこんだことを知らせてくれ」

二人は急ぎ足で出ていってしまった。それぞれの役目にもどって聞きあつめたことを、逐次《ちくじ》、ここで披瀝《ひれき》しあっているのだろう。信忠邸では話せないことも、自分たちの顔を知る人間のほとんどいない本丸の厩なら、万が一聞かれてもごまかせる。

五徳は血の気の失《う》せた顔でしゃがみこんでいた。

こんなに早く、左京亮との密会が知れわたるとは……。地獄耳の信長のことだ、もしかしたら帰蝶から教えられる前に気づいていたのかもしれない。

五徳の打ち明け話を聞いて、帰蝶は信長にそれとなくたずねた。そして危機を覚《さと》った。だからあわてて左京亮に知らせたのではないか。それなら、昨夜、左京亮が訪ねてこなかったわけも腑《ふ》に落ちる。

　身ぶるいが止まらなかった。信長は知らぬ顔をしているが、家康一行が帰ったとたん、牙をむきだそうと手ぐすねをひいているのだ。

　打ち首、磔――。

「ああ、どうしたらいいの……」

　どうしたら左京亮の命を救えるのか。

　こうなったら逃げるしかない。五徳はまなじりをつりあげた。駆け落ち……信長の手のとどかぬところへ……。

　しかしこの日の本《もと》、信長の手のとどかないところなど、あるのだろうか。

　兄の信意《のぶおき》（幼名は茶筅丸、のちの信雄《のぶかつ》）の顔をおもい浮かべた。

　同母兄なので、信意は気心が知れている。が、やさしい反面、優柔不断で日和見《ひよりみ》でもあった。しかも今は伊勢の北畠《きたばたけ》家の養嫡子《ようちやくし》になっている。どんなに妹おもいでも、いや、妹おもいだからこそ、信長の逆鱗覚悟で左京亮を匿《かくま》うとはおもえない。なんとしても二人をひきはなそうとするはずだ。

　五徳は首を横にふった。

　次に、生母の実家で、祖母の里でもある生駒家を考えた。

生駒家が近在一円の輸送網を掌握して絶大な力を有していたのは、ひと昔前のことだ。いまだ財力はあるものの、織田家との立場は今や完全に逆転していた。織田家に臣下の礼をとるようになった生駒家は、なんであれ信長の顔色をうかがう。たちどころに密告されてしまうにちがいない。

やはり首を横にふる。

ではどうすれば……と考え、五徳はあッと声をもらした。たった今、玄蕃助と新五がその答えを教えてくれたではないか。

――立入宗継。

豪商にして禁裏の御倉職。勅使に同行してくることもしばしばで、正親町《おおぎまち》天皇の信頼も厚い。信長とは武家の上下関係とはひと味ちがった和《なご》やかなつきあいをつづけているし、母とは長年の朋友《ほうゆう》らしい。

なんといっても、五徳自身、宗継の人柄にほれこんでいた。物腰が柔らかく笑顔を絶やさない。それでいて肝《きも》は太い。飄々としているようで心配りは細《こま》やかだった。鬱々《うつうつ》としていた自分が京で気力をとりもどすことができたのは宗継のおかげだ。

立入宗継なら、自分たちを匿ってくれるのではないか。

それだけではない。左京亮にとっても、京は幼年期をすごしたなじみの土地である。

そう。逃げるなら京だ。信長の目が唯一《ゆいいつ》とどかぬところ、意のままにならぬところがもしあるとすれば、それは京しかない。

五徳は腰をあげた。よろめきそうになる足を踏んばった。

こうなった上は、なんとしても、駆け落ちをしなければならない。それも、左京亮の処罰がいいわたされる前、家康一行が安土に滞在しているうちに……。

となれば、人に気《け》どられぬよう用心することがだいいちだ。しくじるわけにはいかない。

五徳はなにくわぬ顔にもどって厩を出た。

天正十年五月十六日――安土城　天主

「まことにございますかッ」

よもや信じられぬといった顔で、お竹は帰蝶を見かえした。

「徳川さまは旧《むかし》なじみじゃ」

「さようにはございますが、これまで一度も……」

「忌まわしき病に罹ったのちは、たしかに会《お》うていないが、わらわは徳川さまの童《わらべ》のころを知っておる。清洲にいたときは何度か会うた。姉のごとく慕《した》われていたものよ」

家康は六歳から八歳までの丸二年間、織田家の質子《ちし》になっていた。帰蝶が織田家へ嫁いだ年に、またもや質子として駿河の今川家へ送られてしまったが、目が大きく、すばしっこそうな体つきをした子供のことを、帰蝶ははっきりとおぼえていた。嫁いだ当初は自分も質子のような気がしていたので、子供のくせに妙に大人びたふうのある家康に——当時はまだ幼名の竹千代《たけちよ》だったが——親近感さえおぼえたものだ。

さらに十一年後、信長が桶狭間の戦で今川を討ち、家康が織田方とよしみを通じてからは、帰蝶と家康の姉弟のような交流ももどってきた。

「たしかに、ここ数年は会うておらぬ。今さら老いさらばえた顔をさらすなといわれれば、そのとおりだが……」

「めっそうもございませぬ。御台さまはちっともお変わりになられませぬ。徳川さまがおどろかれるとするなら、あまりにお若いゆえ。わたくしが申すのはそうではのうて……」

「痘痕《あばた》のことか。いかにも。なれどこたびはなんとしても徳川さまに会うて話したい。織田家の安泰のためなら、醜き顔をさらすもいたしかたなかろう」

ひと晩、考えた上で決めたことだった。他に妙案はない。

帰蝶はお竹に、客人を迎える仕度を命じた。それ以上は逆《さか》らわず、お竹は信長夫婦の住まいである鳳凰の間に家康の座を設《しつら》えた。

この日、本丸御殿で朝餉をとった家康は、ごく少数の近習《きんじゅう》と共に天主へ招かれた。今は二重目の書院で信長と談笑している。信長の身内が次々に挨拶にまかり出るのもこの場で、子供たちを先導するのはお鍋の役目だった。

お鍋によれば、五徳も神妙な顔で仕度をととのえているという。昨日、お亀の留《る》守《す》に行方《ゆくえ》をくらました五徳は、帰蝶やお亀の寿命を数年ちぢめたものの、幸い無事に帰ってきた。本丸のにぎわいをこっそりながめていた、という弁明がまことかどうかは別として、見た目はいつもと変わらなかった。

一行は、書院でくつろいだのち、信長自らが家康を案内して、天主の上層階を見せてまわることになっている。

安土城の天主は、信長の権威の象徴だった。書院や花鳥《かちょう》の間、鳳凰の間のある下三層の大入母屋《おおいりもや》の上に方形《ほうけい》の小屋ノ段があり、その上に八角《はっかく》の部屋がある。八角の部屋は法隆寺《ほうりゅうじ》の夢殿《ゆめどの》を模したもので、鯱《しゃち》や龍《りゅう》をあしらった廂《ひさし》の上に築造されている。さらにその上の七重目は金閣寺《きんかくじ》を模した金箔《きんぱく》貼り。天井には天女《てんにょ》が舞い、柱には龍、壁《かべ》には唐様《からよう》の絵が描かれた、絢爛豪華《けんらんごうか》な座敷である。

信長は、盟友《めいゆう》であり自分の信奉者でもある家康に天主を見せるのをたのしみにしていた。明智光秀の家臣、内蔵助が稲葉家から訴えられ、おそらくそれが原因とおもわれる光秀折檻騒ぎがあったのは一昨日《おととい》のことだ。まだ処分は決まっていない。信長の胸にはこの一件がわだかまっているはずだが、少なくとも外見は平常に見えた。今朝がた、帰蝶が家康に対面したいと申し出たときも、機嫌よくうなずいていた。

「お竹。かぶりものを。いや、かえって目をひく。白粉《おしろい》を」

昂ぶる胸を鎮めて、帰蝶は鏡をひきよせた。

家康は、感無量といった顔で、帰蝶を見つめていた。すぐに不躾《ぶしつけ》な視線は非礼と気づいたか、あわてて両手をつく。

「こうしてお目にかかるは何年ぶりにござろうか……。お変わりものう、お健《すこ》やかなお姿を拝見つかまつり、この家康、なにものにも勝《まさ》るよろこびにござりまする」

「噂どおり、とうに死んでいるとおもうていらしたのではありませぬか」

「いやいや。御文をよう頂戴《ちょうだい》しておりましたゆえ。あの美しき筆跡はまごうかたなき御台さま、余人には書けませぬ」

「ほほほ、相変わらずそつのないこと。徳川さまは少しお痩《や》せになられましたね。さては頰がこけたせいで目ばかりが大きゅうて……餓死《がし》寸前の雨蛙《あまがえる》のようじゃ。さてはわが夫にこき使われておられるのでございましょう」

「御台さまこそ相も変わらず、お口のわるい……」

顔を合わせればもう、昔の帰蝶と家康にもどっている。

あのころはまだ、まわりは聳《そび》え立つ山だらけだった。足下《あしもと》には死骸《しがい》がごろごろ転がっていた。生と死がとなりあわせにあるのは今もおなじだが、若く意気さかんだった二人は、信長と共にただ前へ突き進むことだけを考えていた。

「姫たちは達者にしておりますか」

「むろんにござります。お小さいお二人を、御台さまと徳姫さまとおもうて、大切にお育てしておりまする」

「甘やかしてはなりませぬよ。女子を甘やかすと、とんだ目にあいます」

「御台さまの御孫の姫さまがたなれば、もとより覚悟の上……」

むつまじい二人のやりとりを、信長もおだやかな目でながめている。甲高《かんだか》い早口でまくしたてたり、冷酷《れいこく》な目でねめつけたり、家臣に見せる顔とはまったくちがう内々の顔がそこにはあった。が、帰蝶はもうごまかされない。おだやかなその目が、ときおりついと逸《そ》れ、虚空《こくう》の一点にすえられることに気づいていた。心にかかっていることがある証《あかし》だ。

「徳川さまは、いつまでここにご滞在いただけるのでございますか」

「四、五日のちには京へ発《た》つ予定にて」

「われらも京へゆかねばならぬが……」

信長が口をはさんだ。われらというのは、信長と信忠父子のことである。

武田を討ち果たして安土へ凱旋した信長のもとへ、朝廷は真っ先に祝いの使者を立ててきた。が、信長自身はまだ京へおもむいてはいない。戦勝報告をかねて、朝廷と様々な話し合いをする必要があった。ところが毛利攻めや四国侵攻など、当面の問題が山積みしているため、その日にちを決めかねている。

「徳川さまも京へゆかれるのでございますね。堺へもおゆきあそばしますのか」

「そのつもりにござります」

「さすれば、徳川さまに、案内役をおつけしたく存じます。京を庭のごとく知る者を。堺にはわが家中の松井友閑《まついゆうかん》がおります。その者は友閑にもおひきあわせできまする」

友閑は清洲の商人で、信長に取り立てられた。茶頭《さどう》をつとめたり、京や堺で「名物狩り」をしたり、東大寺正倉院《とうだいじしょうそういん》の「蘭奢待《らんじゃたい》」切り取り奉行もつとめている。

「よろしゅうございましょうか」

帰蝶は信長の顔色をたしかめた。

信長は虚《きょ》をつかれたようだった。が、鷹揚《おうよう》にうなずいた。何年も人前へ出なかった帰蝶が家康と対面したのはこのためだったかと合点《がてん》したのだろう。よほどのことだとわかるから、うなずいたのである。

心寂しい少年期をすごした信長は、表では専制君主であっても、その実は家族のつながりを大切にする家庭人だった。とりわけ帰蝶を重んじている。

帰蝶は家康に視線をもどした。

「さすれば、ぜひともおつれくださいまし。きっとお役に立つことと存じます」

「それはかたじけのうござる。案内役にご同道いただけますれば、京でも堺でも顔が利きましょう。なにせ、こちらは田舎者《いなかもの》にございますれば……」

もちろん家康が織田家の申し出を断るはずがない。それを見越しての策略《さくりやく》だった。

帰蝶はつづけた。

「もしお気に召さば、そのまま駿府《すんぷ》へおつれいただきとうございます。諸国を経《へ》めぐって見聞をひろめさせとう存じますれば……。そうそう、二俣城《ふたまたじょう》へもいかせましょう」

二俣城には信長の弟もいて、妻女は徳川の家臣の本多忠勝《ほんだただかつ》の妹だから、いわば両家の架け橋ともいうべき役目を果たしていた。

「いかが？」

「は、はァ……」

家康は目を白黒させている。いくら一家臣とはいえ、信長をさしおいて帰蝶が勝手に行く先を決めるなど前代未聞《ぜんだいみもん》。なんと応えればよいかわからないのだ。

さすがに信長も目を泳がせていた。帰蝶は平然としている。

「して、どなたさまにござりますかな。案内役をつとめてくださるお方は?」

「埴原左京亮にございます」

「埴原……左京……どの」

家康は考える目になった。記憶の底を探っているのだろう。家康が左京亮の出生の秘密を知っていてもふしぎはない。当時、信長は質子《ちし》の家康を弟分のように扱い、鬱憤《うっぷん》晴《ば》らしのつもりか、なんでも腹蔵《ふくぞう》なくしゃべっていた。のちに再会してからも、ときおり男同士の秘事を打ち明けあっていたようだから。

次の瞬間、家康ははっと目をみはった。それから、うかがうように信長を見る。信長は、この男らしくもなく、狼狽しているように見えた。が、帰蝶の強い視線に気づくやしぶしぶながらうなずいた。

「これは、たのもしき案内役をいただき、かたじけのう存じまする」

家康はほっとしたように両手をつく。

帰蝶も愁眉《しゅうび》をひらいた。ほんとうは、信長が腹を立てるのではないかとびくびくしていたのだ。

　これで心配事がひとつかたづいた。ともあれ、禍々《まがまが》しい関係に陥《おちい》ってしまった恋人たちをひきはなすことができる。案内役を命じられたとあれば、左京亮は家康一行に同行しなければならない。二人が深みにはまって厄介事が起こる心配は、当分なくなる。

「では早速に申しつけましょう。上さま、よろしゅうおねがいいたします」

「う、うむ……」

「堺はにぎやかなところだそうにございますね。おもしろきものがたくさんあるとか。わらわもいつか、いってみとうございます」

　それからはしばらく、京や堺の話になった。和やかなひとときがすぎ、家康は再会を約して腰をあげる。

　帰蝶は段梯子《だんばしご》を下りてゆく二人を見送った。

　成功に気をよくする反面、次なる気がかりが生じている。二人きりで顔を合わせれば、信長は説明を求めてくるはずだ。下手《へた》な嘘《うそ》をつけば、たちどころに見ぬかれる。左京亮を家康にあずけたことに、納得《なっとく》のゆく説明をする必要があった。

　五徳と左京亮が信長の勘気をこうむらないように……となると、どこまで話せばよいのか。

　この心配は、杞憂《きゆう》に終わった。

それどころではなくなったからだ。

毛利攻めに出陣している羽柴秀吉から救援を要請する親書がとどいた。信長は即刻、明智光秀を呼びつけ、饗応役の任を解いて、羽柴軍の救援にむかうよう命じた。親書の到着が左京亮に案内役を申しつけたあとだったからよかったものの、そうでなければ大事の前の小事、帰蝶の企《たくら》みは水泡に帰していたにちがいない。

同日――――――――――――――安土城内　信忠邸

やはりこの二人は、いち早く光秀出陣の噂を聞きこんでいた。

「新五、おぬしはどうみる?」

「どう、とは?」

「日向守の、突然の、饗応役解任よ」

「出陣の命が下ったとあらばいたしかたあるまい。いや、嬉々《きき》としておられよう。なんというても武将の手柄は戦で敵の首級《しゆきゆう》をあげること、兄者も日ごろからいうておるではないか」

「しかし駆けつける場所がわるい。筑前の救援だぞ。つまり、筑前の配下につく、ということだ。おもしろいはずがなかろう」

玄蕃助は鋭い眼光をぴたりと弟の目にあてた。

「上さまは日向守を疎《うと》ましゅうおもうておられる。それはまちがいない」

「なにもそこまで決めつけることは……」

「決めつける、だと？　おぬしはなにもわかっておらぬのう。日向守を買っておるなら、先の武田攻めでも総大将に任じていたはずだ」

ところが総大将は信忠だった。大将になってそれぞれ、北陸で上杉と戦っている柴田勝家《かついえ》や中国筋で毛利相手に苦戦している秀吉に、光秀は水をあけられたことになる。

「日向守は昨年の正月、馬揃えの総括奉行《そうかつぶぎょう》をつとめたぞ」

「さればこそ、手のひらをかえしたような扱いにとまどっておられるのよ。上さまに疎まれていると気づいたゆえ、焦《あせ》っておられるにちがいない」

信長は好き嫌いが烈しい。いったん嫌いになると任を解いたり降格させたり、露《ろ》骨《こつ》に冷淡な態度をとる。そのことはだれもが知っていた。

「しかしなにゆえ急に……そうか、四国か」

「おうよ。筑前にそそのかされて、上さまは四国征伐をおもいつかれた。が、四国の長宗我部は日向守の縁者、日向守があいだに立って丸くおさめようとした。上さまはそれが気に入らぬのじゃ。攻める口実《こうじつ》がのうなる」

「だがそのことは、日向守とていたしかたなしとあきらめ……」

「いや、まことあきらめたかどうかわからぬぞ。おぬしとて案じていたではないか。内蔵助がこともある」

「なるほど、内蔵助どのの一件、上さまには四国の腹いせのようにみえたのやもしれぬの。それにしても、いまだに沙汰がないのはどういうことか」

「内蔵助はここにのこるそうだ。あ、いや、少なくとも、明日、日向守と一緒に坂《さか》本城《もとじよう》へもどるとは聞かぬ。それが上さまのお指図《さしず》か、はたまた、日向守自身が内蔵助に後事《こうじ》を託したか、そこまではわからぬが……」

「そうか、のこるか。しかし内蔵助がおらねば、日向守も心細かろう」

「いかにも。羽をもがれたようなものだからの」

内蔵助の勇猛ぶりは、つとに知れわたっている。明智家随一《ずいいち》の武士《もののふ》だった。ひと足後れで戦仕度にくわわるならよいが、稲葉家との喧嘩《けんか》の一件で安土城に留めおかれたのであれば、光秀は多大な痛手《いたで》をこうむることになる。

「兄者、呑まぬか」

新五が酒瓶《さかびん》を抱えてきた。

「おう、上物《じようもの》ではないか」

玄蕃助は舌なめずりをする。

信忠の家臣は岐阜城下に相応の屋敷があり家族がいた。玄蕃助は福光郷《ふくみつごう》の領主、新五は佐藤《さとう》家の家督を継いで加治田《かじた》城主となっている。が、ここではどちらも信忠の屋敷内の長屋住まいだ。もっとも武士は戦が生業《なりわい》だから、どのみち二人が自分の家にいることはめったにない。

新五は玄蕃助に盃《さかずき》をもたせ、酒をついでやった。

「こいつは姉上のところからもろうてきた。年増《としま》だが色っぽい女子がおっての、なんでももたせてくれる」

「酒ならよいが、いくらくれるといわれても女子には手を出すなよ。妹のまわりにいる女子は皆、上さまのお手つきとおもうたほうがよい」玄蕃助はぐびりとあおって、おくびをもらす。「うっかり手を出そうものなら首がとぶ」

「さようなことは兄者にいわれのうてもわかっておるわ」

新五も一気に呑み干した。

「ならよいが……。おぬしは節操《せっそう》がのうていかん。目くばせのひとつもされればすぐによろめく。危《あぶ》のうて見ておれぬわ」

「しかしおれは、兄者のように乱取りはしないぞ」

「戦は別儀よ。敗者の女子は戦利品、遠慮はいらぬ」

弟の盃《く》に今度は玄蕃助が酒を満たしてやりながら、上目《うわめ》づかいに顔をのぞきこむ。

「もしやおぬし、さる姫君に夜這《よば》いなどしかけてはおらぬだろうな」

「さる姫君……」

「二の丸へかよう男がおるらしい」

「二の丸……五徳、姫さま……まさかッ」

新五は息を呑んだ。玄蕃助は首をすくめる。

「噂はあてにならぬ。が、火のないところに煙はたたぬ、ともいう」

「馬鹿馬鹿しい。亡夫を偲《しの》んで泣き暮らしておられる姫さまが……」

「女子は変わり身が早い。だから用心せよというておるのだ」

「しかし、いくらなんでも……」

ここは安土城だ。信長の目のとどく場所で、たとえ出もどりとはいえ、信長の長女に夜這いをしかける勇者がいるとはおもえない。

弟のけげんな顔を見て、玄蕃助は頬をゆるめた。

「おぬしでないなら、それでよい。この厄介なときに、またひとつ厄介事がふえたかとおもうての、実は案じておったのよ」

「ふん。考えればわかりそうなものだ。血縁はのうても、おれと姫さまは叔父と姪《めい》、天地がひっくりかえってもありえぬわ」いいはなったところで、新五は眉をひそめる。「だが、万にひとつ、その噂がまことであれば、姉上はさぞや案じておられようの」

奥の采配《さいはい》――女たちや子供たちの監督や指導――こそが、表の妻の座をお鍋にゆずった帰蝶にのこされた大役だった。五徳のふしだらな行いがどれほど帰蝶を苦しめるか、新五には察しがつく。

「何事もなければよいが……」

「いや、前言はとり消す。われらに禍がふりかからねばよい。さよう、他人の厄介事ならむしろ歓迎だ。さほどの勇者、上手《うま》く逆手《さかて》にとれば役に立つやもしれぬぞ」

「やめてくれ。兄者の話はどうも物騒《ぶっそう》でいかん」

内蔵助の一件以外にも、城内には不穏な空気がただよっているような……。

新五は顔をしかめ、立てつづけに盃をあおった。

天正十年五月十七日――安土城　天主

平原を風がわたってゆく。濃緑と褐色《かっしょく》が織りなす先には浅黄色《あさぎいろ》の帯のような琵《び》琶湖《わこ》が見えた。帯につらなる白群《びゃくぐん》の空には煙のような雲がたなびいている。

帰蝶は、八角の部屋の欄干《らんかん》に出て、城をとりまく安土の景色《けしき》をながめていた。

天主はこの上にもうひとつ金箔貼りの七重目があるのだが、そこへ上《のぼ》るのは信長から誘われたときにかぎる。帰蝶がひとり近江の景色をながめるのは、六重目の八角の部屋の欄干である。

もっとも、ここへ上るのも容易《ようい》ではなかった。小屋ノ段から八角の部屋へ上る段梯子は急なので、打掛《うちかけ》を脱《ぬ》ぎ、小袖《こそで》の裾《すそ》をたくしあげて慎重《しんちょう》に上らなければならない。うっかり足をふみはずしそうになって冷や汗が噴《ふ》きだすこともままある。

それでもここへきたのは、どうしても見たいものがあったからだ。

目を南西に転じた。

黒金門《くろがねもん》の周囲に人の群れが見えた。豆粒《まめつぶ》のような人の顔までは判別できないが、まわりを郎党《ろうどう》にかこまれた馬上の人の正体なら眸《ひとみ》を凝らすまでもない。

おいくつにおなりか——。

自分より七つ年上だから、明智光秀は五十五になるはずだ。遠目は若々しく見えても、近くで見れば老いがきわだっているにちがいない。城の奥にこもっている女とちがって、若き日は諸国、その後は戦場、吹きさらしのなかを駆けめぐってきた男の肌は無数のしわとしみでおおわれているはずだ。

光秀はいつまで羽柴秀吉とはりあうつもりか、と、帰蝶は眉をひそめた。

理由はわからない。が、三日前には信長からひどく折檻された。しかも饗応役を解任されて、急遽、秀吉の援軍に駆りだされるという。そうおもって見るからか、光秀の背中には落胆と焦躁《しょうそう》がはりついているようだった。

光秀一行は黒金門を出たところで足ぶみをしている。だれかを待っているらしい。

いったん居城《きょじょう》の坂本城へ帰り、戦仕度《いくさじたく》をととのえた上で所領の丹波へおもむく予定だと、帰蝶は聞いていた。軍兵《ぐんぴょう》の大半は丹波で徴集《ちょうしゅう》される。ところがめぼしい国侍《くにざむらい》はすでに信長の命《めい》により、四国征伐の軍兵として徴用されていた。そればかりか、安土城に留めおかれている斎藤内蔵助利三は丹波黒井城《くろいじょう》の城主だから、稲葉家とのいざこざがかたづかなければ合流できない。

帰蝶は馬上の男から目をはなせなかった。

やはり、会えばよかった、会《お》うて真意を聞きだせば――。

今になって悔《く》やんでいる。

昨日、新五から、光秀が面会を求めていると聞かされた。一重目の石蔵の裏手にある秘密の面談場へ、おつれしてもよいか、と打診された。

家康と対面したのだから、光秀に会えないわけはない。光秀は従兄だ。家康よりはるかに長いつきあいである。

そもそも光秀を信長に推挙したのも帰蝶だった。岐阜の崇福寺で再会して以来、疱瘡《とうそう》を患《わずら》って表の妻の座を退《ひ》くまでは、なにかにつけて顔を合わせていた。ただしそのあとは、家康とちがって文のやりとりもしていない。家康は娘五徳の舅であり、同盟者でもある。織田家の臣下ではなかった。信長の妻が家臣の一人と親密なつきあいをすれば、あらぬ誤解を招きかねない。家中に乱れを生じるきっかけにもなる。

そんなわけで、ここ数年、帰蝶と光秀は疎遠だった。が、帰蝶はお鍋や新五、信長から光秀の動向を知らされていた。では、一方の光秀はどうか。

〈こたびばかりは、ぜひとも、お目通りをねがいたいと仰せだそうで〉

玄蕃助を通して申し入れてきたという新五の話に、帰蝶の胸はざわめいた。遠い日々がなつかしい。できることなら会って話したい。

が、光秀が「ぜひとも」といったのは、内蔵助の一件があるからだろう。内蔵助のために力を貸してくれというのだ。

〈立入宗継どのへは文を書いた。夕庵どのや堀どのの猪子《いのこ》どのにもとりなしをたのんだ。これ以上、わらわにできることはない〉

帰蝶は新五に答えた。

〈内蔵助の件もむろんだが、日向守は、姉上のお姿をご覧になりたいと切《せつ》にねごうておられるそうにて〉

〈わらわの姿？　この老女の？〉

あのときはすっと気持ちが冷めてしまった。

〈されば急ぐことはない。出陣間際のあわただしいときでのうても、凱旋してからでよい。機会はいくらもあります。ご武運を、と伝えておくれ〉

万が一、密会の噂が信長の耳に入れば、信長は、光秀が帰蝶に内蔵助の助命嘆願をしにきたとおもうはずだ。そうなれば機嫌をそこね、意固地《いこじ》になる。信長とはそういう男だ。危険は冒《おか》さぬほうがよい。

けれど、帰蝶の返事を伝えた新五から光秀が落胆したと聞いたときは、自分が大きな過《あやま》ちを犯《おか》してしまったような気がした。年々老いてゆく光秀が、こたびの戦から無事、帰還するという保証はないのだ。

〈日向守は、姉上に会えぬのは幽閉されているからだとおもいこんでおられるそうな。むごいことを……と吐きすてられたとか。兄者は誤解を解こうとしたが、他人の話などろくに聞いてはおられなんだそうにござる〉

光秀は温厚に見えるが、信長に勝るとも劣《おと》らぬ頑固者《がんこもの》だった。調子がよく右顧左眄《うこさべん》してはばからぬ秀吉とは正反対で、いったんこうと決めたら意を曲げない。

それだけに、新五の話は帰蝶を不安にした。やはり会うべきだった。会えば一目瞭然《いちもくりょうぜん》、だが人を介してのやりとりでは真意が伝わらない。小さな齟齬《そご》がおもわぬ誤解を招くこともある。

それにしても、なにをおもうておられるのか。昔から胸のうちを見せぬお人ではあったが——。

ため息をついたとき、眼下の隊列が動きはじめた。人を待っていたのではなく、見送りにきた家臣に指示を与えていたようだ。

光秀一行は数人の家臣をのこして、粛々《しゅくしゅく》と大手道を下ってゆく。

一瞬、動きが止まった。光秀が天主をふり仰いだように見えた。

錯覚《さっかく》かもしれない。

このことも、そうじゃ、立入どのに知らせておかねば——。

織田家の内情を探る宗継子飼いの間者《かんじゃ》ともいうべきうつぎが殺されてしまった今、帰蝶は自然にうつぎの代役を果たすようになっていた。むろん、自分が間者とはおもいもしないし、それが織田家への裏切りだとはみじんもおもっていない。もっとも、信長に関していえば、もし裏切り行為だったとしてもうしろめたさは感じなかったにちがいない。

かつて宗継に「非凡な男」と目をかがやかせて語った信長は、今や帰蝶のなかで「恐るべき化生《けしょう》」に姿を変えている。

隊列が見えなくなるまで、帰蝶は身じろぎもせず、欄干に立ちつくしていた。

天正十年五月十八日――――――――安土城　天主

「母上ッ、なにゆえにございますかッ。なにゆえ左京亮さまは旅の仕度を……」

鳳凰の間へ五徳が怒りの色もあらわに駆けこんできたのは、出陣の命をうけた光秀が坂本城へ出立した翌朝である。

家康はすでに本丸御殿から大手門内にある自邸へ移っていた。といっても琵琶湖遊覧や管弦《かんげん》の宴《うたげ》など、朝廷からの客人や南蛮《なんばん》の宣教師までまじえて、至れり尽くせりの接待はつづいている。

「大声を出してはなりませぬ」

帰蝶は左右に目を走らせた。

「そこへ座って、落ち着いて話しなされ」

「落ち着いてなどいられませぬ。あのお人に、母上はなにを命じられたのですか」

五徳ににらまれても、帰蝶は苦笑をしただけ。五徳は昔から癇《かん》が強かった。今さらおどろきはしない。

「埴原左京亮どのなれば、徳川さまの案内役を仰せつかり、京・堺へご同行せよとの御命が下りました」

「母上が進言されたのですね。わらわからひきはなすために」

「それもあります」

「母上ッ」

「よいか。よう聞きなされや」帰蝶は五徳の目を見つめた。「これは、左京亮どのの御身《おんみ》を守るためじゃ」

五徳ははっと目をみはる。新五と玄蕃助の立ち話を盗み聞きしたので、左京亮の身に危難が迫っていると信じこんでいた。

「やはりそうなのですね。父上はお怒りなのですね」

「お怒りかどうかはわかりませぬ。なれど上さまもご同意されて、御《おん》自ら案内役を命じられました。徳川さまに同行すれば、とりあえず命の心配はのうなります」

「わらわは、どうなるのですか」

五徳は左京亮を待ちわびていた。自分から逢いにいくのは危険だとわかっていたので、下女に文をとどけさせた。京へ逃げよう、立入宗継に匿ってもらおうと書いてやったのである。

下女の話では、左京亮は文をうけとったという。が、返事はなかった。

ぐずぐずしていれば家康が出立してしまう。そうなれば、左京亮は信長の前へひきだされて……。生きた心地もなく焦躁に駆られていたそのとき、左京亮が旅仕度をしているという噂が流れてきた。五徳は仰天《ぎょうてん》して帰蝶のもとへとんできた、というわけである。

「左京亮さまに逢えのうなってしまいます」

「ではたずねるが、逢えさえすれば、左京亮どのがどうなってもよいというのですか」

「それは……」

「ほとぼりを冷《さ》ますことじゃ。まずは左京亮どのの身の安全をはかり、その上で、これからどうしたらよいか考えなされ」

「前夫は自害させられました。姫たちもとりあげられました。わらわには左京亮さましかおりませぬ。母上。わらわを左京亮さまといっしょにいかせてください」

「なにをいうかとおもえば……」

いっしょにゆくなどとんでもない。が、恋に溺れて一心におもいつめている女になにをいっても無駄だろう。帰蝶はついと手を伸ばして、五徳の手をにぎりしめた。

「母はそなたの幸せをねごうています。それゆえ、今は母にまかせるのじゃ。なにも死に別れるわけではなし、しばらくの辛抱《しんぼう》です」

五徳は洟《はな》をすすった。すすりながら、左京亮が京へゆくならむしろ好都合かもしれないとおもいはじめている。あとから追いかければよいのだから。二人で安土から抜けだすより、はるかに容易《たやす》い。

「わかりました。母上の仰せのとおりにいたします。いたしますゆえ、ひと目お逢いして、別れをいうてはいけませぬか」

五徳はしおらしい顔で訴えた。

むろん「許す」とはいえない。

「左京亮どのがそなたに逢わずに出かけようとしているのは、そなたに禍《わざわい》がふりかからぬようにとねごうておるからじゃ。わずかな油断をしたがために命とりになっては元も子もありませぬ。そうはおもいませぬか」

「……はい」

「帰る日を待ちなされ」

「いつごろ、お帰りになるのでございますか」

「そうじゃな……徳川さまにうかごうておきます」

「……よろしゅうおねがいいたしまする」

怒りの矛《ほこ》をおさめた五徳が出ていったあと、帰蝶はやれやれとこめかみを揉みほぐした。

それでも、心労が多いせいか、このところ頭痛に悩まされている。それでも、ひとつひとつ、根気よく対処してきた。

五徳のことはこれでよい。ひきはなしてしまえば、あとはなんとでもなる。なると、帰蝶はおもった。

お竹を呼んで、薬湯《やくとう》の用意をさせる。

四重目の鳳凰の間から三重目の花鳥の間へ下りながら、五徳は考えた。これは吉《きっ》兆《ちょう》かもしれない。京へ逃げようとおもったら、いち早く左京亮が京へゆくことになった。

かすかな希望が芽生《めば》えていた。どうやってあとを追いかけようかと考えつつ、二重目から一重目へ下りる。

石蔵の脇を通りすぎようとしたときである。押し殺した声に呼び止められた。

「姫さま。こちらへ」

「だれじゃ」

「身内の声をお忘れか。玄蕃伯父《おじ》にござるよ」

おどろいて立ちすくんでいる五徳に、男は暗がりから手招きをした。

「玄蕃……伯父上……」

「埴原左京亮どののことじゃ。お話ししたきことがござる」

五徳は息を呑む。

「見られてはまずい。早《はよ》うなかへ」

こんなところに密談場があったとは……。いぶかっている暇はなかった。左京亮と聞いて、五徳は大柱のむこうへ駆けこむ。

暗がりなのでよくは見えないが、たしかに声の主《ぬし》は、先日、本丸の厩で立ち話をしていた男だった。玄蕃助は帰蝶の異母兄だから、五徳には伯父である。

「姫さまはおぼえておられぬやもしれぬが、お小さいころはようおぶってさしあげたものにござる。お輿入《こしい》れの際も、岐阜へお帰りになられた際も、この玄蕃が送り迎えいたした」

玄蕃助はなつかしそうに目を細めた。

「そうか……あれは伯父上でしたか」

帰路のほうは涙に暮れていたので通った道さえおぼえていない。けれど往路は、華《はな》やいだ花嫁行列を丁重《ていちょう》に送りとどけてもらった。そういえばあのときの……次第にくっきりとよみがえってくる情景をたぐりよせる。

いや、今は思い出にひたっているときではなかった。

「左京亮さまのこととはなんじゃ。話しておくれ」

「されば……左京亮どのは、姫さまがお心変わりをされたのではないかと案じておられる」

五徳は耳を疑った。

「なにゆえさようなッ。わらわは文をとどけた。心変わりなどしていないことはご承知のはずじゃ」

「やはりそうであったか。左京亮どのは二の丸へは足をふみいれるなと厳命されたそうな。わけを糺《ただ》しても要領をえぬ。文をとどけても返事がない。おまけに見張られておるそうでの、そうこうしているうちにこたびの御沙汰《ごさた》だ。上さまの御下命に背くわけにはゆかぬ」

「まァ、では左京亮さまもわらわのことを……あァ、なんということじゃ。伯父上、お教えいただき、恩に着ます」

五徳は手を合わせた。それさえ聞けば、もう迷うことはない。

「伯父上。伯父上は左京亮さまとお親しいようじゃが、なればこのとおり、わらわを左京亮さまに逢わせておくれ」

玄蕃助は思案顔になった。

「そいつはむずかしゅうござる。徳川さまは二、三日中には京へむけてご出立あそばすそうな。となれば左京亮どのも仕度に追われていよう。だいいち、見張りがおってはどうにもならぬ」

五徳が落胆するのを見て、大ぶりの鼻をうごめかせる。

「そもそもわしは眉をひそめておったのじゃ。わが妹を困らせることは断じてならぬと。しかし、お二人の互いを想《おも》う心に打たれた。なんぞ策がないか、考えてみよう」

「あァ、どうか……」

「わしは若殿と岐阜城をお守りいたすが役目。が、いずこにおっても、これよりは玄蕃がお二人の仲立ちをいたそう。左京亮どのからもたのまれておる」

「まことですかッ。仲立ちをしてくださるのですね」五徳は目をかがやかせた。

「なれば伯父上、わらわは岐阜城へゆきまする。崇福寺へ参詣《さんけい》するといえば母も許してくださるはずじゃ。岐阜なれば父の目もとどかぬ。機をみて秘《ひそ》かに京へ……」

「まァまァ、お待ちあれ。急《せ》いては事をし損じる。ここはひとつ、じっくりと策を練《ね》ることにござる」

今日のところは、それで満足するしかなかった。とはいえ、いちじるしい前進である。少なくともこれからは、玄蕃助を通して左京亮と文をやりとりすることができる。互いの気持ちをたしかめられるのだ。

五徳は昂ぶる胸を鎮めた。

「して、伯父上にはいかようにすればお会いできようの。いずこに侍女を……」

「いや、だれも介さぬが肝要《かんよう》。わしのほうから二の丸へおうかがいいたそう。さればなんの支障もござらぬゆえ」

　五徳は幽閉されているわけではない。二の丸には織田家の縁者が暮らしていて、左京亮はともかく、織田家の身内なら自由に出入りができる。

「若殿が京へ出立されれば、わしも岐阜へ帰城することになろうが……ま、そのときはだれぞ、心利《こころき》いたる者に伝令役をつとめさせよう」

「伯父上。たのみます」

「さてと、長話は禁物《きんもつ》じゃ。これにて」

　五徳はうなずく。大柱の陰から出ようとすると、玄蕃助が「姫さま」と呼び止めた。

「くれぐれも軽はずみなおふるまいはされぬよう。母者に感謝こそすれ、怨《うら》んではなりませぬぞ。考えてもごらんあれ。左京亮どのが徳川さまにあずけられたは、まさに天の配剤」

「なにゆえじゃ」

「毛利がおる、上杉がおる、神戸の若殿は四国へご出陣じゃ。戦はまだ終わったわけではない。上さまのおそばにおれば、いつ戦場で討ち死にするか。左京亮どのは危難をまぬかれたことになる」

　そういわれればそのとおりだ。

五徳は慎重に左右をうかがい、するりと大柱の陰から出た。天主の入り口にはお亀が待っていた。主従は階段を下りて二の丸へむかう。

「なにか、よきことがおありにございましたか」

お亀に訊かれた。

それほど、五徳は晴れやかな顔になっていた。

同日――――安土城　天主

帰蝶は信長の横顔を見つめていた。

信長はかなたを見ている。

帰蝶が昨日、人知れず光秀の出立を見送ったのは六重目の八角の部屋の欄干だが、この日は最上階の金箔貼りの部屋の欄干である。二日つづけて天主の上層から近江《おうみ》の景色をながめるのはこれまでにないことだ。

時刻は夕暮れどき。琵琶湖の西の山なみに夕陽《ゆうひ》が沈みかけている。黄金色《こがねいろ》の雲が幾層《いくそう》にもたなびき、残光をうけた湖面は、甲冑《かっちゅう》につけた飾りや抜きはなった刃《やいば》がおびただしく乱舞する戦場のごとく、尖鋭《せんえい》な光を放っている。

「舅どのにもお見せしたかったのう、黄櫨染《こうろぜん》の空を」

ふいに信長がこちらを見た。帰蝶はとまどって目を伏せる。

黄櫨染は帝の衣《ころも》にしか使えない高貴な色だ。帰蝶は見たことがないが、信長のいわんとすることはわかった。

「父は満足しておりましょう。上さまは黄櫨染の城を築かれた。上さまに美濃を託したは賢明《けんめい》だったと、彼岸でよろこんでおるにちがいありませぬ」

「そいつは、どうかの……」

信長は再び前方へ視線をもどした。ちらりと目を上げた帰蝶は、信長のまぶたの縁《ふち》がかすかにふるえていることに気づいた。

信長はふしぎなほど歳《とし》をとらない。しわもなく白髪《しらが》もないので、うっかりすると老いず、死にもしない特別な存在のようにおもえてしまう。そう、化生だと――。

それなのに今は、信長が生身《なまみ》の人間に見えた。疲労の影が見えかくれしている。それは、体の表面の些細《ささい》なところにあらわれるだけではなく、実際は体の奥深いところで育っているらしい。

「稲葉一鉄《いってつ》が斎藤内蔵助の首をほしいというてきた」

唐突にいわれて、帰蝶は息を呑んだ。

「なんと……上さまはなんと、返答あそばされたのでございますか」

「まだ返答はしておらぬ」

「さすれば、なにとぞ……」

信長のまぶたのふるえがあらわになった。

「内蔵助は家中の統率を乱した。万死《ばんし》に値する」

突き放した口ぶりに、帰蝶は背筋《せすじ》を凍《こお》らせる。それでも砂粒ほどの希《のぞ》みがないわけではなかった。万死に値するとおもったなら、即刻、首を刎《は》ねるのが信長のやり方である。沙汰を下す前に帰蝶に話したのは、なにかおもうところがあるにちがいない。

動揺をかくして信長を見返した。こんなとき昂ぶったり怯《おび》えたりすれば逆効果になると、経験から学んでいる。

「内蔵助はたしかに無謀なことをいたしました。なれど勇猛なる武将であることも、まちがいありませぬ。まだまだ戦場で働いてもらわねばなりませぬ」

「それでは一鉄がおさまるまい」

信長の双眸には苛立ちがあった。

「美濃衆同士の争いには、空の上で舅どのも眉をひそめておられるはずじゃ。美濃衆の結束がゆらげば信忠も威勢を削《そ》がれる。つけいる者も出てこよう」

伊勢を領国とする次男の信意や四国征伐を命じられた三男の信孝ばかりか、信長の男子を嫡男にいただいた羽柴秀吉も着々と力をつけている。美濃衆の束《たば》ねである

りをつりあげた。

信忠が追い落とされるようなことだけは、断じてあってはならぬと、帰蝶はまなじ
「さればこそ、波風が立たぬよう、上さまより稲葉どのに仰せくださいまし。穏便《おんびん》に事をすますようにと」

「そなたは日向が事となると決まって肩をもつ」

内蔵助は明智日向守の寵臣《ちょうしん》だ。

「さようなわけではございませぬが……わが従兄なれば……」

「食えぬ従兄よ」

吐きすてるようにいわれて、帰蝶はおもわずきっとなった。

「上さまのために、ずいぶん働いて参りました」

「あやつめ、丹波の国侍を四国征伐に動員したことに不服を述べおった」

信長は舌打ちをした。

信孝に四国征伐を命じた信長は、畿内《きない》から広く兵を徴用、信孝軍に組み入れていた。信孝にはまだ十分な手勢がないからだ。

そうはいっても、光秀が顔をしかめるのは無理もない。これから出陣となればなおのこと、少しでも多く軍兵をかきあつめなければならない。自分の軍兵を横取りされたようなものである。

「上さまは日向守に出陣をご命じになられました。存分な働きをせんとすれば、存分な軍兵は欠かせませぬ」

国侍を四国征伐の援軍にとられたばかりか、家中一の武将である内蔵助まで奪われては、手足をもぎとられたようなものではないか。

「国侍のことはやむをえぬとしましても、上さま、内蔵助のことは、なにとぞ助命してやってくださいまし」

自分からいいだしておきながら、帰蝶の嘆願に信長は口を閉ざしたままだ。

信長は黄櫨染の空のかなたを見ている。その目に映《うつ》っているのは都か、丹波か、信長自身が追い落とした落魄の将軍、足利義昭《あしかがよしあき》のいる備前《びぜん》か。その先の備中《びっちゅう》には毛利と闘《たたか》う秀吉がいる……。

華やいだ夕景をながめる気にもなれず、帰蝶はただ信長の横顔を見つめていた。

天正十年五月十九日——安土城・天主

摠見寺から黒金門へつづく道をたどりながら、新五は両の拳をにぎりしめていた。歩き馴《な》れた道だが息をはずませている。それほど、すさまじい勢いで上ってきた。

かようなときに、まったく、なんということだ――。

平然としていた信長の顔をおもうと背筋が寒くなる。

今日は摠見寺の能舞台で能が奉納《ほうのう》されていた。信長はむろん、主客の徳川家康の他、出陣を間近にひかえた信孝や、信孝と親しい宣教師、都から招かれた公卿も列席して、今や宴《えん》たけなわである。

家康一行は、安土城での滞在を終え、明後日《あさって》には案内役の埴原左京亮ともども京へ出立することになっていた。同日には信忠も、信長の上洛《じょうらく》に先駆けて京へむかう予定だ。となれば新五も随行《ずいこう》することになる。

信長の上洛については、まだ日程が決まっていなかった。なぜなら、柴田勝家軍が手こずっている北陸の上杉勢や、信孝が挑むことになる四国の長宗我部勢、なにより羽柴秀吉の要請をうけて明智光秀らの援軍が加勢することになった宿敵、毛利勢など、諸処《しょしょ》の動静を見きわめる必要があるからだ。

それはともあれ、光秀の饗応役解任という不測の事態があったにもかかわらず、家康の接待はつつがなく終わろうとしていた。能舞台に見入る織田家中の人々の顔には安堵の色がある。

ところが、新五は観能の合間《あいま》に、信長の側近で奏者《そうしや》をつとめる堀秀政《ひでまさ》から忌々《ゆゆ》しき話を聞かされた。座をぬけだし、天主へ向かう道でもまだ、衝撃が鎮まらない。

姉上もさぞや落胆されよう――。

この話がひろまれば、玄蕃助もだまってはいないはずである。といって、新五や玄蕃助が騒いだところでどうなるものでもない。

「急ぎの御用じゃ」

あわただしく御門をくぐる。

「通るぞ」

帰蝶の実弟なので、天主へも出入りは自由。もっとも上階へ上がるには取り次ぎを通さなければならない。あれこれ詮索《せんさく》されるのが面倒で、いつもなら一重目の密談場での密会となるのだが、今はその余裕すらなかった。

「御台さまのお呼びにて参った。通るぞ」

もちろん、信長が観能中で不在であることを知った上での暴挙《ぼうきょ》である。

「おや、いかがなさいましたか」

三重目の花鳥の間まで上がったところで、お竹に呼び止められた。

「姉上に至急、お伝えしたきことがあるのだ。上がらせてもらうぞ」

「あ、お待ちください。まずは御台さまに……」

「案ずるな。それより、だれも上がらぬよう、見張っていてくれ」

最後に能を観たのはいつだったか。そう、あれは岐阜城――。

いや、能を観たのではない。立入宗継の姿を探していたのだ。恋でもないのに、なぜ、こんなにも宗継のことが気になるのか。しかも、これほどまでに長い歳月……。

帰蝶はぼんやり考えた。

〈そなたも参れ。人に見られとうなければ、余人には見えぬ席をあつらえてやる〉

朝餉のとき、信長から誘《さそ》われた。機嫌をとるような猫なで声だった。

帰蝶は断った。摠見寺へゆく道で、人目にふれる心配がある。万が一、帰蝶がいるとわかれば、皆が顔を見ようとするはずだし、明るい昼日中では、化粧がどこまで痘痕《あばた》をかくしてくれるか。

家康は昔通りだといってくれた。けれど、心ない者は陰で醜い痕《あと》を指さし、ずいぶんお歳を召された……などとささやきあうかもしれない。同情されるくらいなら、死んだほうがましである。

能など観《み》とうはないが――。

おもいとは裏腹に、まぶたには六年前の光景がよみがえっている。

かねてより切望していた稲葉山城をうばい、岐阜城と呼び名を変えて移り住んだ信長はまさに日の出の勢いだった。威勢をかって今度は安土に城を築くことになった。信忠に家督と岐阜城をゆずり、自分は安土の壮麗《そうれい》な城に住むという。その決意を広く知らしめるため、諸将や公家、豪商などをあつめて観能の宴を催した。京からは立入宗継もやってきた。

帰蝶は山麓の館の四階の前廊《ぜんろう》に座って、能舞台の方角を見下ろしていた。病《やまい》以来、人前に出ないようにしている。宗継とも逢っていなかった。

なんとか、ひと目だけでも――。ねがいが叶って宗継の姿をちらりと見ることができた。そしてそう、翌朝、四阿《あずまや》で再会した。短い逢瀬《おうせ》ではあったが、あのあと帰蝶は知った。帰蝶が重篤であったとき、宗継が自分の病を治さんがために願をかけ、頭を丸めてしまったことを。

生あるうちに今一度、お逢いできようか――。

鳩尾《みぞおち》に手をやったところで、はっと耳を澄ませる。お竹とやり合う声は……。

「かまわぬ。通しておやり」

いい終わらぬうちに襖のむこうで人の気配がした。

「新五か。入りなされ」

「ははッ。ご無礼《ぶれい》つかまつりまする」

新五は襖を開けて入ってきた。平伏《へいふく》する。

「何事じゃ」

「内蔵助が切腹を申しつけられたそうにて」

「そはまことかッ。だれに聞いたのじゃ」

「堀さまにござる。たった今、摠見寺にて」

「なんと……」

帰蝶は次の言葉を失っていた。

内蔵助が稲葉一鉄の家臣をひきぬいて信長の逆鱗にふれた一件は、数日来、帰蝶の頭を悩ませてきた。けれど立入宗継はじめ京の面々にもとりなしをたのみ、昨日は帰蝶自ら信長に助命を懇願《こんがん》した。信長は即答しなかったが、今朝もおだやかな顔をしていたので、よもやそのような断を下すとはおもってもいなかった。

けれどむろん、堀の話ならまちがいはない。

「堀さまは上さまに命じられ、日向守への書状を認《したた》めたそうにござる。それによりますると、内蔵助の処罰ばかりか、日向守の所領はすべて召しあげ、領地は戦にて切り取り次第……とのご下知《げち》とやら」

「まさか、さような……」

光秀は近江坂本城主である。先の戦で苦心惨憺《くしんさんたん》して手に入れた丹波国を所領として与えられていた。武士である以上、戦に勝利して領地を広げるのは誉れである。備中へ出陣して新たな領土をもぎとれというのは、それだけをみれば無茶な話ではなかった。むしろ美味《おい》しい餌《えさ》を目の前にさしだされたようなものである。

とはいえ――。

光秀はもう若くはなかった。しかもこたびの戦は秀吉の援軍である。その上、たよりとする内蔵助を奪われ、丹波の国侍のどれほどかが、四国征伐にまわされてしまった。

なにより過酷《かこく》なのは、所領を召しあげられることだろう。戦で武功を立てなければ浪人になる、ということだ。つまり退路を断たれたわけである。

「なんとむごい……」帰蝶はうめいた。「丹波の国侍を徴用されたことで光秀が不服を述べたと、上さまは腹を立てておられた。丹波を召しあげたのは、その腹いせにちがいない」

新五もうなずいた。

「もとより四国征伐を快《こころよ》うおもわぬ日向守にござる。他の者たちのように、よろこんで軍兵や軍資金をさしだす気にはなれなんだのでございましょう」

「上さまは人一倍、疑い深いお人ゆえ……」

「先日の折檻も、内蔵助の一件だけではなかったのやもしれませぬ」

これもまた真相がわからぬまま、帰蝶の頭を悩ませていた。

「あァ、どうしたらよいのじゃ……」

帰蝶は両手を揉みあわせた。どうしたら……といっても、信長が一度決めた沙汰をくつがえすはずのないことは百も承知している。

それでも、下命を耳にしたときの光秀の衝撃と悲嘆をおもえば、手をこまぬいているわけにはいかない。光秀がとりたてて人望があるとはいえないし、実際、稲葉一鉄のように仲違《なかたが》いしている者もいる。が、光秀が美濃衆の筆頭であるのもまた事実だった。新五や玄蕃助をはじめ、美濃衆には光秀の縁者が少なからずいる。

光秀が失墜《しっつい》するということは、昨日、信長が危惧《きぐ》していたように、美濃衆を後ろ盾にしている信忠の力まで弱まることになりかねない。いや、信長は危惧していたのではなく、警告したのか。家督を継いだ信忠といえども安穏《あんのん》としてはいられぬぞ……と。子が父を、兄が弟を討つ悲劇を、信長は知り尽くしている。そしてそれは、徳川家の悲劇を知る帰蝶も同様。

「新五。わらわはどうすればよい？」

「それがしも、こたびばかりは……。ともあれ、内蔵助だけはなんとしても助けねばなりませぬ」

「立入どのも夕庵どのも上さまに諫《いさ》めの文を書いてくださるはず。そろそろとどくころじゃ。他にだれが……」

「われら美濃衆が結束して、若殿にも尽力《じんりょく》をねがい……というても、無理にございましょうな。しかし姉上、そうだ、ひとつだけ、たのみの綱《つな》がござる。稲葉さまご自身が助命を申し出てくだされば……」

帰蝶は耳を疑った。

「内蔵助の首をほしいというたのは、そもそも一鉄どのぞ」

「さよう。それゆえ、稲葉さまに撤回《てっかい》していただくしかござりませぬ。うむ、これは名案かもしれませせぬぞ」

帰蝶は首を横にふる。

「考えてもみよ。あの一鉄どのが、言《げん》をひるがえすはずがない」

「しかし、それしか策がないとなれば……」

稲葉一鉄は頑固者で通っている。それも、ただの頑固者ではなかった。筋金入《すじがねい》りの頑固者である。説得することなど、だれにできようか。

二人は同時にため息をついた。

「内蔵助の切腹は、主である日向守が命じることになりましょう。となれば、まだ数日の猶予《ゆうよ》があるはず。それがしも若殿に従《したご》うて徳川さまご一行と京へ上ることになっております。京で立入どのや夕庵さまと相談して……」

新五がいいかけたときだ。帰蝶ははっと目をあげた。

「そうじゃ、新五、徳川さまじゃ」

帰蝶の顔がにわかに明るくなる。

「一鉄どのと徳川さまは相通じる仲。お二人は姉川《あねがわ》の戦以来の盟友と聞いている。徳川さまなら、一鉄どのを説得してくださるやもしれぬ」

「そういえば、徳川さまは内蔵助をいたく買っておられました。武勇随一と……」

内蔵助は稲葉家の元家臣だから、稲葉一鉄と共に戦った家康が内蔵助の武勇を目《ま》の当《あ》たりにしていたとしてもふしぎはない。

「徳川さまが安土におられるうちに上さまが処罰を決められたのは、かえって好都合だったやもしれぬの。直に会《お》うてたのめる」

「さすれば、姉上が徳川さまに？」

「むろんじゃ。他にだれがおる？　というても、こたびはそなたに使いをたのまねばならぬ」

家康と帰蝶は旧《むかし》なじみだ。しかも家康は帰蝶の娘、五徳の舅でもあった。五徳のことでは織田家に負い目もある。

その五徳の許されぬ恋に歯止めをかけるため、先日も家康にたのみごとをしたばかりだった。またもや家康にひと肌脱いでもらうことになるが……。

長い歳月を経て再会した家康の、昔と変わらぬ温顔をおもいだして、帰蝶はようやく一縷《いちる》の希《のぞ》みを見いだしていた。

天正十年五月二十日——安土城内　徳川邸

安土城内にある徳川家康の屋敷は、大手門から城へつづく大手道を上って突き当たった手前の右手にある。大手道はそこからさらに左へ曲がり、武井夕庵邸や織田信忠邸の脇を通って黒金門へ至る。前田邸や羽柴邸といった織田家家臣団の屋敷を見下ろす徳川邸は、信長からの信頼の厚さを如実《によじつ》にあらわしていた。

それにしても簡素な——。

新五は櫓門《やぐらもん》を見あげた。徳川邸を見るたびにおもう。

門だけではなかった。あたりを見まわした。すべてにおいてつつましい。それでいてなぜか威圧感がある。

これは家康自身にもいえた。温厚で人あたりはよいが、なにを考えているかわからない。信長にも、明智光秀や羽柴秀吉にも、似ていないことはたしかだ。

家康一行は明朝、京へ上ることになっていた。出立を前に屋敷内はざわついている。

こんなときに押しかけて対面をねがうのは、礼を失する行いである。わかってはいたが、この機を逃すわけにはいかない。

新五自身ものんびりしてはいられなかった。新五の主の信忠も、明日、家康を警《けい》護《ご》して上洛する。新五も従うことになっていた。

だったらなにも、あわただしい出発間際ではなく、京へ着いてからゆっくり面談すればよさそうなものだ。が、新五が帰蝶から託されたのは、まさに一刻を争う話だった。

明智光秀の家臣、斎藤内蔵助の首は、今や皮一枚でつながっている。

御台さまの使いだと門番に告げると、新五は速《すみ》やかに対面所へ通された。

「こちらにてお待ちを」

上座で待つようにといわれ、新五は狼狽した。敷物のおかれた座にはつかず、かたわらにかしこまる。

家康は待つほどもなくやってきた。

「遠慮はご無用。お座りくだされ。御台さまはわが主も同然にござりますれば」

家康に笑顔で勧められて、新五は恐縮しながら上座へついた。

「ご上洛をひかえたご多忙の最中に、ご迷惑とは重々《じゅうじゅう》承知つかまつりつつ……」

かたくなって挨拶をすると、家康は大きな手のひらを見せた。

「忙しいのは郎党どもにござるよ。わしはこのとおり、たいした仕度もござらぬ」

お手前こそ仕度がござろうといわれ、新五は首を横にふった。

「それがしの仕度など知れてござります。それより……」

「うむ。御台さまの御用とか。この家康にできることなれば、なんなりとお申しつけくだされ」

「かたじけのうござりまする」

「して……」

「はァ。まずはこれを」

新五はふところから書状をとりだし、かたわらにひかえている家臣に手わたした。家臣が家康にさしだす。

書状に目を通した家康は、人払いをした上で、あらためて新五に目をむけた。

「うかがおうか」

これは密談の際の常套《じょうとう》手段だった。書状に認めてしまえば、余人に見られる心配がある。帰蝶の書状には、新五の申すとおり、という一文があるだけだ。

新五は背筋を伸ばした。

「徳川さまは、稲葉一鉄どのとご昵懇《じっこん》であられるそうにて」

家康がうなずく。

「元稲葉家の家臣で、今は明智日向守の片腕と称される斎藤内蔵助利三がことも、ご存じにござりましょうや」

家康はしばし考え、「おう、あの猛将か」と膝を打った。

新五もうなずいて先をつづける。

「家中《かちゅう》の恥を申し述べるは不本意なれど、徳川さまにぜひともお力添えをいただきたき一件がござりまする。実は稲葉どのと内蔵助の二人、目下《もっか》、諍いをしておりまして……」

新五はいきさつを語った。家康はだまって聞いている。信長が稲葉一鉄の訴えを呑み、昨日、内蔵助切腹の命を下したと打ち明けると、家康はさすがに目をみはった。

「それは惜《お》しゅうござりますな。あの内蔵助なれば、まだまだ戦場にて手柄をたてましょう」

「そのことにござる」

新五はぐいと身をのりだした。

「今は織田家中が一丸《いちがん》となって働かねばならぬとき。姉は内蔵助の武勇を惜しみ、日向守の動揺を案じておられます。が、上さまはあのとおりのお方ゆえ……」

「いったん決めた沙汰をひるがえすことは断じてない」

「仰せのとおりにござります。そこで姉は思案の上……」

「一鉄居士《こじ》自ら訴えを撤回してもらうより手はなし、と」

「は、はァ。いかにもそのとおり」

「御台さまは一鉄居士への説得を、この家康におたのみか」

新五は平伏した。

「なにとぞ、御《おん》ねがい申し上げまする」

家康はしばらく考えこんでいた。むろん、笑顔はとうに消えている。

下手に出しゃばって信長の怒りを買うことだけは避けたいとおもっているにちがいない。が、一方で、仲介の労をとった場合の利にもおもいをめぐらせているはずだ。今、美濃衆が仲間割れをして信忠の力が弱まればどうなるか。伊勢北畠家の当主となった次男の信意《のぶおき》には生駒家がついている。三男の信孝もめきめきと力をつけているから、こたびの四国征伐を成し遂げれば一気に頭角をあらわすのは必定《ひつじょう》。あるいは信長の子を嫡子としていただく秀吉も、信忠を追い落とそうとするかもしれない。

家康は内紛が起こって織田家が分裂することを望まぬはずである。なぜなら徳川にはまだ織田にとってかわるだけの力がないからだ。むしろ、ここで帰蝶や信忠に恩を売っておくほうが賢い。しかも、明智にも恩を売れる。新五は内蔵助の名が出たときの、家康の目のかがやきをおもいだしていた。家康が恩を売りたいとおもうのは、老齢の光秀ではなく、勇猛果敢な内蔵助かもしれない。

そう、家康はこの賭《か》けにのる――。

確信に至ったそのとき、家康が両手をついた。

「御台さまに、この一件、家康がしかとうけたまわったとお伝えくだされ」

「おう、ありがたやッ」

「微力とは申せ、この家康の首をかけて談判いたさば、居士も否とはいわぬはず」

「かたじけのうござる。姉もどんなに安堵するか」

新五は喜色を浮かべた。このときほど家康がたのもしく見えたことはない。

「徳川さま、このことはご内密に。一鉄どのにもなにとぞ……」

「承知してござる。この家康に説得されたとは口が裂《さ》けてももらさぬよう、一鉄居士にようういうておこう。たった今、この首かけて……などと大仰《おおぎょう》に申したばかりなれど、本音《ほんね》を申さば、この猪首《いくび》、少々惜しゅうござるゆえの」

家康はからからと笑った。

明日、出立となれば、長話をしてはいられない。早速、稲葉一鉄にかけあうという家康に後事を託して、新五は暇《いとま》を告げた。

櫓門から大手道へ出る。と、背後で裏門の開く音がした。人がこちらへ歩いてくる。

新五は物陰に身を潜《ひそ》めた。単なる習性で、他意があってのことではない。

男は新五のかたわらを通りすぎた。

埴原左京亮――。

家康の案内役を仰せつかり、左京亮も明日は京へ同行すると聞いている。徳川邸から出てきてもふしぎはなかった。

声をかけようか。足をふみだそうとしたものの、おもいとどまった。

左京亮は、周囲など目に入らぬかのように、まっすぐ前を見つめて歩いている。まるでなにかにとり憑《つ》かれているようだ。

新五は少しはなれ、左京亮のあとから大手道をたどった。城へゆくのかとおもったが、左京亮は黒金門の手前にある信忠邸へ入ってゆく。

何用か、だれに会いにゆくのだろう――。

新五も信忠の家臣である。帰って左京亮の行き先を見とどけようかともおもったが、好奇心を抑えこんだ。

今は大事な用事がある。家康がたのみをひきうけてくれたことを帰蝶に伝え、安心させてやらなければならない。

安土城の天主を目指して、新五は足を速めた。

同日――――――――安土城　二の丸

五徳は一心に左京亮を見つめていた。

左京亮は頭巾をかぶり道服《どうぶく》をまとっている。ふれこみどおり姿は医師だが、燃えるまなざしは寝所で見慣れた男のものだった。

「お医師だ。通るぞ」

たった今、玄蕃助の声が聞こえた。とおもったらもう、左京亮が目の前にいた。女たちにいぶかる間も与えず、玄蕃助は左京亮を強引に五徳の寝所へ押しこんでしまった。

「お逢いしとうございました」

五徳は両手をさしのべた。その手を左京亮の両手がつつみこむ。

「おれもだ。母に泣いて止められたときは、目の前が真っ暗になった」

「左京亮さまの母さまが……」

「わけはいわれなんだが、禍の種を撒いてはならぬと」

「禍の種……どういうことでしょう。わらわも母から左京亮さまに逢《お》うてはならぬといわれました。父がわらわの嫁ぎ先を決めてしまわれたのやもしれませぬ。それゆえ、厄介なことになるからと……」

「おおかた、さようなところだろう。玄蕃助さまにお声をかけていただかねば、どうなっておったか」

「わらわも玄蕃伯父のおかげで生きかえった心地《ここち》がいたします」

二人は同時に襖を見た。襖のむこうでは、玄蕃助が見張り役をつとめている。

「ともあれ、これからのことだ」

「はい」

許された時間は短い。二人は視線をもどした。今一度、見つめ合う。

「おれは京へ上る。徳川さまを案内して堺へも参ることになろう」

「京へいらしたら、立入宗継に会《お》うてくださいませ」

「玄蕃助さまよりうかごうた。立入家に匿《かくも》うてもらおうというのか」

「はい。父が上洛するのを待って、わらわは岐阜へ参ります。父は京にじっとしてはおりますまい。折を見てわらわは京へ逃げ、立入家をたよります」

豪商のもとへ逃げこんでしまえば、とりあえずは信長の目をくらませる。武家には及びもつかぬ逃げ道が、きっとあるにちがいない。

とはいえ、それが命がけであることはまちがいなかった。自分の命《めい》に背くものを、信長は容赦しない。血を分けたわが子であってもおそらく……。

「わらわはどうなってもよい。もはや死んだも同然じゃ。なれど左京亮さまは埴原家のご嫡男。まことによいのでございますか、わらわと命運を共にしても」

「むろんにござる。この命《いのち》は徳姫さまのもの」

「あァ、うれしい……」

抱き合おうとしたところで咳払《せきばら》いが聞こえた。二人はにぎり合った手をはなし、居住まいを正した。

「伯父上、こちらへ」

五徳は襖越しに声をかける。

玄蕃助は襖を開け、敷居際で両手をついた。

「われら二人、どれほど伯父上に感謝しているか。この恩は忘れませぬ」

五徳はあらためて礼を述べたが、玄蕃助はにこりともしないで二人の顔を見比べている。

「礼はまだ早《はよ》うござる。この玄蕃、おひきうけしたからには、必ずやお二人のために力を尽くす所存。なれど、それにはひとつ、お約束いただかねばなりませぬ」

「なんじゃ」

「なんにございますか」

二人は同時に聞き返した。

玄蕃助のまなざしは一段と鋭さを増している。

「これよりは、この玄蕃の指示に従《したご》うていただく。駆け落ちなどもっての外《ほか》」

「伯父上ッ」

「いやいや、駆け落ちなどなさらずともよい、首尾ようゆく、というたまで。この玄蕃をお信じあれ。まずはお二人にやっていただきたいことがござる」

「なにをすればよいのじゃ」

「若殿が上洛の途につかれれば、それがしは岐阜へ帰らねばなりませぬ。姫さまにはできうるかぎり父上母上のおそばにつき従い、安土の——なにより大殿の——ご様子を逐一、お知らせいただきとうござる。また埴原どのには、徳川さまの身辺のご様子をくわしゅう……」

「それではまるで間者ではないか」

五徳は頰をふくらませる。

「間者……これはしたり」

玄蕃助は表情をやわらげた。

「今は織田家にとって正念場。情勢をよう見きわめた上で、時宜《じぎ》をはかり、万が一にもしくじらぬよう、はばかりながら玄蕃がお二人に指図をさせていただきまする。さすれば双方の御消息《ごしょうそく》をとりつぎ、御文《おふみ》などのやりとりもできましょう」

「おう、そうか。それはよいッ」

左京亮が手を打つと、今度は五徳もうなずいた。

「毎日、いえ、日に何度でも文を書く。して、どうやってやりとりをするのじゃ」

「そのことにござるよ」

玄蕃助は帰蝶の異母兄、つまり斎藤道三の血を分けた子である。策略には長《た》けていた。家臣郎党のなかには当然ながら忍びの働きをする者もいる。ところが玄蕃助でも入りこめない場所があった。天主の上層部、信長と帰蝶の居室と、周囲を三河の旧臣で固め、人並み外《はず》れて用心深い家康のふところである。だからこそ、五徳と左京亮に恩を売り、その見返りに信長や家康の動向をえようとおもいついたのである。

ただし、これには難題があった。

「各々《おのおの》のあいだを行き来して消息を知らせる役は、ただの戦忍《いくさしの》びではつとまらぬ。なぜなら岐阜や安土だけでなく、京や堺にも顔が利く者でなければならぬからだ」

「さような者がおるのか」

「おりまする。徳姫さまもようご存じの……京の豪商」

「あ、立入どののじゃな。たしかに立入どののなれば、堺の商人はむろん、禁裏にも武家にも親しき者がいくらもいます」

「夕庵さまから聞いたのだが、立入どののもとには岐阜城から逃げてきた武者《むしゃ》がおるとやら」

「佐兵衛《さへえ》じゃ。わらわは京で世話になりました」

「おれも京で会《お》うておる」

五徳と左京亮は目くばせをかわしあう。

玄蕃助はわが意を得たりとうなずいた。

「話は決まった。さればご両人、佐兵衛本人、でなければ佐兵衛を名のる者にのみ、伝言を託されよ。どんなに些細なことでもかまわぬ。岐阜と京にて、わしと立入どのが十分に策を練り、事を進める」

「わかりました。なれど伯父上、できるだけ早《はよ》う、わらわを岐阜へ呼んでおくれ」

「かしこまってござる。さて、そろそろ……」

玄蕃助は左京亮をうながした。これ以上、危険は冒せない。

二人は出ていった。

目の前で襖が閉じられた。

昂ぶる胸を鎮めつつ、五徳はなおも襖を見つめていた。

同日――――安土城　天主

左京亮を五徳からひきばなし、斎藤内蔵助の助命に道をつけた帰蝶は、ようやく安堵の息をついた。心配がなくなったわけではないが、新五の知らせを聞いた今は落ち着きをとりもどしている。

徳川さまがひと肌脱いでくださるなら――。

頑固者の稲葉一鉄も折れるにちがいない。一鉄が訴えを撤回すれば、騒ぎはなかったことになる。信長も内蔵助の処罰を見合わせるはずだ。信長は無鉄砲にみえても存外したたかである。なによりも利害を重んじる男だ。内蔵助にまだ使い途《みち》があるなら生かしておくだろう。

こうなるとむしろ明智光秀のほうが心配だった。四国征伐の一件があった。領地の召しあげもいいわたされた。寵臣が助命されてよろこびはしても、それだけで胸のしこりが消えるとはおもえない。

帰蝶は、欄干から明智一行の出立風景をながめたときのことをおもいだしていた。あのとき、十兵衛尉はもう若くない、とおもった。忍苦《にんく》の半生を送ってきた十兵衛尉が、人生の晩節にさしかかってもなお苦難を背負っていることに憐《あわ》れみをおぼえる。

やはり旧交を温《あたた》めておくべきだった。なぜ対面を拒んだのか。

毛利攻めを終えて帰ってきたら、今度こそ、従兄妹《いとこ》らしく気軽に昔話をしてみよう。十兵衛尉のためにできることがあればしてやりたい。

十兵衛尉のため——明智光秀のため——と考え、それには子々孫々の安泰を約束してやることがいちばんではないかとおもいついた。織田と明智の結びつきをより強固にすることだ。そのためにはどうしたらよいか。

男は戦で領地を広げる。女は嫁いで子をなし、他家と縁を結ぶことで家を栄《さか》えさせる。織田家における帰蝶の役割はまさに後者だった。自ら養育した子供たちに織田家の利となる縁を結ばせ、他家とのあいだに橋をわたす……。

明智一族と婚姻を結べないものか。

子供たちの顔をおもい浮かべる。長丸と藤四郎は目下、元服の準備が進んでいた。そろそろ妻を決めてもよいころだ。釣《つ》り合いのとれる娘がいないか調べてみよう。それがだめなら娘たちの相手になりそうな男子でもよい。六女はすでに丹羽家との縁談が決まっていた。が、他にもまだ七女、八女、九女、十女……。

帰蝶は声を立てて笑った。

「いかがなされましたか」

　かたわらにひかえていたお鍋がけげんな顔をむけてくる。物思いに沈んでいた帰蝶が、それもめったに笑わぬ帰蝶が笑いだしたのだから、おどろくのも無理はない。

「子らの数をかぞえておったのじゃ」

「それが、なにか……」

「十番目の娘はまだ二歳。上さまもまァ、ずいぶんとお子をおつくりになられたものよ、とおもうたら、なにやらおかしゅうなって……」

「おかしい……めでたきことではありませぬか」

「むろんめでたい。子は宝じゃ。が、そうはおもえぬときもあった」

　帰蝶は眸《ひとみ》を躍《おど》らせた。

「あのころは若かった。上さまがわらわ以外の女に子を産ませたら、女を八つ裂きにしてやろうとおもうていた」

「……申しわけございませぬ」

　お鍋が身をちぢめるのを見て、帰蝶は失言に気づいた。冗談《てんごう》じゃ、といい足す。お鍋も信長の子を産んでいる。

「そなたのことではない。ずっと昔の話をしたまで。子が多ければ多いほど家は盤石になる。もっと早くそのことがわかっていれば、左京亮もわが子として育てたものを。さすれば徳姫と、かようなことにならずにすんだ」

「徳姫さまと左京亮さまのことでしたら、ご心配には及びませぬ。はなればなれになれば、お熱も冷めましょう」

「なればよいが……」

「御台さまは見事にお役目を果たされました。いえ、今も果たしておられます」

「そうよのう……。これからも果たさねばならぬ。上さまはいまだ子づくりに励んでおられるゆえ……」

忍び笑いをもらしたところで、帰蝶は真顔《まがお》になった。

「ところでそなた、明智日向守の子らを存じておるか」

「十五郎《じゅうごろう》さまと、細川家へ輿入れされた玉姫《たまひめ》さまでしたら存じておりますが……」

「わらわも二人には会《お》うたことがある。他には？」

「女子が四、五人、男子も二人か三人いらっしゃるようにございますが、しかとはわかりかねます。ご実子かご養子かも……」

なぜそのようなことを訊くのかと問いかえされて、帰蝶は自分の考えを打ち明けた。

お鍋は眉をひそめる。

「上さまがご承知なさいますまい」

「なぜじゃ」

「上さまは日向さまを疎んじておられます」

「さればこそ、わらわが仲立ちをしようとしておるのではないか」

「おやめください。余計なことを進言なされば、ますますお二人のお仲がこじれてしまいます」

お鍋の危惧はもっともだった。下手に進言して、明智が帰蝶に泣きついたとでも誤解されれば、かえって信長の怒りを買ってしまう。自分の知らないところで裏工作をされることを、信長はなにより警戒していた。

それでも帰蝶は、簡単にあきらめる気にはなれない。

「なにも今すぐにというのではない。毛利攻めで光秀が手柄を立てれば、上さまのお気持ちも変わるやもしれぬ。話をするのはそれからじゃ」

自分と信長の婚姻には、そう、立入宗継の父親がかかわっていたようだと、帰蝶はおもいだしていた。禁裏へ取り入るべく立入家にあつまった諸将は、茶の湯や酒《しゅ》肴《こう》に興《きょう》じていただけではなかった。諸国の情勢をうかがい、婚姻の可否《かひ》を探っていたのだ。

明智光秀はそんな諸将のなかでも、宗継とは懇意と聞いていた。日向守の子女についてて宗継に問いあわせてみようとおもいつつ、帰蝶はふっと考える目になった。

「内蔵助どのにも子らがおったの。もしや切腹となれば、わらわは甥《おい》や姪の命乞いをするところじゃった」

斎藤内蔵助の前妻は道三の娘だから、帰蝶には異母妹である。夫婦の子供たちは帰蝶の甥や姪だった。

もっとも、この妻は病死してしまった。今は内蔵助の旧主であり、こたびの諍いの相手でもある稲葉一鉄の娘を後妻にしている。つまり一鉄は、娘婿《むすめむこ》の首がほしいと信長に訴え出たのだ。

家と家との架け橋として嫁いでも、ひとたび両者の仲が決裂すれば、女は実家と婚家の板ばさみになって地獄の苦しみを味わわなければならない。これはよくあることだった。帰蝶はそんな例をいくつも見ている。とりわけくっきりと胸に刻《きざ》まれているのは、近江の浅井《あざい》家へ嫁いだ信長の妹の悲劇だった。

お市《いち》の方と呼ばれる信長の妹は、兄に夫長政《ながまさ》を攻め滅ぼされ、三人の幼い娘を伴って岐阜城へつれもどされた。信長は娘たちを養女として育てるよう帰蝶に命じ、お市の再婚相手を探そうとした。が、お市は命がけでこれを拒んだ。

〈上さまには人の心がおありか。おありなら無体《むたい》はおやめなされ。お市さまがお子たちと平穏《へいおん》に暮らせるよう、はかろうておあげなされませ〉

口調はやわらかいが、断固としたまなざしで帰蝶は信長につめよった。信長は帰蝶のねがいを聞きいれ、お市と娘たちを守山《もりやま》城にいる大叔父のもとへ送った。

夫が非業《ひごう》の死を遂げたために実家へもどされたのは、五徳も同様である。お鍋の場合もおなじだが、お鍋はわが子を質子《ちし》にとられた。信長に訴え、敵を滅ぼして幼子を奪いかえしてもらったのが、信長の妻となるきっかけだった。

おもえばこの乱世、順風満帆《じゅんぷうまんぱん》に一生を終える女のほうが稀《まれ》である。

「ところで内蔵助どのはいかがしておるのじゃ」

「明智邸に押しこめられておるそうにございます」

「さようか……。内蔵助どのの妻子のためにも、なんとしても、徳川さまには一鉄を説得していただかねばのう」

帰蝶は家康の顔をおもい浮かべた。先日見た壮年《そうねん》の温顔ではなく、親交があった若き日の、賢《さか》しげな目をした少年の顔だった。

同日――安土城内　信忠邸

織田信忠は明朝、父信長に先立って上洛する。

信忠の家臣郎党は日ごろから、ここ安土と居城のある岐阜を行き来して暮らしていた。下命ひとつで京へ上ったり戦場へおもむいたり。武田軍を征伐してちょうどひと月前に凱旋したばかりだ。

信忠の家臣郎党にかぎったことではないが、武士である以上、ひとところに安住はできない。いつどこへゆけと命じられてもおどろきはしない。こたびは上洛で、なおのこと緊迫感《きんぱくかん》は乏《とぼ》しい。

出立の前夜だというのに、玄蕃助と新五は酒を酌《く》みかわしていた。玄蕃助は岐阜へ、新五は京へ。惜しむほどの別れではないから、出立前の現状報告、といったところだ。

「ほう、徳川さまにのう……」

帰蝶が家康に稲葉一鉄の説得をたのんだという話を聞いて、玄蕃助は愁眉《しゅうび》をひらいた。なるほどなるほどとしきりに感心している。

「さすがは妹、われらが父、マムシの娘だけある。妙案をおもいつかれた。で、徳川さまは一鉄どのにもう話をしてくださったのか」

「そのはずだ。しくじったとは聞かぬゆえ、首尾よういったのだろう」

「なんだ、たしかめてもおらぬのか。では、まだ切腹の沙汰がとり消しになったわけではないのだな」

「稲葉さまとてすぐには動けぬ。上さまに撤回を申し出るのは、徳川さまが上洛されたあとでのうてはまずい。徳川さまに説得されたなどとは、口が裂けてもいえぬからの」

「ま、それもそうだが……」

玄蕃助は酒を一気に喉《のど》へ流しこんだ。酒豪《しゅごう》である。蟒蛇《うわばみ》のように呑んでも、めったに酔いつぶれることはない。

新五のほうは、酒好きだが酔うのも早かった。本人はひかえめに呑んでいるつもりでも、もう目元が赤らんでいる。

「内蔵助をとりもどせば日向守も百人力《ひゃくにんりき》だ。手柄はまちがいなし」

新五は威勢よくいった。が、玄蕃助は首をすくめただけ。新五は酔いが醒《さ》めたような目で玄蕃助の顔を見る。

「兄者はいったいなにを考えておるのだ」

「なにを、とは……」

「どうもこのところ妙だぞ」

「なにも考えてなどおらぬ。美味《うま》い酒を味おうておるだけだ。おぬしは京で美酒美食を堪能《たんのう》できるが、こっちは岐阜で留守居《るすい》だからの」

「ごまかすな、水くさい」

顔をしかめたところで、新五はおもいだした。

「そういえば今朝方、埴原左京亮を見かけたぞ。徳川さまの屋敷から出てきてここへ入った。おもいつめた顔をしておったゆえ声はかけられなんだが……上さまはなにゆえあやつに徳川さまの案内役など仰せつけられたのか」

　玄蕃助は新五を見かえした。すぐには口を開かないで、どこまで話そうかと思案している。

「徳姫さまのもとへかよう男がおると、以前、おぬしに話した。おぼえておるか」

　新五は目をみはった。

「聞いた。内蔵助のことで手一杯だったゆえ忘れていた。そうか、その男というのが左京亮か」

「上さまがご承知かどうかはわからぬ。左京亮を徳川さまの案内役に推挙したのは妹らしい。徳川さまに直々にたのみこんだのだ」

　新五はまじまじと玄蕃助を見る。

「さようなことを、兄者はなぜ知っておるのだ」

「まァ、おれの耳はこの一対《いっつい》にあらず。働き者のお耳さまが、妹が徳川さまに会《お》うたと聞きこんだ。そのすぐあとに左京亮の沙汰があった。で、推測したまでじゃ」

　左京亮がこの屋敷へやってきたのは自分に会うためだった……玄蕃助の打ち明け話に新五は目をしばたたく。医師に変装させて二の丸へ伴い、五徳と対面させたと聞くや、眉をつりあげた。

「なにゆえさようなことを？　それでは姉上の裏をかくようなものではないか」

新五の非難にも玄蕃助は動じない。

「妹を困らせるつもりはない。だが、この機を見逃すつもりもない」

「どういうことだ」

「徳姫さまを手なずければ上さまや御局《おつぼね》――天主のうちの内輪話がわかる。左京亮をあやつれば徳川さまの身辺が探れる。二人に恩を売っておけば、この先、役立つやもしれぬ」

新五は手荒に酒の椀《わん》をおいた。肩を怒《いか》らせる。

「兄者は、二人を、内通者に仕立てようというのか」

「いかにも。四方へ根を張っておかねば、いざというとき往生する」

「なんとぬけぬけとッ」新五は拳をにぎりしめた。「われら美濃衆は織田家の家臣ぞ。姉上と若殿をもりたてるが役目、勝手なことは断じてならぬ」

「まァまァ、落ち着け」玄蕃助は両手で新五の肩をつかんだ。「考えてもみよ、新五。美濃はかつて土岐氏のものだった。が、われらが父、斎藤道三が奪いとった。その父を討ち果たしたのはわれらが兄だ。ところがさらに織田の殿がわれらが兄の子を追い落として美濃を掌中《しょうちゅう》におさめた。浮沈《ふちん》はめまぐるしい。威勢がいつまでもつづくとおもうたら大まちがいだ。この先どうなるか、だれにもわからぬ」

「織田は盤石だ。上さまに敵《かな》う者はおらぬ」

「それは上さまがおられるからじゃ。死んだらどうなる？」

「兄者ッ、不吉なことをッ」

「命運には逆らえぬぞ。万が一のことがあった場合、若殿では盤石とはいえぬ。それゆえ、だれとどう結べばよいか、あらかじめ探っておこうというのだ。それには万全の備えがのうてはならぬ。備えをするには鷹《たか》の目が必要だ」

「鷹の目……」

「われらのごとき武士の目ではのうて、悠然《ゆうぜん》と見下ろす目よ。すみずみまで見わたし、いざとなれば獲物《えもの》を逃さぬ」

「よう、わからぬが……」

「そのうちわかる」

新五はまだ眉をひそめていた。が、怒りはあらかたおさまっている。たしかに玄蕃助のいうとおりだとおもった。きれい事では生きのびられない。右へつくか左へつくか、ひとつ判断をあやまれば、家族はむろん、一族郎党が命の危機にさらされる。

とはいえ、恋に溺れた五徳と左京亮の弱みにつけこんで内通者に仕立てるなど、新五には逆立ちしてもできない芸当だった。

「兄者は兄者の好きにするがいい。おれは最後の一人になっても若殿に従う」

「とりあえずは、おれもおなじだ。おれはいざというときの話をしたまでだ」

「備えあれば憂《うれ》い無し、か。兄者らしいの」

「おぬしも見習え。ま、それはそれとして……京から帰ったら、いよいよ中国筋へ出陣となるやもしれぬ。となれば、早めに知らせをたのむ」

「わかった。おれも兄者の耳目ゆえの」

二人はかわるがわる酒をつぎ、同時に呑み干した。

異母兄弟なので風貌《ふうぼう》も性格も似ていない。反発しあうこともしょっちゅうだ。が、そうはいっても、無二の相談相手であることにちがいはなかった。明日は各々、西と東へ出立する。となれば和やかに別れたい。

二人はその夜、おもう存分、呑み明かした。

天正十年五月二十一日――――安土城　天主

早朝。湖のかなたに靄《もや》がたちこめている。

湿《しめ》り気《け》をおびた風が、多門櫓《たもんやぐら》から出てきた若者の鎧直垂《よろいひたたれ》の袖をはたはたとなびかせていた。いつ降りだすか、梅雨時のはっきりしない空模様《そらもよう》である。

黒金門へむかおうとして、信忠は足を止めた。ふりむいて頭上を仰ぎ見る。八角の部屋の欄干から、帰蝶もわが子の姿を見つめていた。

つい今しがた、母子は鳳凰の間で対面したばかりだ。

こんな出立間際に――。

昨夕《ゆうべ》、信長と並んで上洛の挨拶をうけていたから、帰蝶はまさか今朝、もう一度、信忠が別れをいいにくるとはおもわなかった。戦の出陣ならいざ知らず、京へ上るだけのことだ。大仰な挨拶は場ちがいのようにおもえて、帰蝶は直截《ちょくさい》にたずねたものだ。

〈なんぞ、気がかりでもおありか〉

幼年時代、まだ奇妙丸と呼ばれていたころの信忠は気弱な子供で、よく夢に怯えて泣いた。異母妹の五徳は勝ち気、異母弟の信意は要領のよい子だったから、帰蝶は信忠をだれよりも気づかい、愛《いと》しんだものである。

いっときは、これで信長の後継がつとまるかと案じたものだった。が、新陰流《しんかげりゅう》の太刀《たち》を学び、めきめきと力をつけて、信忠は凜々《りり》しい若武者に成長した。

母に訊《き》かれて、信忠はてれくさそうに目を伏せた。

〈このところ母上のお顔の色がすぐれませぬゆえ、気になっておりました。それで、今一度、ご挨拶をして参ろうかと……〉

聞いたとたん、帰蝶は信忠を抱きしめたい衝動《しょうどう》に駆られた。幼いころのように抱きしめて、心配は無用だと頭をなでてやりたい。

むろん、そうはしなかった。

〈うっとうしい季節ゆえ眠りが浅い。それだけじゃ。案ずることはない〉

〈それならようござりまするが……母上は、日向守のことで気を揉んでおられるのかとおもうておりました〉

帰蝶ははっとした。信忠はもう子供ではない。織田家の歴《れっき》とした当主である。かくしだては無用だろう。

〈そなたの申すとおりじゃ。おもうようにいかぬものよの。あっちを立てればこっちが立たぬ〉

〈ご安心ください。母上のお身内をないがしろにはいたしませぬ〉

信忠は信忠なりに、父の光秀への仕打ちを気にかけていたようだ。信長は一瞬にして好悪《こうお》が変わる。父の気性の烈しさは、信忠も幼いころから見ていた。四国征伐を命じられた異母弟の信孝に信長の関心が移りつつあることにも、胸のうちでは危機感をおぼえているのかもしれない。

〈母のことより、そなたは自分の役目を果たしなされ。徳川さまをお守りするのじゃ。追って父上が上洛されたら警護を怠《おこた》らぬよう。父上の御用をしかとつとめなさ

れや〉

母らしい忠告を与えて、帰蝶は信忠を送りだした。そのあとただちに段梯子《だんばしご》を上り、八角の部屋の欄干へ出たのは、どうしても欄干から信忠を見送りたかったからである。

信忠はまだ天主を見上げていた。

織田家の当主になっても変わらぬ一途《いちず》なまなざしを見て、帰蝶は頰をゆるめた。信長の前では武勇を認めさせようとやっきになっている。家中の者たちの前では、信長の後継者として軽んじられぬよう、肩肘《かたひじ》を張っている。だからこそ、母の前ではつい甘えたくなるのだろう。

本人は甘えているつもりはないかもしれないが、帰蝶の目に、わが子の一途なまなざしはそう映る。そこがまた愛おしい。

信忠——奇妙丸。

生駒家で異母妹が男児を産んだと聞いたときはどんなに動揺したか。悩みぬいた末、帰蝶は甥にあたる男児を自ら育てることに決め、母子を手元へひきとった。今にしておもえば、これ以上ない英断だった。生母が生きているときから、信忠は帰蝶を母と慕い、なついていてくれた。

信忠は軽く頭を下げた。

帰蝶は笑顔でうなずいた。

安心したのだろう、信忠はきびすをかえした。郎党にかこまれて遠ざかってゆく。

つまるところ、世の中はわるいことばかりではないやもしれぬ、と帰蝶はおもった。五徳と左京亮の恋愛沙汰にはとりあえず歯止めをかけた。内蔵助の切腹も回避できそうだ。美濃衆が仲間割れさえしなければ織田家は安泰である。なにより、信忠は武勇と情実をかねそなえていた。ゆくゆくは信長を超える名君となるにちがいない。

帰蝶はかなたに目をむけた。

信忠が名実共に織田の頭領《とうりょう》となれば、自分にも安らいだ日々が訪れる。そうなったら真っ先に京の都へゆくつもりだ。

立入宗継はまだ生きていようか。わずかな日々でもよい。老人と老女になってもなお、この世のすべてのしがらみから解き放たれて、心華やぐときがすごせたら――。

今はだが、それを想《おも》うときではなかった。

徳川邸と信忠邸では、門前に人馬が列をなして、出立の合図を待っているはずである。耳を澄ませば、かすかにざわめきが聞こえてくるような……。

階下へもどろうとして京の方角を見る。

雨雲か。黒い雲が西の空をおおっていた。

天正十年五月二十五日――安土城内　明智邸

床の間を入れても七畳ほどの座敷である。

唐葵《からあおい》を生《い》けた信楽《しがらき》の花瓶《かびん》が床の間におかれているだけで、他に目をひくものはない。開け放した障子《しょうじ》のむこうは小雨《こさめ》にけむる坪庭《つぼにわ》で、唐葵はここで伐《き》ったものだろう。あとは松、榊《さかき》、紫陽花《あじさい》……。

斎藤内蔵助利三は、腕組みをしてあぐらをかいていた。くちびるをへの字に曲げている。その表情からは動揺も悲観もうかがえないが、苛立っていることだけはまちがいない。

玄蕃助は、敷居際から声をかける前に、ひととおり内蔵助を観察した。表にはあらわれていなくても、胸のうちはどうか。いくら剛胆な男でも、切腹の刻《とき》を待つ心がおだやかなはずはない。

「玄蕃か。さてはおぬしが検死役か」

内蔵助がぎろりと玄蕃助を見た。おなじ美濃衆で、縁者でもある。

「めっそうもござらぬ。それにおれは上さまではなく若殿の家臣ぞ」

　信長は安土にいるが、信忠は京へ出立した。明智日向守光秀も毛利攻めの援軍にむかうため、居城の坂本城へ帰っている。

「ふむ。よう入れたの」

「妹の使いというたら、わけもなかった」

　内蔵助は謹慎の身だが、座敷牢《ざしきろう》に閉じこめられているわけではない。

「おう。御台さまか。それは重畳《ちょうじょう》」

「存じておったか」

「いや。あてにしていたわけではないが……。あれは切腹の命が下る前だ、夕庵さまに力添えをたのもうと武井邸を訪ねた。門前でおぬしの異母弟《おとうと》の新五に会《お》うての、姉上なら力になってくださるはず、たのんでやろうというてくれた」

　ところが以後、なんの知らせもない。新五が信忠の護衛をして京へ出立してしまったと聞いて、やはりだめだったかと落胆していたという。妹と聞いただけで目をかがやかせたところをみると、見かけとは裏腹に、内心は焦っているのだろう。

「で、御台さまはなんと……」

「他言《たごん》無用だぞ」

「むろん」

「妹は徳川さまに仲介をたのんだ」

「徳川さま……」

内蔵助は首をかしげた。玄蕃助はうなずく。

「家中の者が諫めたくらいで、あの一鉄翁《おう》が前言を撤回するものか」

「されば……」

「徳川さまとは昵懇だそうな。徳川さまはそこもとの武勇も惜しんでおられる」

「ふむ。徳川さまが一鉄にかけおうてくださったと……おう、孫子の代まで、徳川さまには頭があがらぬのう。家訓に書いておかねば」

「上洛間際に稲葉邸をお訪ねくださったそうじゃ。ところが、数日待ってもなにも起こらぬ」

家康一行が上洛の途についてからの四日間、安土城は静まりかえっていた。信長も四国征伐に出陣する信孝と本丸の一室にこもって話しこんでいるか、側近の堀秀政を呼びつけて遠国《おんごく》へ出陣中の諸将へ宛てた書状を認めさせているか。

帰蝶も内心は気を揉んでいるはずだが、天主へひんぱんに足をはこぶようになった五徳によれば、日々変わらず、子供たちの元服の仕度や縁談の準備など、あれこれ世話に明け暮れているという。

「おれもこれ以上、留《とど》まってはおれぬ。岐阜へ帰らねばならぬゆえ、気ばかり逸《はや》っての。だが幸いなことに事は着々と進んでおったようじゃ。昨夕、猪子《いのこ》さまが稲葉邸へ招かれた。宵《よい》の口まで話しこんでおられたが、出てきたその足で堀邸へおもむかれた。これがなにを意味するか、おおかた予想がつくはずだ」

「そうか。なるほど」

猪子兵助《ひょうすけ》は斎藤一族とも血縁のある美濃衆の一人で、道三亡きあとは信長に仕え、軍使としても朝廷方との連絡役としても重用されていた。猪子に説得されて一鉄自身が訴えを撤回したとあらば、信長も内蔵助の切腹を強要はしないはずである。無謀なふるまいは多々あるものの、内蔵助は当代随一の猛将だ。明智が織田の身方に名をつらねている以上、明智の猛将は織田家にとってもこの上ない宝だった。

「ただし、那波直治《なわなおはる》は稲葉家へ帰さずばなるまい」

そもそも稲葉一鉄がへそを曲げたのは、内蔵助が稲葉家の家臣の那波直治を明智の家臣に引きぬいたためだ。

「一鉄め、手柄を立てても褒美《ほうび》をろくによこさぬ吝嗇《りんしょく》な爺《じじい》よ。こき使うばかりでは、那波でのうても逃げだしとうなるわ」

「まァまァ、首の皮がつながっただけでもありがたいとおもえ」

「まだ、助かったと決まったわけではなかろう。おぬしの話が事実だとしても、上さまのことだ、あっさり撤回するかどうか。わが主は上さまのご気性を存じておられる。今ごろは悩みぬいておられるはずじゃ」

「わが主？　日向守が悩んでおられる、と……。よもや、上さまに刃むこうて、おぬしのために挙兵するわけもあるまい。そんなことをしたら明智も荒木《あらき》の二の舞になるぞ」

信長に刃むかった荒木村重《むらしげ》は、織田の軍勢に攻め滅ぼされた。自身は毛利家へ逃げこんだものの、一族は女子供に至るまでことごとく殺害されている。

内蔵助はくちびるの端に、不敵ともとれる嗤《わら》いを浮かべた。

「村重は痴《し》れ者《もの》よ。わが主は村重とはちがう。むやみに事を起こしたりはなさらぬ。しかし、乱してはならぬ秩序をととのえ、帝をも恐れぬ所業を糺すためとあらば……」

四国征伐のおかげで明智家の面目は丸つぶれ。そればかりか、羽柴秀吉の援軍に駆りだされた上に所領は召しあげられて、光秀は踏んだり蹴《け》ったりの仕打ちをうけている。が、そうした私怨《しえん》だけで刃むかえば、それは荒木村重とおなじだ。光秀は私利私欲ではなく、近年の信長の天皇家をもないがしろにするやり口に腹を立てているという。

「おぬしはどうじゃ。そうはおもわぬか」

「恵林寺で快川国師を焼き殺したことか」

「それもある」

「新たな暦《こよみ》をつくろうとしておることか」

「それもある。が、平氏の分際《ぶんざい》で、鎌倉《かまくら》以来、源氏が守ってきた征夷大将軍《せいいたいしょうぐん》の位に就《つ》き、誠仁親王《さねひとしんのう》を帝におしたてようものならどうなる？　われらは……」

「しッ。声が大きい。さようなことは肚にしまっておけ」

「しかし、おぬしはどうおもう？」

「おれか。おれは……美濃国が美濃人の掌中におさまっておればそれでよい」

「それゆえ若殿か」

「若殿にはかぎらぬが……」

「おう。それを聞いて安堵した。玄蕃助がおれば百人力《ひゃくにんりき》」

いつだったか、光秀にもおなじことをいわれた。事が起きたら同心してくれ……と。

玄蕃助は眉をひそめた。新五はあくまで信忠をもりたてる覚悟でいた。信忠の後ろ盾となっているのは美濃衆、だからこそ、美濃衆が仲間割れしないよう、内蔵助の助命に心をくだき、明智と稲葉の仲をとりもとうとしていたのだ。

では自分はどうか。強い方につく――それだけだった。そのために、織田家中だけでなく、家康の動きにも目を光らせている。むろん公家衆《くげ》や豪商たちの動向にも耳をそばだてていた。五徳が、左京亮が、そして立入とその分身である佐兵衛が、これからも大いに働いてくれるはずだ。

つまり、美濃衆の自分が最強の主君に仕えていれば、少なくとも美濃国を己が手で守ることができる。玄蕃助はそう信じていた。

今、ここで、めったな約束はできない。

「さてと、おれは明朝、岐阜へ帰る。無罪放免を祝《いお》うてから帰りたいが、そうもゆかぬのじゃ。無事、丹波へ帰ったら、日向守にもよろしゅう伝えてくれ」

「この命、助かったなら、岐阜と駿河へ両手を合わせようぞ」

「両手を合わせるなら、まずはわが妹だ」

玄蕃助は腰をあげた。

明智邸から住まいのある信忠邸へ、本降りになった雨のなかを急ぐ。道々、玄蕃助は内蔵助が口にした物騒な言葉の数々をおもいだしていた。内蔵助は大筒《おおづつ》につめた火薬のような男だ。いつ暴発するか。どうせ暴発するなら戦場であってほしいとおもう。

とはいえ、肚に火薬を抱えているのは、なにも内蔵助にかぎったことではなかった。

おれは、この果てしない戦場を、無傷で駆けぬけることができようか——。

天正十年五月二十六日——安土城　天主

降ったり止《や》んだり、鬱陶《うっとう》しい天気がつづいている。安土城天主の鳳凰の間では、湖から吹いてくる湿り気をおびた風に後れ毛をふるわせながら、帰蝶が、膝の上でゆれる夫の鬢《びん》の毛先を細い指でなでつけていた。乱れをなおそうとしているわけではない。手持ちぶさたなので、無意識に指を動かしている。

夫婦はこうした意味もないたわむれを、長い歳月、飽《あ》きもせずくりかえしてきた。

といっても、膝枕《ひざまくら》に関していえば、信長が帰蝶に膝枕をさせてまどろむことなど絶えて久しい。どういう風の吹きまわしかと、帰蝶は内心、いぶかしんでいる。

若いころの信長は、前ぶれもなしにつかつかとやってきて、なにもいわず、帰蝶の膝を枕にごろんと横になることがままあった。むろん丸腰《まるごし》だったが、それでも帰蝶は息をつめ、怯えを感づかれぬよう秘《ひそ》かに身がまえていたものだ。年月を経《へ》ておもったままを口にできるようになってもなお、膝枕をしているときは身がまえる癖《くせ》がぬけない。

歳月は恐怖を減じるどころか、むしろ積み重ね、今や帰蝶の目には信長が人を超えた化生《けしょう》のように映ることがあった。が、一方で今こののときのように、いつのまにか恐怖に馴《な》れ、化生ではなく人一倍気弱な……だからこそ凡庸《ぼんよう》であるまいとあがいている男だとおもえる瞬間もあった。気性とおなじくらい剛《こわ》い直毛を持つ男がどれほどの無辜《むこ》の命を奪ってきたか、そう考えても平静でいられる。崇めると同時に憎悪し、愛しむと同時に疎んじてもいる夫が、ここ数日、自分の分身のようにおもえるのはなぜだろう。

「なにを、考えておる?」

寝ころんだまま、信長が訊いてきた。指の動きが一瞬止まっただけでも感づかれてしまうとは、相変わらず油断がならない。

「この前、膝枕をしてさしあげたのはいつだったかと考えておりました」

「つい昨日《きのう》よ」

「さようにございますね。あまりに時のたつのが速いゆえ、わらわも昨日のことのようにおもえます」

「嫁いで何年になる?」

「さァ。三十年は超えておりましょう」

「そんなになるか。われらも老いるわけだの」

「上さまはお若《わこ》うございます。生まれたばかりのお子もおられますし」

「嫌味《いやみ》か」

「いえ、どうぞ、まだまだたんとおつくりくださいまし。そのほうが、わらわも働きがいがございます」

「子は多いにしくはなし。ことに女子はの。ゆくゆくは天皇家にも、そうじゃ、唐《から》天竺《てんじく》や南蛮へも嫁がせてやる」

「おたわむれを。それより……」

明智家へも一人……といおうとして、帰蝶は言葉を呑みこんだ。今はまだ時期尚早《しょうそう》だろう。よけいなことをいって、信長の機嫌をそこねたくない。

そのままだまっていると、信長は唐突に身を起こした。

「お濃《のう》……」

「はい」

美濃から嫁いだ帰蝶を、信長はいまだに濃と呼んでいる。

「猪子が一鉄をつれて参った。内蔵助の件はなかったことにしてほしいそうじゃ」

「まァ……」

帰蝶は目をみはった。もっともおどろいたふりをしただけで、実際はおどろいていない。安堵していた。この数日、なんの動きも伝わってこなかったので、どうなっているのかと居ても立ってもいられなかったのだ。

「猪子さまが稲葉さまをお諌めくださったのでございますね」

「さてどうかの。口裏を合わせておるだけやもしれぬが……」

「どういうことにございますか」

「いや、よい。わけはともあれ、これにて一件落着」

「では、内蔵助どのは切腹をまぬかれ、丹波へ帰れるのでございますね」

「内蔵助めの所業は万死に値する。だが、敵将の首級《くび》ひとつとれぬ老人の勘気を鎮めるために命をうばうは、いかにも惜しい。生かしてやれば、毛利攻めでも存分に働こう。腹を切らせるのは戦のあとでもよいゆえの」

「切腹を延期すると……」

帰蝶はおもわず声を荒《あら》らげた。

「戦場での働き次第よ。生殺与奪《せいさつよだつ》はわが手にある」

信長はまた横になり、帰蝶の膝に頭をのせた。

帰蝶はもう、信長の髪にふれる気をなくしていた。今さらとやかくいうつもりはなかったが、人の命を弄《もてあそ》ぶ男にはいつか神罰《しんばつ》が下るにちがいない。

しばらく沈黙がつづいたのち、信長は再び口を開いた。

「月が変わらぬうちに上洛する。そなただけにいうておくが、二十九日に決めた」

五月は小の月なので、二十九日は晦日《みそか》である。

膠着状態《こうちゃく》だという毛利攻めに活を入れるため、信長も近々中国筋へ出陣することになっていた。その途上で京へ立ちより、武田討伐の報告かたがた、いくつかの懸案《けんあん》を朝廷方と話しあっておくという予定は、帰蝶もかねてより聞かされていた。

「三日後にございますね」

「三日あれば十分じゃ」

「では大急ぎでお仕度をなさらねば。こうしている場合では……」

七千八千の兵をひきつれて出陣するとなれば、仕度に十日はかかる。どんなに急いでも今月中は無理ではないかと帰蝶はおもったが、信長は平然としていた。

「なに。茶器《ちゃき》をあつめればよい」

「茶器……」

「名物を洗いざらいはこぶ。京で茶会を催す」

「茶会、にございますか」

帰蝶は面食《めんく》らった。合戦《かっせん》の前に茶会を催して荒ぶる心を鎮めるのはよくあることだ。が、それは戦場での話だった。毛利方との決戦に出むこうとしているこのときに、わざわざ名物茶器を京へはこばせて茶会を催すなど信長の気が知れない。

「出陣のお仕度はどうなさるのでございますか」

「存分にさせればよい。余は先に京へゆく」

ますますもって腑に落ちなかった。なぜそれほど急ぐのか。

「茶会は凱旋のあと、いえ、せめてご出陣の際に催せばよろしゅうございましょう。そのためにわざわざ出立を早めのうても……」

「そうはゆかぬのだ」

信長は帰蝶の膝小僧をトントンと叩いた。

「楢柴《ならしば》に逢うのよ」

「まァ、あの、楢柴にございますか。上さまが寝ても覚めても忘れられぬと仰せになられた……」

「そうじゃ。その楢柴よ。余が恋い焦《こ》がれておった楢柴よ。こたびこそ、なんとしても手に入れたい」

楢柴とは天下三肩衝《かたつき》のひとつとされる名物茶器で、もとは足利義政《よしまさ》のものだった。流転《るてん》の末に、今は博多《はかた》の豪商、島井宗室《しまいそうしつ》が所有している。信長はこの名物茶器に執心《しゅうしん》していた。

こたびは、織田家の家臣で堺に赴任《ふにん》している松井友閑が、宗室の意向を知らせてきた。信長が京で茶会を催すのであれば楢柴を持参してもよいと宗室がいっている、というのである。好機到来と信長が小躍《こおど》りするのは当然だ。

帰蝶は眉をひそめた。

「なにも茶器のために、あわてて上洛なさらずとも……」

「茶器のために？　むろん、茶器のためだ。楢柴だぞ。お濃。そちも存じおろう、どれほどの垂涎《すいぜん》の品か」

「さようにはございますが……」

ほしいとおもったものは必ず手に入れるのが信長だった。楢柴も、最後には己のものにしてしまうにちがいない。

あれこれいったところで無駄なのはわかっていた。今、信長の心は楢柴にある。内蔵助の切腹をあっさり撤回したのも、新たな関心事に心が占められたせいもあったのだろう。

それでも、いわずにはいられなかった。

「なにゆえさように急ぐのか、わらわは納得がゆきませぬ。出陣のご準備ができてからでもよいではありませぬか」

「宗室が博多へ帰るというておる」

「京にて上さまのおいでを待つよう、お命じになればよいではございませぬか」

人の命を好き勝手にあやつる信長なら、そのくらい簡単ではないか。帰蝶はそうおもった。が、信長は苦笑した。

「商人《あきんど》と伴天連《ばてれん》ほど厄介なものはなし」

それだけいって目を閉じる。戦場を第二の家としてきた信長は、どこでもすぐに眠れる特技をもっている。そのまま眠ってしまったのかと帰蝶はおもったが、そうではなかった。

「遠慮はいらぬ。入れ」

突然、大声を出したので、帰蝶はびっくりした。控えの間へ目をやると、半開きの襖の陰から辻が花の着物の端がのぞいていた。鮮やかな杜若《かきつばた》の模様は……。

「徳姫か。なんじゃ。話があるならお入りなされ」

五徳がおずおずと姿をあらわした。敷居際で両手をつく。

「そんなところにいないで、こちらへおいで」

「い、いいえ、たいした用では……母上のご機嫌をうかがいに参りましたら……」

「膝枕におどろいたか」

と、これは信長。

「いいえ。わらわはその……岐阜の……崇福寺へ参詣いたしたく、お許しをねがおうと……」

信長に問いただされていわでもがなのことをいってしまうのは、五徳にかぎらず、よくあることだ。信長は顔もあげなかった。

「参詣なら、しばし待て。それよりお徳、戦がすんだら婿《むこ》を見つけてやる。これぞとおもう男子がおるなら、話をつけてやってもよいぞ。崇福寺は再嫁する前にゆるりと詣でるがよい」

「再嫁は……あ、いえ、仰せのとおりにいたしまする」

五徳は立ち去ろうとして帰蝶を見た。当惑したような、いぶかっているような目の色だった。自分の再婚を信長がすでに決めているとおもいこんでいたのだ。

それ以上なにもいわずに出ていってくれたので、帰蝶はほっとした。信長の機嫌のよさにつられて五徳がうっかり埴原左京亮の名など出そうものなら、どうなっていたか。考えるだけでも恐ろしい。

五徳と左京亮の恋にしろ、内蔵助の切腹にしろ、目の前の危機はとりあえず回避した。が、いまだに薄氷《はくひょう》を踏んでいるようなものだった。いつ信長に知られるか、いつ信長の気が変わるか、わからない。

今度こそ、信長は眠ったようだった。寝息を立てている。

膝の上の頭の重さを万貫《まんがん》の巌《いわお》のように感じながら、帰蝶は思案をめぐらせていた。

ともあれ、信長が出陣を待たずに京へ急ぐのであれば、一刻も早く立入宗継に知らせておきたい。楢柴の件で信長が上機嫌になったそのときこそ、こわれかけた明智日向守との仲をとりもってもらう好機かもしれないし、五徳の件でも今後にむけてなにかよい手だてを進言してもらえるかもしれない。しびれてきた脚《あし》から信長の頭をふり落としたい衝動を、帰蝶はぐっとこらえた。

天正十年五月二十七日——安土城　天主

翌朝、安土城は未明からざわついていた。

帰蝶はいつもどおり信長と共に朝餉をとったが、そのあと広間に女子供があつめられて、正式に明後日、二十九日の上洛が公表された。

「あわただしゅうございますね」

お鍋はため息をもらしたが、昨日、知らされていた帰蝶におどろきはなかった。昨日のうちに心利いた者を立入宗継への急使に送りだしている。今となっては、信長が速やかに京へおもむき、つつがなく茶会を終えて、あわよくば念願の楢柴も手に入れ、機嫌よく中国へ出陣するようにとねがっていた。

「信孝どのもご出陣にございますね」

信孝は四国征伐という大役を担《にな》っている。本日中に出陣と、これはかねてより知らされていた。信忠も家康一行を護衛してひと足先に京へ上っているので、信長の嫡男と三男は京か堺で顔を合わせることになる。

　内蔵助は昨晩、構いなしをいいわたされた。堀秀政が今朝、その旨《むね》を認めた書状を明智光秀に送ったというから、内蔵助本人と書状が相前後して光秀のもとへ到着することになる。帰蝶が耳にしたところでは、光秀はすでに居城の坂本城をあとにして、丹波の亀山城《かめやまじょう》へ入っているらしい。

　書状を認めたあと、備中高松城《たかまつじょう》を包囲して毛利軍とにらみあっている羽柴秀吉にもこちらの状況を知らせるため、これは書状ではなく堀自身が知らせにゆくことになっているという。猪子は京へ、内蔵助の一件で足止めされていた稲葉一鉄も早々に居城へ帰還、玄蕃助もとうに岐阜へ帰っているから、信忠につづいて晦日には信長が、そのあとを追いかけて六月の初旬にも信長の軍勢が出陣する。そうなれば安土城は今のざわめきが一変、灯《ひ》が消えたようになるはずである。

「こちらの留守居はどなたがなさるのでございますか」

「蒲生賢秀《かたひで》じゃ。徳川一行の饗応からこっち、ざわついておったゆえ、そのほうらもしばらくのんびりするがよい。凱旋をたのしみに待て」

「はい。ご武運をお祈りしております」

　神妙な顔でかえしながら、帰蝶はふっと、これまでに何度、おなじ言葉をくりかえしてきたかと考えた。織田家へ嫁ぐ以前、斎藤道三の娘であったときから、戦は絶え間がなかった。勝ち戦で父や夫が凱旋すれば、無事でよかったと安堵する。が、一瞬後にはもう、次はいつ、だれとの戦だろうかと考えている。

戦はあって当然、戦のない日々など、帰蝶には考えも及ばなかった。信長もいつかは戦場で果てるのだろうか。それが武将というもの、妻としての覚悟はとうにできている。

実際、もうこれまでか、とあきらめかけたことは何度もあった。桶狭間で今川の大軍を急襲《きゅうしゅう》したとき、同盟していたはずの浅井に寝返られて逃走を余儀なくされた金ケ崎《かねがさき》の戦い、勝利したとはいえ姉川の戦いも苦戦つづきだった。むしろ、よくぞここまで生きのびたと、よろこびよりおどろきのほうが大きい。

勝利は次なる戦への第一歩だ。凱旋とて心に平安をもたらすものでないことは身をもって承知していたが――。

「摠見寺《そうけんじ》へ詣でて祈願いたします」

帰蝶がいうと、信長は意外そうな顔をした。

「ほう。代参ではのうて、自ら詣でるか」

「はい。今後とも人前にしゃしゃり出る気はございませぬが、そろそろ人目を避けるのはやめにいたそうとおもいます。対面すべきお人とは顔を合わせて話をいたす所存にて」

帰蝶はちらりと明智光秀の顔をおもい浮かべた。互いに老い先の短い身だ。そうでなくても、いつなにが起こるかわからぬのがこの乱世、そろそろ見栄《みえ》や外聞《がいぶん》をすてて、旧交を温めるときだろう。そんなふうにおもえるのは、家康と対面したことで気がかりのいくつかが軽減したからか。

「さすれば、明後日は本殿にて余を見送れ」

「いいえ。それはなりませぬ。安土の妻の役はこれまでどおりお鍋に。わらわには奥の用がございますゆえ」

「好きにせよ。帰ったら丹羽家との婚礼じゃ」

「かしこまってございます」

帰蝶は忙《せわ》しげに階下へ下りてゆく信長を見送った。

信長にいった言葉は、嘘ではなかった。その日、午後も遅くなってから、帰蝶は天主の一重目へ下り立った。

石蔵のあるここまでは、これまでも下りてきたことがある。石蔵のかたわらに設《もう》けた秘密の面談場で、異母兄の玄蕃助や実弟の新五と密談した。そう、立入宗継と密会したこともある。だが、ここから先、天主の外へは岐阜城との往復以外、出たことがない。

帰蝶は侍女たちが着るような地味な装束に身をつつんでいた。目につくといけないので、頭巾はしていない。両側にお鍋とお竹がよりそっている。

三人は天主を出て黒金門へむかった。揔見寺は黒金門の外にある。といっても城内なので、めったな者が入りこむ心配はなかった。いずれにしろ、信長の在城中に、信長の目のとどくところで、乱暴狼藉《らんぼうろうぜき》を働く者などいるはずがない。

「今朝は稲葉さまご一行をお見送りいたしましたが、一鉄翁は苦虫《にがむし》をかみつぶしたようなお顔をしておられましたよ」

歩きながら、お鍋が忍び笑いをもらした。

「わざと怖《こわ》いお顔をしてみせたのではありませぬか。でなければ格好《かっこう》がつきませんもの。なんといっても内蔵助さまは娘婿、腹を立てて訴え出たものの、内心では悔やんでいらしたのでしょう」

お竹がいう。

「なんにせよ、美濃衆同士、諍いなどあってはならぬ」

帰蝶はきっぱりといった。

内蔵助が一鉄の娘婿なら、亡き斎藤道三も一鉄の義弟。その子の玄蕃助は一鉄の甥になる。内蔵助は明智光秀の従弟《いとこ》で、光秀と帰蝶も従兄妹《いとこ》同士、玄蕃助と帰蝶は異母兄妹……。つまり美濃衆は皆、糸をたどってゆけばどこかで縁が結ばれていた。親兄弟で殺しあう乱世とはいえ、これ以上、同族間での争いは見たくない。それが帰蝶の切なるねがいだった。そのために信忠を織田家の長としていただき、一族で後押しをしている。

「ほんに、御台さまのおっしゃるとおり。近ごろ、美濃の諸将は皆、お気が立っておられますようで……」

お鍋も眉をひそめた。

「そのことにつきましては、京のお人もお心を痛めておいででした。御台さま。わたくし、こたびのことは、立入どののおはからいではないかとおもうております」

「こたびのこと……」

「はい。上さまの早々のご上洛にございます。茶会の……」

女たちは申し合わせたように周囲を見まわした。曇天《どんてん》の山道に人影はない。出陣や上洛の仕度で忙しいときなので、摠見寺へ参詣する者もいないようだ。

「どういうことじゃ」

「楢柴となれば、上さまはよろこび勇んで上洛されましょう。内蔵助さまのことなど眼中にのうなります。立入どのは御台さまに内蔵助さまをお助けするようたのまれ、京におられる夕庵さまともご相談の上……」

「堺の友閑さまにたのんで島井宗室どのを正客《しょうきゃく》とした茶会を早急に催すよう、上さまに進言してもらった……さようにございますね」

お竹もいう。お鍋もお竹もただの侍女ではなく側室の一人だから内情にもくわしい。

両側から視線をむけられて、帰蝶はうなずいた。

「そなたらの申すとおり。むろん、それだけではないが……」

「と、仰せになられますと……」

「徳姫のことじゃ。いずれ茶会は上さまに一日も早《はよ》う上洛していただくための方便。これでしばらくはわれらも息がつけます」

三人は信忠邸と武井夕庵邸のあいだの道を下って摠見寺の裏側へ出た。山門をくぐってなかへ入る。広大な敷地に本堂や拝殿、三重塔、鎮守社《ちんじゅしゃ》、能舞台などが点在していた。まずは拝殿へ進む。

拝殿には先客がいた。手前のひとところに数人の女たちがかたまり、主らしき女が参拝を終えるのを待っている。

主は、たった今、合掌《がっしょう》の手を解いたところか、かたわらにうずくまった山伏《やまぶし》らしき男と話をしていた。

「おや、噂をすれば影。徳姫さまではありませぬか」

「山伏などと、なにを話しておられるのでございましょう」

お鍋とお竹がいったとき、五徳がこちらを見た。と同時に、山伏も帰蝶を見た。その目に驚愕《きょうがく》の色が浮かぶ。一瞬声をかけたそうなそぶりを見せたものの、山伏は五徳のそばをはなれ、いずこかへ消えた。

どこかで見たような――。

帰蝶も棒立ちになっている。たしかに会ったことがあるのに、とっさのことでおもいだせない。

そんなことより、こんなところで五徳に会おうとは……。

おどろいているのは帰蝶だけではなかった。五徳のほうがおどろいている。それもそのはず、天主から一歩も出たことのない帰蝶が目の前にいるのだから。

「母上ッ。まァ、母上ったら。これはいったい、どういうことにございますか」

早足で近づいてくるなり、五徳はたずねた。

「幽霊《ゆうれい》でも見たような顔じゃな」

帰蝶は苦笑する。

「だって、そうではありませぬか。摠見寺で母上にお会いするなんて……。もしや父上に、なんぞあったのでございますか」

忌々しい事態が起こって祈願にとんできたならわからぬでもないが、それにしてはせっぱつまった様子が見られない。五徳はけげんな顔である。

「母もたまには外の空気を吸いとうなったのじゃ。それよりそなたこそ、なにを祈願しておったのじゃ。父上のご上洛ご出陣のご無事をねがっておったか」

左京亮との恋の成就《じょうじゅ》にちがいないとおもったが、帰蝶はあえて訊いてみた。

「はい。それと、信孝どののご武運も……」

五徳は気まずそうに目を伏せる。

「徳姫。今、そなた、だれと話しておった?」

「だれと、とは……」

「拝殿の前で山伏と話していましたね。あの山伏は……」

「あ、あれは……通りすがりの……そう、能舞台のことなど訊かれて……」

「ま、よい。われらも参拝しよう」

帰蝶は五徳を問いつめるのはやめ、お鍋とお竹に目でうながした。歩きだそうとすると五徳が呼び止める。

「母上。先日、父上にもおねがいいたしましたが、岐阜の崇福寺へ参詣にゆきとうございます。どうか、いかせてくださいまし」

帰蝶はなんと答えようかと逡巡《しゅんじゅん》した。参詣を止める理由はないが、五徳が唐突に参詣したいといいだした裏には、なにか魂胆があるのではないかといぶかってい
る。

「そのことなら、上さまがご上洛されたあとに考えましょう」

「母上。お待ちくださいッ」

五徳はなおも呼び止めた。その顔がにわかに険《けわ》しくなっている。

「母上におうかがいしたきことがございます」

「なにもかような道端《みちばた》で……」

お鍋が口をはさもうとしたが、五徳はきっとにらみつけて最後までいわせなかった。

「今、ここで、うかがいとうございます」

「なんじゃ、いうてみよ」

「父上は、わらわの再嫁をまだお決めでないと仰せでした。お相手はわらわの意に染《そ》むお方でよいとも仰せでした。なれば、埴原左京亮さまでもよいはずではありませぬか。父上のお指図でないとしたら、母上はなぜ、わらわと左京亮さまの仲を裂こうとされるのでございますか」

そんなことだろうとおもった。どのみちいつかは打ち明けなければならない。帰蝶はまっすぐに五徳の目を見返した。

「そのことについて、そなたに話しておくことがある。ここで軽々しゅう話せるものではないゆえ、明後日、上さまが上洛されたあと、鳳凰の間へおいでなされ。そのときに話しましょう」
事の重大さを感じとったのか、五徳は棒立ちになっている。
帰蝶は身をひるがえして歩きはじめた。
お鍋とお竹も五徳に一礼をして帰蝶のあとにつづく。三人がかわるがわる参拝を
して拝殿をはなれたときはもう、五徳の一行は立ち去ったあとだった。
天正十年五月二十八日――――安土城　天主

火影《ほかげ》がちろちろとゆれている。

帰蝶は燭台《しょくだい》に顔をよせて、手鏡に見入っていた。

痘痕《あばた》は目立たない。が、この仄《ほの》かな明るさでさえ、目尻や口元の小じわはかくせない。あと二年で五十になろうというのだから無理もないと、帰蝶はため息をついた。

信長は常々、人生は五十年、といっている。のこすところあと一年だ。といっても、まだまだ野望があるらしい。毛利と上杉を打ち負かして四国征伐を成し遂げたら、今度はなにに突き進むのか。常人の想像もつかぬことを考えているにちがいない。

上さまは破天荒《はてんこう》なお人じゃ、マムシの父が見込んだだけある――。

信長といれば少なくとも退屈はしない。昔はそれだけでもありがたいとおもっていた。いったいいつから自分の心は夫からはなれてしまったのかと考えながら、帰蝶は櫛《くし》で髪を梳《す》いた。声をかければ侍女がとんできてなんでもしてくれるが、就寝前のひとときをじゃまされたくない。とりわけ、信長のもとへ嫁いで間もない日々の出来事がまるで昨日のことのように浮かんでくる今宵《こよい》は……。

あのころはよく待ちぼうけを食わされた。どこにいるのかと気を揉み、生駒屋敷らしい……などと噂が聞こえてくれば、悶々《もんもん》として朝まで眠れなかった。あの熱いおもいは、どこへいってしまったのだろう。

比叡山《ひえいざん》の焼き討ちや長島一揆《ながしまいっき》の始末、荒木村重の妻女の処刑など、身の毛のよだつ出来事が起きるたびに胸が冷えた。うつぎの惨死《ざんし》と快川国師の焼死が追い打ちをかけた。が、もしかしたら二十四年前、清洲で立入宗継と出逢ったときから、すでに定まっていたことかもしれない。少なくとも、宗継にはわかっていたのではないか……。

信長は明朝、出立することになっていた。となれば、今宵はたぶんお鍋と褥《しとね》を共にするはずだ。いや、お竹か。お亀ということも……。それとも九女を産んだばかりの、まだ娘のような妾《めかけ》か。

このたびの上洛にも、年若い妾が一人、同行することになっていた。信長は目下、この妾を寵愛している。そうはいっても最後のひと夜を妾とすごすともおもえない。

女たちの顔をおもい浮かべても、嫉妬《しっと》は感じなかった。そんな腥《なまぐさ》い感情はとうの昔にすてている。

鏡と櫛をおき、燭台の火を消した。襖の隙間《すきま》からもれてくる庭の篝火《かがりび》の明かりが、うすぼんやりとふたつ並んだ床を照らしている。ひとつはほとんど毎夜、空《から》っぽ。というのは、信長にはもうひとつ寝所があって、そこに備えつけた南蛮渡来の寝台で、側妾のだれかとひと夜をすごすことがままあるからだ。白々《しらじら》明けになって信長が隣の床へもぐりこむ気配を感じることもあれば、朝餉の席ではじめて顔を合わせる朝もある。

帰蝶は自分の床へにじりよって身を横たえようとした。

「あッ」

横たえる前に、背後から抱きすくめられる。

信長だった。

「夫に抱かれておどろくやつがあるか」

いつもとちがって低いおだやかな声である。

「おどろきます。今さら、かような……」

「妙な女子《おなご》じゃ」

信長の手は、もう寝衣の下で息づく乳房をまさぐっていた。

「なにをなさいますッ。おたわむれはおやめください」

「たわむれにあらず。妻を抱いてどこがわるい？」

「あァ、やめてッ。わらわは老女にございまする」

「馬鹿を申すな。昨日、そなた、上さまはまだ若いというた。それで気づいたのだ。そなたは余より若い」

「たったひとつにございます。女子と男子はちがいます」

「ちがうかどうか、試《ため》してみなければわからぬ」

「あ、あァ、どうか、かようなご無体は……」

抗うのはおかしいとわかっていた。何年か前まであたりまえのようにしてきたことだ。それなのに恥ずかしい。というより罪悪感か。そう、人でないものと交《まじ》わるような、奇妙な違和感……。

小娘のように抵抗されて、信長はかえって火に油をそそがれたようだった。帰蝶は荒々しく衣を剝《は》がれ、組み敷かれている。

それでも、そこからの信長は、以前とはちがっていた。乱取《らんど》りのような手荒なまねはしなかった。むしろ帰蝶のほうが熱くなり大胆になっている。

二人の体がひとつになったとき、帰蝶は、やはり自分はこの男の分身なのかもしれぬとおもった。いいもいやもない。恐怖も憎悪も、わずかにのこった情愛さえも問題ではない。すべて超えた、この世のものならぬなにかが自分たちを結びつけているのではないか、と。

その夜はひとつの夜具によりそって寝た。

これも、かつてないことだった。

翌朝、朝餉の席では、なんとなく二人ともぎこちなかった。四十八にもなって乱れた自分が気恥ずかしくて、帰蝶は信長の目が見られない。

「ゆくぞ」

「はい」

信長は本殿へ出ていった。

しばらくぼんやり座りこんでいた帰蝶は、はじかれたように腰をあげ、打掛《うちかけ》を脱ぎすてた。息を切らせて小屋ノ段へつづく段梯子《だんばしご》を上り、もうひとつ上って八角の部屋の欄干へ出る。

眸《ひとみ》を凝らしたが、信長の姿は見えなかった。

人前に出る決意をしたのなら、本殿へ出ていって妻の役割を果たせばよかったと、帰蝶は悔やんだ。そうすれば昨夜のことも、夢ではなかったとおもえるかもしれない。

本殿では今、妻の座にすわったお鍋が信長を迎えようとしている。二人は目を合わせ、うなずいて、共に出立を寿《ことほ》ぐにちがいない。

帰蝶は胸を昂ぶらせ、はじめてお鍋に嫉妬した。

天正十年五月二十九日――――安土城内　埴原邸

――父の軍勢が毛利攻めに出陣するにはまだ数日かかるとのこと。父はひと足先に百名ほどをつれ、自慢の茶器をはこばせて、今朝方、上洛の途につきました。本日中に京へ入り、明日は本能寺《ほんのうじ》で島井宗室を招いて茶会を催すとやら。わらわはすぐにも岐阜へ参りたいところなれど、再嫁について大切な話があると母が仰せゆえ、母の話をうかごうてから参ります。その旨、かなたさまにもお知らせください。

信長の出立を見送るや、五徳は岐阜にいる玄蕃助に知らせを送った。中身はざっとこんなところで、用心のため文ではなく口頭である。二の丸御殿の庭の片隅で伝言を託された庭師は、即刻、姿を消した。

八千近い兵が出陣の準備をしている最中だというのに、信長がいないだけで城内の雰囲気《ふんいき》は一気にやわらいでいる。信長を父として敬愛している五徳自身も同様だった。父がいるだけで肩が凝る。うっかり機嫌をそこねはしないかと、気を張りつめていなければならない。

母上は三十余年も、ようよりそうてこられたものじゃ――。

父が母にぞんざいな口をきいたり怒りの矛先《ほこさき》をむけたりしたところは、これまで見たことがなかった。母のほうも、五徳の見るかぎり、下手《したて》に出たり父の機嫌をとったりしたことはない。五十になろうとする両親が二人きりのときにどんな会話をかわすのかは想像もできないが、お鍋をはじめとする妻や妾が何人いようと、信長と帰蝶の絆《きずな》はゆらぎそうになかった。

二人は一心同体――。

自分と左京亮の仲に横槍《よこやり》を入れたのは、信長ではなく帰蝶だという。それを知ったとき五徳は母に腹を立てた。が、冷静になって考えれば、これはよい兆候《ちょうこう》といえた。つまりは母さえ説《と》き伏せればよいのだから。

それにしても、母はなぜ横槍を入れたのか。

きっと自分の知らないなにかを知っているのだろう。左京亮か、もしくは埴原家についての忌々しき噂を……。

「出かける。供《とも》をせよ」

五徳はおもむろに腰をあげ、侍女に命じた。

「雨がひどうございます。そのご装束では……」

「ぬれてもかまわぬ」

雨のほうが人目につかない。笠《かさ》をかぶり、打掛を脱ぎすてて小袖の裾をからげた。二の丸御殿を出て西へむかう。

「あのう、天主なればあちらにございます」

「知らいでか。いいからついて参れ」

五徳は本丸や天主とは反対の、家臣の屋敷が立ち並ぶ一画《かく》へ入りこみ、埴原家の門をくぐった。左京亮が家康の案内役として京へ出立してからは、五徳と左京亮が忍び逢う心配もなくなったので、ありがたいことに監視の目がゆるんだ。また自由に出歩けるようになっている。とはいえ、信長の娘が、侍女一人つれただけで自ら家臣の家を訪ねるなど前代未聞。

玄関で侍女に訪《おとな》いを入れさせて待っていると、用人と共に埴原家の当主の妻女がおどろきあわててとんできた。

「まァ、徳姫さまッ。この雨のなかを……何事にございますか。お呼びくだされば、こちらから参上いたしましたものを」

妻女のお駒は手ずから五徳の小袖の滴《しずく》をぬぐった。信長や帰蝶と同年配だから若いとはいえないが、お駒は化粧気のない白い顔にいまだ美貌の名残《なごり》を留めている。

五徳は表座敷へ通され、あらためて丁重な挨拶をうけた。

「わざわざのお越し、ご用件を仰せくださいまし」

お駒の顔には不安と警戒の色が浮かんでいる。

五徳は人払いをさせ、膝をよせた。

「単刀直入にいいます。わらわと左京亮さまは契りおうた仲じゃ」

お駒はひきつったような声をもらした。困惑したその表情を見ただけで、この事実を歓迎していないことが五徳にもわかった。もっとも、もとよりわかっていたことだ。

「左京亮さまがどこまでお話ししたかは存じませぬ。が、お駒どのは左京亮さまにわけもいわず、反対をされたそうな。なにゆえじゃ。わらわでは不足か」

「め、めっそうもございませぬ」

「さすれば、なぜにわらわたちのこと、お許しくださらぬのか」

「それは……」

お駒は両手をついたまま、顔をあげようとしない。

「母か。わらわの母に命じられたのじゃな。なにゆえじゃ。お駒どの、お教えくだされ。母はなにが気に入らぬのか」

「いえ、御台さまは……お気に入らぬのではありませぬ」

「さすればなにゆえ……」

「わたくしの口からは申しかねます。御台さまよりお聞きください」

五徳はため息をついた。この様子では、哀願《あいがん》しようが脅《おど》そうが、お駒から聞きだすのは無理だろう。それだけ重大な秘密、ということだ。

五徳は眉間《みけん》にしわをよせて思案した。

「わかった、訊かぬ」

「……申しわけございませぬ」

「どのみち母は、今日明日にも、わけをお話しくださると仰せじゃった」

お駒ははっと目をあげる。

「こうしてとんできたのは、その前にお駒どののお気持ちを知りたかったからじゃ。母がなんと仰せられようと、わらわの気持ちは変わらぬ。たとえ左京亮さまやご当家に母が厭《いと》うような因縁《いんねん》があったとしても、いっこうにかまわぬ。わらわのその気持ちを知った上で、お駒どのが身方をしてくださるかどうか、それが知りたい」

五徳に見つめられて、お駒はなおいっそう身をちぢめた。

「それは……いえ、お待ちください。そのお返事は、徳姫さまが御台さまとお話しになられましたのちにさせてくださいまし」

「どうじゃ」

「母の話を聞いたら、わらわが心変わりするとでも……」五徳は苦笑する。「埴原家は化生《けしょう》の一族で、わらわが嫁げば蛇《へび》が生まれる、とでもいうならともかく……」

五徳は軽口《かるくち》をいったつもりだった。が、お駒は笑いもしなければ否定すらしない。

「なにとぞ、お許しくださいまし」

ただひたすら頭を下げる女を見て、五徳の胸に重苦しい闇《やみ》が広がった。これ以上、責め立てる気にもならない。

小降りになってきた雨のなかを二の丸へもどった五徳は、悲愴《ひそう》な顔で、帰蝶からの呼び出しを待つことになった。

天正十年六月一日――――岐阜城

眼下の濃尾《のうび》平野の多彩な緑は、未明までふりつづいた雨のおかげでいっそう艶《つや》めきを増したようだ。

七曲《ななまが》り道を上りきり、尾根づたいに駆け、山頂へつづく石段の手前の馬場で、玄蕃助は馬を下りた。杭《くい》に馬をつなぎ、四方を遠望する。

岐阜城は金華山《きんかざん》（稲葉山）にあった。といっても、山頂には、安土城の天主とは比べものにならない平屋《ひらや》の天守《てんしゅ》と、かたちばかりの屋形《やかた》があるだけだ。井戸も賄い場もそなえているから暮らそうとおもえば暮らせるのだが、急峻《きゅうしゅん》な山道は上り下りが不便なので、城主の館も家臣の屋敷も山麓に築かれていた。天守には通常、留守居しかいない。

美濃は肥沃《ひよく》な地だ――。

玄蕃助は、いつもながら、満ちたりた吐息《といき》をもらした。父の道三が、異母妹の婿の信長が、なんとしても美濃をわがものにしようとした気持ちがよくわかる。金華山から一望すれば、だれもがこの地に魅せられる。とりわけ美濃で生まれた自分にとって、ここからのながめは桃源郷《とうげんきょう》にも等しかった。

玄蕃助の所領の福光郷は山の北側、滔々《とうとう》と流れる長良川の対岸一帯である。母方の一族とゆかりが深いことから信長より拝領した領地を、玄蕃助はこの上なく愛しんでいた。自分は城主にならずともよい。野望も出世欲もないが、福光郷を自分からとりあげる者や美濃を冒す者だけは断固、容赦すまいと決めている。つまり、美濃を美濃衆の手にまかせ、所領を安堵してくれる者にのみ、従う、ということだ。

細めた目を左手前にむけた。対岸の川の近くに、曙光《しょこう》をあびてきらめく崇福寺の甍《いらか》が見える。土岐《とき》氏と斎藤氏によって建立《こんりゅう》されたこの寺には、還俗《げんぞく》する前の稲葉一鉄がいた。同じくこの寺にいたことのある快川国師は、この春の武田攻めの際、織田軍によって恵林寺《えりんじ》もろとも焼き殺されてしまった。斎藤家や稲葉家をはじめ美濃衆の衝撃は大きく、国師に深く帰依《きえ》していた帰蝶も、いっときは物が喉《のど》を通らないほど悲嘆にくれたと聞いている。

一鉄をおもったとたん、斎藤内蔵助利三の顔が浮かんだ。一鉄と内蔵助の諍いはとりあえず落着した。が、玄蕃助は、これで安泰とはおもわなかった。二度あることは三度ある。ひきぬいた家臣を奪いかえされたばかりか、一鉄の訴えであわや切腹させられそうになった内蔵助が、このまま大人《おとな》しくしているとはおもえない。

そもそも最近の内蔵助は不満のかたまりだった。一鉄の件や快川国師の件だけでなく、信長が手のひらをかえしたように命じた四国征伐に腹を立てている。しかも妹の婚家である四国の長宗我部氏を討つために、自らの所領からも兵を徴用された。さらには、その所領までもが召しあげられると聞いている。これはむろん、内蔵助の主の明智光秀にとっても、屈辱《くつじょく》以外のなにものでもない。

玄蕃助は、家康が安土城へやってくる前日——半月ほど前になるか——光秀と摠見寺で立ち話をした。あのとき光秀に「いつなんどきでもおぬしを身方とおもってよいか」と訊かれた。光秀は異母妹、帰蝶の従兄《いとこ》だ。「困ったときはできるかぎりのことをする」と玄蕃助は答えた。が、なぜか不穏な気配を感じて、「早まってはならぬ、物事は長い目で見よ」と忠告した。「自分は老人だから長い目で見ようにも……」とあいまいにされてしまったものの……。

それをいうなら、内蔵助も不穏な気配をただよわせていた。いち早く助命の朗報《ろうほう》を伝えてやったのに、感謝するより信長への不満を数えあげた。

厄介な主従よのう――。

玄蕃助は舌打ちをした。せっかくの晴れやかな気分が、にわかにくもってくる。老人だから先はないとうそぶく主君と、一度は切腹の覚悟をした家臣という取り合わせがどうにも気にかかる。

玄蕃助は今朝方、五徳からの報告をうけとっていた。丸一昼夜、駆け通してきた忍びによれば、昨日、信長一行は上洛の途についたそうである。小姓や中間《ちゅうげん》、小者《こもの》など百名ほどしか伴わなかったのは、出陣の前に茶会を催すためだとか。

なにも出陣前に茶会など――。

胸の内でつぶやいたとき、見えない手が背筋をぞわりとなでた。玄蕃助は文字どおり跳《と》びあがった。

馬鹿なッ、おれはなにを考えているのだ、頭がおかしくなったと新五に笑われようぞ——。

玄蕃助は笑おうとした。が、声が喉にからまって出てこなかった。

だれ一人、考えもしないだろう。百人のうち九十九人は笑いとばすにちがいない。だが玄蕃助は——光秀とも内蔵助とも縁つづきゆえに二人を知り尽くしている男——は、追いつめられた主従の目の色をおもいだしていた。

五徳が知らせてきたことは、主従の耳にも入っているはずだ。丹波は京に近い。安土と京なら日帰りのできる距離である。小早舟《こばやぶね》で琵琶湖を渡ればさらに時間は短縮できる。昨日の夕刻には知らせがとどいているとみてよい。

そう、京には地獄耳をもつ者がいた。どこへでも入りこみ、どんなことでも知り尽くしている者だ。しかもただ高みの見物をしているだけではない。決して表へは出ないが、裏で巧《たく》みに糸をあやつる。自らは戦わず、歴史に名を残すこともないが、財力と人脈を駆使して最後には勝利を手にする——そう、豪商だ。

万にひとつ……と、玄蕃助は考えた。豪商がお膳立てをして、血気《けっき》逸る主従に知らせる。もしそうなら、主従は京へ刺客《しかく》を送りこむのではないか。主殺しの道三を父に、父殺しの義龍を異母兄に、弟殺しの信長を妹婿にもつ玄蕃助には、それがごく自然におもえた。似たような出来事をいやというほど見ている。野心と怨《うら》みを抱《いだ》く者なら、千載一遇《せんざいいちぐう》の好機を逃すはずがない。

自分なら、やる。

刺客を放ち、あとはなにくわぬ顔で中国へ出陣すればよい。光秀なら、しくじったとき速やかに自決する忍びの一人や二人、抱えているはずである。失敗しても主従にはなんの疑いもかからない。

考えれば考えるほど、そうにちがいないとおもえてきた。落ち着け落ち着けとつぶやきながら、玄蕃助はことさらゆっくりと目を動かした。

金華山の西には城下町がひろがっている。かつては道三が、一時は義龍・龍興《たつおき》父子が、そしてその後、信長から信忠にうけつがれた町並みが、今、ようやく朝の活気に満たされようとしていた。

信長が死んだら美濃はどうなる――。

織田家の当主は信忠だ。なにも変わらない。美濃衆にとってはかえって好都合かもしれない。光秀や内蔵助も己の居場所を見つけ、信忠の補佐役をつとめる気になるかもしれない。

いや待てよ……と、玄蕃助は顔をゆがめた。堺には、四国征伐のための軍勢をひきつれた信孝がいる。四千か五千か、兵の数で勝る信孝が、この機に乗じて信忠に戦を仕掛けてくるかもしれない。そうなれば、織田家は二手に分かれて戦うことになる。

美濃も、再び戦場と化すのではないか。

玄蕃助は城下のかなたを見すえた。安土があり、その先に琵琶湖があり、さらには京へつづく西方の空をにらみつける。その目を転じて天守を見上げ、石段を上るかどうかしばし逡巡していたが、やがてくちびるをひきむすび、馬の手綱《たづな》を解《ほど》いた。

岐阜に帰ってきてしまった自分にはどうするすべもない。が、杞憂とわかるまでは、なにも手につきそうになかった。

馬にとび乗り、玄蕃助は山道を駆け下りた。

同日――――――――――京　妙覚寺

玄蕃助が馬上の人となって金華山から駆け下りているころ、新五は宿泊先の妙《みょう》覚《かく》寺《じ》の方丈《ほうじょう》に来客を迎えていた。

会うたびに老いがきわだって見える七十翁、武井夕庵である。

夕庵は新五の父道三の時代から斎藤家に仕えた重臣であり、織田家にも重用されて右筆《ゆうひつ》兼奉行、さらに奏者までつとめている。朝廷との折衝役《せっしょうやく》なので京に滞在していることがほとんどで、その際は、信長とも親交のある立入が宿所の手配をはじめ公卿方との取次を買って出ていた。

「あわただしい最中《さなか》に……いったい何事か」

来訪を知らされて、新五は首をかしげた。

九日前に上洛したあと、真っ先に夕庵のもとを訪れている。

安土にいたとき、新五は稲葉一鉄と斎藤内蔵助の諍いの仲裁を夕庵にたのもうとした。が、このときも夕庵は京に滞在中だった。文を送ったもののそれだけでは心もとなく家康にひと肌脱いでもらうことにしたのだが、それはそれとして、夕庵も一鉄に諫めの文をとどけてくれたと聞いている。新五はあらためて礼を述べた。

そのあともう一度、内蔵助の無罪放免の知らせをうけた日にも夕庵を訪ねた。このときは立入宗継が同席していた。

〈ひとまずは落着、おめでとうさんでございます。ほんでも、上さまはご気性の起《き》伏《ふく》の烈しいお方どっさかい、いつなんどきお気持ちが変わるか知れまへん。御台《みだい》さまもたいそう心配してはりますようで……〉

〈うむ。そうならぬよう、内蔵助どのがことは一刻も早《はよ》う忘れていただかねばの〉

宗継と夕庵の言葉に、新五は思案顔になった。

〈毛利攻めにご出陣されれば、内蔵助どころではのうなられよう〉

〈されば早々にご出陣いただくことじゃ。おう、そういえば、この立入どのがいうておられた。のう、立入どの。堺の松井友閑どののところに島井宗室が参っておるそうな。宗室は上さまに会《お》うてたのみたきことがあるそうでの、島津《しまづ》に脅されて交易権を侵害《しんがい》されぬよう、織田家に保護をねがい出ようというのだろう〉

〈へえ。宗室さまいうたら楢柴どす。上さまは喉から手ェが出るほどほしがっていやはるとか〉

〈楢柴が手に入れば、内蔵助どののことなど、どうでもようなるやもしれぬ〉

〈ほんまに、ご機嫌もようならはりまっしゃろなァ〉

二人の話に、新五は膝を打った。

〈ふむ。されば茶会を催すよう、友閑どのから勧めてもらうか〉

〈宗室さまやったら、わても親しゅうしてまっさかい……〉

そんな話をしたものだ。後日、信長が宗室を正客として本能寺で茶会をひらくことになったと聞いたとき、このときのことをおもいだした。

では、宗継が宗室をその気にさせ、夕庵が堺奉行の友閑に入れ知恵をして、信長を早々に上洛させるべく計らわせたのか。信長が茶会に気をとられることでこれ以上のごたごたが避けられるなら、それに越したことはない。

昨夕《ゆうべ》、雨のなか、信長一行が到着した。供の数は百名ほど、出迎えた新五がざっと見たところ若者が多いようで、本能寺へ入ってからもどうにも手際《てぎわ》がわるかった。いくら茶会のためとはいえ、これではあまりに無防備にすぎないか。ちらりと不安がよぎったが、新五はすぐにその不安をふりはらった。先に上洛した信忠が妙覚寺《みょうかくじ》にいる。こちらは出陣の仕度をととのえているから、なにかあれば駆けつければよい。

なにかあれば？　なにがあるというのだ――。

新五は苦笑した。京には公家衆がいるだけで、敵はいずれも遠く、織田家の諸将も敵軍を牽制するために出陣している。今や信長は天下をとったも同然だった。それが証拠に、本能寺には朝から公家衆が続々と挨拶に押しかけていると聞いていた。このあとの茶会には信忠も列席することになっているので、新五も警護を仰せつかっている。

そんなわけで、夕庵に会うのは上京以来この日が三度目。

「本能寺へ参らねばならぬゆえ、すまぬが手短《てみじか》にねがいたい」

夕庵とむきあうや、新五は早速、用件をうながした。おや……とおもったのは、夕庵の顔からいつもの飄々《ひょうひょう》とした表情が失われていたからだ。

夕庵はひとつ咳払いをして口をひらいた。

「日蝕《にっしょく》じゃ」

「は？」

新五は間のぬけた声をもらした。夕庵のひとことがあまりに予想外だったからだ。はじめは日蝕という言葉の意味さえつかめない。

「日蝕、というと、あの、日輪《にちりん》が欠けて暗《くろ》うなる……」

夕庵はうなずいた。

「わずかだが欠けてきた。雲がかかりそうだが、たしかに日蝕だ」

新五は面食らった。

「それが、どういう……」

「日蝕は不吉なしるしだ」

「上さまの御身に、なんぞ、起こるとでも……」

「そうではないが……いや、ないともいえぬ。実は腑に落ちぬことがあっての……」

夕庵はいいよどんでいる。そういえば、出迎えたときから気が急《せ》いているようだった。方丈へ上がる足どりもいつになくあわてていた。

「おれは口が堅い。遠慮のういうてくれ」

新五がうながすと、夕庵は大きく息を吐いた。

「杞憂と笑われるやもしれぬが……」

　夕庵は友閑に茶会の話をした。友閑は島井宗室の意向をたしかめた上で、信長に打診した。信長は楢柴と聞いて即、応じた。

　そこまではよい。が、はじめは信長が出陣のために上洛した際、茶会を催すはずだったという。それがいつのまにか、六月朔日《ついたち》になっていた。

「友閑さまが、勝手に、日時を早めたとでも……」

「いやいや。友閑どのは、宗室どのが急用で帰国すると聞き、上さまのほうもなにがなんでもという意気込みにござったゆえ、それならば、と茶会を朔日にしたそうじゃ」

　ところが昨日、夕庵が宗室に会ったとき訊いてみると、たしかに用もあり、早く帰国したいのは山々だったが、朔日にしてくれと自分からたのんだおぼえはないという。

「上さまの仰せなれば日延べもできた、というのじゃ」

「それはおかしい。それがしも、友閑さまが宗室どのから直々に朔日に催すようたのまれたとばかり……。それゆえ上さまは急ぎご上洛を……」

　堺では家康をもてなそうと豪商がつどっていた。宗室のいないその席で、宗室が急用で博多へ帰ることになったため朔日でなければ茶会に出られないという伝言がとどいたと聞いている。同席していた夕閑が急ぎ安土へ知らせた。

当の宗室は伝言をとどけたおぼえがないという。だったらだれが、偽《にせ》の伝言をとどけたのか。そもそも伝言をうけた者がだれかもあいまいで、話の出所を特定するのはむずかしい。

「友閑さまは本能寺の茶会にはおいでにならぬのか」

「徳川さまのご接待があるゆえ、本日は堺で茶会を催すことになっておるそうでの、津田宗及《つだそうぎゅう》どのや今井宗久《いまいそうきゅう》どのをはじめ、先だってとおなじ面々があつまるそうじゃ」

むろん、友閑にたずねれば、もう少しくわしい話が聞けるはずである。いや、わざわざたずねるまでもない。些細な出来事だった。もし日蝕でなければ、夕庵も聞き流していたにちがいない。

だが、織田家の右筆であり、二位法印《にいほういん》に叙《じょ》せられている入道《にゅうどう》であり、七十年以上も戦乱の世を生きぬいてきた老人は、物忌《ものい》みや祓《はら》え、卜占《ぼくせん》や呪術《じゅじゅつ》をおろそかにできない性格《たち》だった。

「どうにも気になって立入どのに問いただした。立入どのは堺の豪商にも顔が利《き》く。宗室どのとも懇意《こんい》。先だっておぬしと共に訪ねてきたときの楢柴の話もある。もしや、立入どのが……いやいや、疑うわけではないが……。むろん立入どのは心配いらぬと笑いとばした。が、ともあれ、本能寺へ出むく前に、おぬしの耳にだけは入れておこうとおもうての……」

つまり、夕庵は本能寺での茶会を危惧《きぐ》している。杞憂だとおもいつつも、日蝕は忌み日、面妖《めんよう》なことがあるのではないかと恐れているのだ。

「茶会で、異変が、起こると……」

「なにもなければよし。ただし、用心は怠るな、ということじゃよ」

夕庵は茶会に招かれていない。それだけに不安がつのっているのだろう。

「わかった。よう知らせてくださった。怪《あや》しい者が入りこまぬよう……うむ、そうか、酒や馳走《ちそう》にも目をくばるゆえ、ご安心あれ」

新五の返事に、夕庵はようやく愁眉をひらいた。

帰ってゆく夕庵を、駕籠《かご》と従者が待つ場所まで見送る。

「上さまはむろんなれど、若殿にも、くれぐれもご油断召さるな、と。信忠さまはわれら美濃の希望の星ゆえの」

別れ際に夕庵はいった。その言葉に、いや、そのときのなんともいえない悲愴なまなざしに、新五は胸騒ぎをおぼえた。

老翁の世迷《よま》い言《ごと》なればよいが――。

しばしその場に立ち尽くしている。

同日――――――――――安土城　天主

帰蝶はその日、朝から落ち着かなかった。

かつては、信長が戦場にいる、とおもうだけで胸がざわめいたものだ。皆の手前、見透《みす》かされないようにしていたものの、不安に押しつぶされそうだった。

今はもう、不安も焦躁もない。いつかそのときがくるとしても、化生の身となった信長が今すぐに戦で死ぬとはおもえないし、他のどんな理由でも、自分より先に死ぬところなど想像もできない。もしかしたら、本人がいっているように「神」になりかけていて、あと百年くらい生きるのかもしれない。いずれにせよ、自分がこの世から去ったあとの信長がどうなるかは、帰蝶の知るところではなかった。

こたびの出陣は強敵の毛利攻めである。それでもなんの不安も感じなかった。出陣前に上洛して茶会を催す――ということからして、自信のほどがうかがえる。

落ち着かないのは、信長ではなく、五徳のせいだ。

信長の子らの母として、手元で育てなかった信孝を除けば全員を、帰蝶はわけへだてなく愛しんできた――きたつもりである。信長が心底ほれこんでいた生駒家の女の子らでさえ、わが子として愛情をかけてきた。病で母を失った兄妹は幸い帰蝶によくなつき、実の母のように慕ってくれた。

　とりわけ妹の五徳は、帰蝶にとってはじめての女児でもあり、戦に明け暮れる夫に代わって帰蝶の寂寥《せきりょう》を忘れさせてくれる掌中の珠《たま》だった。だからつい猫かわいがりをしてしまった。そのせいか、いや、もって生まれた気質もあるのだろう、五徳は癇が強く、独善的で、だれよりも信長に似ていた。

　どうしたものか――。

　いつまでもこのままにしてはおけない。気性の烈しい五徳に、わけも話さず左京亮をあきらめろと命じたところでいうことを聞くともおもえない。だいいちもう、わけを話すと約束してしまった。

　打ち明けるなら、今をおいてない。

　それにしても、よりによって左京亮とは――。

　帰蝶は何度目かのため息をついた。まなじりをつりあげ、お鍋を呼ぶ。すべてを心得ているお鍋は、お竹に命じて五徳を呼びにいかせた。

「上さまのお耳に入らば、お怒りをうけようが……」

「事情が事情にございます。やむをえぬとおおもいになられましょう」

「お鍋。そなたならこたびのこと、上さまに話せるか」

「い、いいえ、それは……さようにございますね。上さまにはなにもお話しにならぬほうがよろしゅうございましょう」

「徳姫が了見《りょうけん》してくれればよいのじゃが……」

五徳の不運をおもうと、帰蝶は憐れでならない。戦国の世の習いで、離縁して実家へ帰るのはよくあることだが、五徳の場合は夫が罪を着せられて切腹した。娘二人ともひきはなされている。傷心の五徳が心奪われた相手が、あろうことか、異母兄とは……。

「左京亮でさえなければ、なんとしても添い遂げさせてやるものを……」

「徳姫さまはお若《わこ》うございます。よきご縁が見つかりましょう」

話しているところへ侍女が知らせにきた。

「御台さま、安土どの、陽《ひ》がかげって参りました。皆々が日蝕ではないかと騒いでおります」

「日蝕？　日輪が欠けておると申すか」

襖の外へ出て、お鍋が素早く応対する。

「はい。左兵衛大夫《さひょうえのたいふ》さまが皆を鎮めてございますが、日蝕は不吉なしるしゆえ、御台さまにもご油断召されず、くれぐれもご用心あそばされますように、とのことでございます」

侍女は興奮もあらわに左兵衛大夫の言をつたえた。

　左兵衛大夫とは、信長から安土城の留守居を申しつけられた蒲生賢秀のことである。律儀《りちぎ》な賢秀は、こういう日は帰蝶が段梯子から転《ころ》げ落ちたり、食あたりにみまわれたり、異変があるのではないかと案じているのだろう。

「上さまなら笑いとばされよう。わらわは上の欄干で日蝕をながめようぞ」

　帰蝶が部屋の内から話にわりこむと、侍女は悲鳴のような声をあげた。

「めっそうもございませぬ。御目《おんめ》がつぶれまする」

「迷信に惑わされるなと大夫に伝えよ」

　帰蝶は侍女を下がらせた。

「御台さまはまァ……」

　お鍋は苦笑を浮かべている。

「このぶんでは徳姫さまもおいでになられぬやもしれませぬ」

「さようなことがあるものか。徳姫は上さまの子じゃ。日蝕など恐れはせぬわ」

　帰蝶のいったとおりだった。二人が話しているところへ、五徳とお竹がやってきた。たとえこの世から光がことごとく失せようが、わが恋さえ貫《つらぬ》ければよい……五徳の顔にはそんな決意があふれている。

「近《ちこ》うおいでなされ。お竹、そなたはだれも近づけぬよう」

　帰蝶は五徳を目の前に座らせ、お竹には襖の外で見張りを命じた。見張りという物々しさにおどろいたか、それともここへくるときからすでに緊張の極《きわ》みに達していたのか、帰蝶の前にかしこまって座った五徳の顔は青ざめていた。それでも、目を伏せはしない。理不尽《りふじん》なことをいわれたら食ってかかろうとでもいうように、燃え滾《たぎ》るまなざしをぴたりと帰蝶の顔にあてている。

帰蝶はおだやかな目をむけた。

「いわずにすむならいうまいとおもうていたが……」

「お話しください。かくしだてはご無用に」

「むろん、そのつもりでそなたを呼んだのじゃ。これから話すことは、聞き苦しきことところう。徳姫。覚悟《かくご》はよいの」

五徳はうなずく。

「されば、よう聞くのじゃ。塙原左京亮の母のお駒は、中條《ちゅうじょう》という名で、上さま、すなわちそなたの父に仕えておった。わらわが織田家に嫁いで、そう、三、四年たったころのことゆえ、そなたも、信忠《のぶただ》や信意も、まだ生まれておらぬ」

五徳はじっと帰蝶の顔を見つめている。真剣なまなざしを痛ましくおもいながらも、帰蝶は先をつづけた。

「お駒は上さまの稚児《やや》を身ごもった。それが左京亮じゃ」

あッと息を呑んで、五徳は目をみはる。

「左京亮とそなたは兄妹。兄妹が契りを結んだなどと知れわたれば、どのようなそしりをうけるか。その前に、上さまがお許しになられまい」

そこで帰蝶は話を中断した。五徳はまだ帰蝶の話の意味が完全には理解できていないのか、けげんな顔をしている。

「左京亮さまは、埴原家の子ではないと、母上は、仰せに、ございますか」

しばらくして上ずった声でたずねた。

「左京亮の父は上さまにとりたてられて武士になった。上さまのお気に入りの家臣じゃ。それゆえ家老が話をつけて、身重《みおも》のお駒を埴原家へ嫁がせた」

「なれど、なにゆえ、左京亮さまばかりがさような目にあわれたのでございますか」

五徳の懸念《けねん》はもっともだった。帰蝶は、信長が女たちに産ませた子らをわが子として養育している。

「それはの徳姫、わらわのせいじゃ」

「母上の……」

「わらわは若かった。まだ嫡男を産めるとだれもがおもうていた。あとあと面倒が起こらぬよう、わらわの怒りを買わぬよう、後始末は秘密裏《ひみつり》に進められた」

「なれば母上は……」

「気づきもせなんだ。左京亮――当時は乙殿と呼ばれていたが――信忠より以前に上さまがお子をつくっていたと知ったのはずっとあとになってからじゃ」

「その信忠さまやわが兄のときとて、母上はまだ嫡男をお産みになれたのではございませぬか」

「半《なか》ばあきらめかけてはいたものの、たしかにそなたのいうとおり、希《のぞ》みが消え失せたわけではなかった。が、そのときはもう、わらわの父、道三がこの世にはおらなんだ。織田家がまことに恐れていたのは、わらわではのうて、わらわの父じゃ。後ろ盾ののうなった女子になどなんの力があろう。わらわの機嫌をとるより、皆が一日も早《はよ》う織田家の嫡男を望んでいるのがようわかった。それゆえ白旗《しろはた》を掲《かか》げたのじゃ」

帰蝶は嫉妬も怒りも胸の内におさめて、自ら継母《はは》となる道を選んだ。

おもいもよらぬ母の打ち明け話に、五徳は言葉を失っていた。徳川へ嫁いだ五徳も、信長の後ろ盾があったからこそ手厚く扱われ、不自由なく暮らすことができたのだとわきまえている。女の結婚生活に実家の威信がどれほど大切か、身をもって知っていた。

しかも五徳は、絶大な父の力をもってしても幸福ではなかった。夫と不仲だったからだ。夫は愛妾《あいしょう》をつくって子を産ませた。五徳には、いったん事があれば敵ともなりうる隣国へ嫁いで孤軍奮闘《こぐんふんとう》してきた母の苦労も、側室や妾と夫を共有しなければならなかった母の辛苦《しんく》も、わがことのように理解できた。

母への怒りは鎮まっている。そうはいっても――。

命がけの恋の相手、それだけならまだしも、すでに契ってしまった男が異母兄だったといわれても、とまどうばかりだ。事実を知ったからといって、左京亮への恋《れん》情《じょう》が冷めるはずもなかった。その一方で、出端《ではな》を挫《くじ》かれたような、燃えさかる炎に水をかけられたような、なんともいいようのない不快を味わってもいる。

泣けばよいのか、笑えばよいのか、はたまた金切《かなき》り声をあげればよいのか、五徳は自分でもわからない。

「あァ……」

切ない声をもらした。五徳の顔に絶望があらわになる。

「あァ母上、わらわはどうしたらよいのでしょう……」

帰蝶はなにもいわず両手を広げた。

五徳は帰蝶の胸に抱かれた。自分を神とさえおもい、残虐《ざんぎゃく》なことも平気でしてのけ、人前では傍若無人《ぼうじゃくぶじん》にふるまう信長が帰蝶の前でだけ弱みをさらけだすことがあるように、父の気性をうけついだ五徳も、最後の最後、どうしたらよいかわからなくなったときだけは、それまでの頑《かたく》なさをかなぐりすてて母の胸にとびこむ。

帰蝶は娘の背中をさすってやった。といっても五徳は泣いてるわけではない。昂ぶる心を鎮められないのだろう、息をあえがせている。

「暗《くろ》うなって参りました。燭台をおもちいたしましょうか」

「入り用ならこちらから声をかける。とりこみ中ゆえ、近づくでない」

「ご無礼をいたしました」

襖のむこうから侍女とお竹のやりとりが聞こえてきた。日蝕に恐れおののいているのか、先刻までの騒ぎが嘘のように、あたりは静まりかえっている。

蝕《むしば》まれているのは日輪だけではない、と、帰蝶はおもった。今はまだ、驚愕《きようがく》のあまりなにも考えられず、うちふるえているだけの五徳だが、やがて己の心とむきあうときがくる。信長の娘らしく禁忌《きんき》をものともせずに突き進むか、罪深いわが身に怖気《おぞけ》をふるうか……いずれにしても、光りかがやく恋はもう、もどってはこない。

もとはといえば、信長の遊蕩《ゆうとう》が招いた悲劇だった。けれど帰蝶は、信長を責める気にはならなかった。なぜか、信長も蝕まれているような気がする。五徳の体のぬくもりが、信長のぬくもりを伝えてくるようにおもえるからか。

「お鍋。徳姫と摠見寺へ参詣にゆく。仕度をせよ」

「今から、にございますか」

「今すぐじゃ」

「なれど、いまだ日蝕の最中にて……」

「暗ければ手燭《てしょく》をもてばよい」

「さようにはございますが、かようなときにおもてへお出になられるのは……」

「いやならついてこずともよい。徳姫。そなたは……」

「……参ります」

「では、ゆきましょう」

帰蝶は五徳をわが胸からひきはなして、乱れた小袖をととのえてやった。

自分には、天意にも人為《じんい》にも逆らうすべがない。今できることといえば、苦悶《くもん》の淵《ふち》にいる娘といっしょに神仏に祈ること――。

帰蝶はそう、おもいついたのだった。

天正十年六月二日――京　妙覚寺

斎藤新五は夢のない眠りを貪《むさぼ》っていた。

昨日、本能寺の警備で緊張を強《し》いられた。武井夕庵から不穏な話を聞かされたせいだ。夕庵は、だれかが島井宗室の茶器「楢柴」を餌に信長をおびきだしたのではないか、しかも立入宗継がかかわっているのではないかと疑っているようだった。日蝕を気にかけ、茶会で異変があるかもしれないと暗に匂《にお》わせた。

茶会に招かれたのは公家衆で、信長を害するとはおもえない。が、刺客がまぎれこむ可能性は否定できない。信長のような独裁者には常に暗殺の危険がつきまとっている。

本能寺は、寺というより城郭《じょうかく》のようだった。まわりは堀と土塁《どるい》にかこまれ、門も堅固《けんご》で、容易には忍びこめない。だからこそ、人が集《つど》う茶会は危《あや》うい。

織田信忠の供をして本能寺へおもむいた新五は、怪しい者が入りこまぬよう警備に目を光らせ、不穏な動きをする者がいないか、信長の周辺にも目をくばった。もっとも新五が到着したときはすでに公家衆が四十人近く参集していた。近衛前久《このえさきひさ》、正親町《おおぎまち》天皇・誠仁《さねひと》親王の勅使である権大納言《ごんだいなごん》の甘露寺経元《かんろじつねもと》、勧修寺晴豊《かじゅうじはれとよ》といった錚々《そうそう》たる顔ぶれである。

信長はもちろん先の武田攻めの戦勝報告と、きたるべき四国攻めの話をしたようだ。ちょうど日蝕でもあることからおもいついたのか、懸案になっていた作暦《さくれき》問題についても話しあったらしい。作暦問題とは、帝の領分である暦を信長が意のままに作り替えようとしているもので、帝はじめ公家衆は総じて反意を示している。とはいえ、それはそれ、茶会は和やかにはじまった。

茶会が催されているあいだ、新五は一瞬たりとも警戒を怠らなかった。幸い何事もなく茶会は終わり、そのあとの宴《うたげ》も盛況のうちに幕を閉じた。このたびの名物びらきの茶会で垂涎《すいぜん》の楢柴を堪能した上に、島井宗室から領国の庇護とひきかえにゆずってもよいと内々の約束をとりつけた信長は、終始、上機嫌で、宴では自ら「敦盛《あつもり》」を舞ってみせた。

新五は信忠共々、真夜中まで本能寺にのこっていた。念には念を入れ、最後の客が帰るのを見とどけるためである。新五の心配を察したか、信忠までが夜半は何人《なんぴと》たりとも入れぬよう、侵入者に警戒せよと信長の取り巻きに命ずる一幕《ひとまく》もあった。

深夜になっても本能寺はまだ酒宴の余韻につつまれていた。敵は遠方、諸将は各々の任務に就いている。都に不穏な気配はみじんもない。刺客の一人や二人、恐るるに足りずと、だれもがおもっているようだった。

信長は昂揚《こうよう》した気分が尾をひいているのか、まだ寝る気にはなれぬらしい。囲碁《いご》の対局を観戦するという信長に暇《いとま》を告げて、信忠は臣下をひきつれて宿舎の妙覚寺へ帰った。

夕庵さまも人騒がせな御仁よのう——。

茶会や酒宴にかぎらず、信長のかたわらにはいつ何時《なんどき》も小姓がぴたりとはりついている。伏兵《ふくへい》も身近で警護していた。なにも新五が気を揉むことはなかったのだ。

大儀大儀……とつぶやいて、新五は床に入るや寝入ってしまった。

「一大事にございますッ。旦那《だんな》さま、お急ぎ召されッ」

逼迫《ひっぱく》した声に眠りを破られたのは、洛中《らくちゅう》の人々が起きだし、早い者は仕事に出かけたり、そうでない者も手水《ちょうず》をつかって身仕度をととのえ、さァ一日のはじまりか……という時分だった。

「何事だッ」

新五は跳ね起きた。即座に昨日の緊張がよみがえる。

「上さまがッ、本能寺にてッ」

「刺客か、よもや身内の……」

「いえ、軍勢に攻められ」

「なんと? 軍勢だとッ」

聞きまちがえたかとおもった。

「いずこの軍勢かッ」

「明智……日向守にございます」

にわかには信じがたかった。

「ありえぬわッ。見まちがいだ」

「いえ、たしかに……。ともあれ所司代《しょしだい》の村井《むらい》さまがおみえにございます。若殿が、皆々に、ただちに身仕度をして参るようにと」

「相わかった。すぐ参る」

身仕度というのは、むろん戦仕度のことだろう。ふるえる指で籠手《こて》と脛巾《はばき》をつけ、鎧を身にまとう。新五は手勢をひきつれて、近くの宿所から信忠のいる妙覚寺へ駆けつけた。

信忠は血の気がなかった。

「不忠者により本能寺が襲撃《しゅうげき》された。不忠者は日向だ、兵の数一万の余」

「一万ッ。して上さまは……」

「安否《あんぴ》はわからぬ。が、火の手があがっておる。一刻も猶予はならぬ。ただちに父上のもとへ馳《は》せ参じる」

くそーッと新五は歯がみをした。安否がわからぬというが、信長の従者が百名ほどなら、本能寺にはせいぜい戦える者は二、三十名しかいないはずだ。一万を超える軍勢に攻められたらひとたまりもない。

しかし、なにゆえ日向が――。

己の胸に問いかけようとしたものの、もとより問うまでもなかった。答えは明らかだ。羽柴秀吉の重用、強引な四国征伐、武田攻めで快川《かいせん》和尚を焼き殺した一件など、いくつもの要因がからまって信長への不満がふくらんでいた。いったんは重用され、馬揃えの総大将までつとめた光秀なればこそ、手のひらをかえしたように貶《おと》しめられて忍耐《にんたい》の緒《お》が切れたのだろう。その気持ちはわかる。好悪《こうお》の烈しい信長から切りすてられた男たちの悲惨な末路を見ているだけに、危機感も大きかったはずである。

けれど、光秀が謀叛に走ったいちばんの理由は、重臣の斎藤内蔵助に切腹の沙汰が下されたことではなかったか。今回はかろうじて首の皮がつながった。が、これですむとはおもえない。

人には「魔がさす」ということがある。もし信長が当初の予定どおり、軍勢をひきつれて上洛していたら、光秀は少なくともこの朝、主君を弑逆《しいぎゃく》することはなかったはずだ。

たまたま、好機がめぐってきた。自分は年老いている。千載一遇のこの機を逃せば、二度と信長を抹殺《まっさつ》することはできない。

いや、まことに偶然の出来事だったのか——。

新五には気になることがあった。

たしかに信長の性急な上洛は前々から決まっていたわけではない。が、光秀が秘かに好機を狙《ねら》っていたのは事実だった。自分や兄の玄蕃助でさえ、感づいていたのだから。となれば、それを知っていただれかが意図的に好機を演出したとは考えられないか。

真っ先に武井夕庵の顔が眼裏《まなうら》に浮かんだ。本能寺の信長を標的にしたのは刺客ではなく一万余の軍勢だったが、とはいえ、夕庵の危惧は的《まと》を射《い》ていた。

島井宗室に会いたいと新五はおもった。宗室から話を聞けば、信長に茶会を急がせた人物がだれかわかるかもしれない。もしや、立入宗継では……。

その暇《ひま》はなかった。事態は風雲急《ふううんきゅう》を告げている。

「皆の者、ゆくぞッ」

信忠の号令で、新五も、五百ほどの信忠の軍勢と共に妙覚寺をあとにした。本能寺までは南西へ九町（約一キロメートル）ほど。ところがいくらもいかないうちに立ち往生《おうじょう》してしまった。

「だめだ。道をふさがれた」

「こちらも進めぬ。強引に進めば全滅するだけだぞ」

圧倒的な数の差に、もはや身動きすらできない。

一行はやむをえず妙覚寺に隣接した二条御所《にじょうごしょ》に陣を布《し》くことにした。といっても現実には逃げこんだ、といったほうが正しく、信長の安否すらわからぬ今、まきかえしの手立てはない。

――ともあれ守りを固めるべし。

敵の侵入を防ぐだけで精一杯だ。

二条御所は、信長が十三年前の永禄《えいろく》十二年（一五六九）に将軍の足利義昭のために築いた館である。義昭との仲がこじれ、義昭を追放したのち、信長はしばらく京の宿泊場所にしていたが、今は正親町天皇の皇子である誠仁親王を住まわせていた。信長と誠仁親王の仲は良好なので、老齢の天皇が親王に譲位をすれば、信長は天皇家を取りこみ、朝廷を意のままにあやつることができる――。できるはずだった。

それが今、ことごとく、水泡《すいほう》に帰そうとしている。

「おう、参ったか。この騒ぎは、いったい、何事ぞ？」

親王も動転していた。

信長の安否はいまだ知れない、が、明智の軍勢はすでに馬の鼻先をかえ、二条御所へ押しよせようとしている。おそらく表ではもう、蟻《あり》の這《は》い出る隙間もないほどに、御所を包囲しているにちがいない。

不測の事態を知らされた親王は潔《いさぎよ》く肚《はら》を決した。

「朕《ちん》は恩を知る者。織田に殉《じゅん》ずる覚悟はできておる」

信長の安否いかんによって、信忠共々、自害して果てようというのだ。

「それは断じてなりませぬ。よもや日向守も東宮《とうぐう》を害し奉《たてまつ》ることはありますまい。親王さまにはなんとしても生きのびていただかねば……」

信忠は所司代の村井と相談の上、明智に使者を送ることにした。

「新五、そのほうは日向守の従弟《いとこ》、斎藤内蔵助とも浅からぬ縁だ。親王さまの御《おん》事《こと》、いかにすべきかたずねて参れ」

新五に白羽《しらは》の矢を立てたのは、親王と共に新五をも逃してやろうという算段か。

新五は武装のまま馬に乗り、白旗を立てて二条御所の門を出た。大声で名乗りをあげつつ敵軍のなかへ駆けこむ。

案の定《じょう》、新五は内蔵助のもとへつれていかれた。

「おう、おぬしも加勢に参ったか」

内蔵助は新五の白旗を誤解したようだ。

「おぬしがおれの命乞《いのちご》いに駆けまわってくれたことはよう承知しておる。わるいようにはせぬゆえ、安心いたせ」

鷹揚にいう内蔵助を、新五はぎりりとにらみつけた。

「おれはおぬしとはちがう。命乞いなどせぬわ。なぜおぬしらが大恩ある上さまにかような裏切りをしでかしたか、まァ、たずねたところで詮《せん》なきことだろう。ここへ参ったは、誠仁親王の処遇《しょぐう》についてうかがいをたてるためだ」

「ほう、命乞いはせぬとな。本能寺は焼け落ちた。織田信長は死んだ」

「首級《みしるし》を検《あらた》めたか」

「う……それは、目下、探索中だ。が、万にひとつも逃れるすべはない」

「して、念の入ったことに、わが殿の首級もいただこうというわけか。姉上がさぞやお嘆《なげ》きあそばされよう」

「武家の習いだ。織田の世は終わった。となれば織田の血は絶やさねばならぬ」

「親王は織田にあらず。帝の御皇子《おんみこ》にあらせられる」

「さようなことは百も承知だ。東宮をまきこむ気は毛頭《もうとう》ござらぬ。即刻、殿と諮《はか》って沙汰をいたそう」

それよりも新五……と、内蔵助は哀願するような目になった。

「おぬしと玄蕃助は美濃の同朋《どうほう》、わが殿の身内でもある。織田に殉じる義理はなかろうが……」

信忠の家臣として戦えば、十中八九、命はない。今からでも遅くはない、明智に身方せよと内蔵助は熱心に勧めた。

こうなることを見越して信忠は自分に使者をつとめさせたのではないかと、新五はあらためておもった。その裏には、口には出さなくとも、帰蝶の同母弟でもある新五に生きながらえて、母を守ってほしいというおもいもあるにちがいない。

　けれど、さればこそ、新五は内蔵助の誘いにのれなかった。信忠のおもいが、かえって信忠への忠誠心を深めている。だいいち、姉がわが子として愛しんで育ててきた信忠を裏切り、敵方についておめおめ生きのびれば、帰蝶は自分をなんとおもうか。

　玄蕃助は、美濃を美濃衆の手で守るために戦うといっていた。

　新五はもとより、帰蝶と信忠母子のために己を賭けると誓《ちか》っている。となれば、たとえどんなに美味しい餌を鼻先に突きつけられても、決意がゆらぐことはない。

「おれのことなら容赦はいらぬ。首をとれ。ただし、易々《やすやす》とは討たせぬぞ」

「新五……」

「家臣が主君を討つのが当節の流行《はやり》のようだが、さすれば一人くらい、主君のために死ぬ者がいてもよかろう」

　内蔵助が言葉をかえす前に、新五はきびすをかえした。自分を呼び止めようとする内蔵助の声には耳を貸さず、まっしぐらに二条御所へ駆けもどる。

　帰ってきた新五を見て、信忠は意外そうな顔をした。が、その目には安堵があり、よろこびがあった。

　主従は言葉をかわさず、ただうなずきあう。

　ほどなく明智方から使者がやってきた。誠仁親王を速やかに御所から出すよう、ただし織田方の兵を一人たりとも逃さぬため、馬も駕籠も使わず徒歩で門を出るように……との沙汰だった。

親王は取り巻きの公家衆と共に門を出て、門外に待ちかまえていた粗末な輿《こし》に乗せられた。そのまま内裏《だいり》へむかう。

親王の退去を合図に、明智方の攻撃がはじまった。内蔵助には豪語したものの、数の差をおもえば敗戦は必至。一矢報《いっしむく》いることさえできそうにない。

兄者、おれは彼岸へゆかれる若殿の露払《つゆはら》いをつとめる。兄者は、姉上を、守ってくれ——。

とうに命をすてている新五は、得意の槍《やり》を構え、信忠を討ち取らんと迫りくる敵軍のまっただなかへ、雄叫《おたけ》びと共にその身を投じた。

天正十年六月二日〜三日——安土城　天主

安土城にいる帰蝶が京での異変を知ったのは未刻《ひつじのこく》（午後二時）だった。

おなじころ、明智軍は勝龍寺城《しょうりゅうじじょう》に家老の溝尾庄兵衛《みぞおしょうべえ》をおいて織田の残党狩りと京の守りをたくし、琵琶湖西岸にある坂本城へ入ろうとしていた。

実は、一気呵成《いっきかせい》に安土城へ攻めこもうとしたのである。ところが瀬田橋《せたばし》が切り落とされていたため、一万の大軍を舟で対岸へ送りこむのは不可能と判断。光秀は居城に落ち着いて橋の修復を急ぐことにしたのだ。織田家の家臣だった諸将に事の次第を告げて自軍への加勢を請う文も、早急に認めなければならない。

帰蝶にとっては――安土城にいたすべての者たちにとっても――これが幸いした。

もっとも、留守居役の蒲生賢秀自らが息急《いきせ》き切って駆けこんできて、日ごろ温厚なこの男の声とはおもえぬ裏返った声で異変を告げたときから、帰蝶の時は止まっている。運の善し悪しを考える余裕も失せていた。

「明智の軍勢とッ」

帰蝶は叫んだきり絶句した。他になんといえばよいのか。

明智光秀が造反《ぞうはん》した――。

ありえぬこととはおもわなかったが、あってはならぬことだった。なぜなら、おなじ美濃衆であり帰蝶の身内でもある光秀が、なんと帰蝶の夫と息子に弓をひいたのだから。

ややあって、帰蝶は、地獄を見たような目を賢秀にむけた。

「上さまは……いかがされたのじゃ」

声は低いが乱れてはいない。とはいえ、くちびるのふるえはかくせない。

賢秀は目をそむけた。

「首級を奪われたとはいまだ聞き申さず」

「されば、ご存命か」

「深手《ふかで》を負われ、御自ら本能寺に火をかけられたそうにて……寺は一万に及ぶ敵兵が蟻の這い出る隙間もなく包囲しておったそうにござりますれば……」

「信忠はいかがした？」

「若殿は二条御所にて果敢に応戦されました由《よし》、なれど五百に一万ではいかんともしがたく……ご自害あそばされたそうにござりまする」

帰蝶はただまたたきをした。全身の力が萎《な》えてゆくのを感じたが、賢秀にも、周囲のだれにも覚《さと》られぬよう、しゃきっと背筋を伸ばした。

「新五も、討ちとられたか」

「おそらく……」

「是非もなきこと。して、明智軍はいずこじゃ」

「こちらへむかっておるものとおもわれまするが……目下、第二報を待っておるところにて、今しばらくお待ちくだされ」

信長を討ちとったなら、信長の城を奪い、天下に勝利を知らしめるのが肝要である。そこではじめて、覇者《はしゃ》として広く認知される。

「相わかった。籠城《ろうじょう》の仕度をはじめよ。騒いではならぬ。皆々を鎮め、取り乱す者がなきよう、そのほうからもよういい聞かせるのじゃ」

「かしこまってござりまする」

賢秀が退出するや、お鍋とお竹がにじりよってきた。ふたりは帰蝶を主と仰ぐ身でありながら、信長とも契りあった女たちである。信長の悲報に泣き崩《くず》れてもおかしくはなかったが、どちらもそうはしなかった。

「われらの手で、なんとしても、お子たちのお命を守らねばなりませぬ」

「さようにございます。織田の血を絶やさぬよう……」

「それが叶わぬときは、城と共に果つるまで」

「はい。上さまに恥をかかせぬよう、見苦しゅうない最期《さいご》を遂げましょうぞ」

三人は目を合わせ、うなずき合う。

お鍋のつれ子で、信長の側室になる前、前夫とのあいだに産んだ次男の松千代《まっちよ》は、信長の小姓に取り立てられ、こたびの上洛にも随従《ずいじゅう》していた。母から信長の恩を忘れるなといわれて育っている。となれば信長の楯《たて》となって、明智軍と戦ったにちがいない。

信忠や新五ばかりか松千代も――。

それだけではない。岩村城へ嫁いだ大叔母の養子となったばかりに養母の悲惨な処刑を目の当たりにした、信長の五男の勝長《かつなが》も、賢秀の話がまことなら、二条御所で戦死したものとおもわれる。

自分やお鍋ばかりではなかった。この城にいる者たちは、多かれ少なかれ、縁者が討たれているはずだ。

泣いてはいられぬと、帰蝶は気をとりなおした。父の道三が戦死したときは夫の信長がいた。が、信長が戦死した今はだれもいない。この城の――織田家の女や子供たちの――命運をにぎっているのは自分である。

「お鍋。皆をひとところにあつめよ。お竹。二の丸へ行って徳姫を呼んで参れ」

亡き者たちを悼んで悲嘆に暮れるのは今でなくてもよい。

二人を送りだすや、帰蝶は侍女に命じて石蔵の目録《もくろく》を取りにいかせた。安土城にどれほどの財宝があるか、把握《はあく》しておかねばならない。

「母上ッ。あァ、父上も兄上も、もうこの世におられぬのでございますね」

駆けこんでくるなり、五徳は帰蝶の膝にすがりついた。

「なんと卑劣《ひれつ》なッ。明智め、許さぬ。母上、明智に仕返しをしてくださいませ。さもなくばわらわが……」

「気を鎮めなされ。織田の娘が取り乱しては笑いものになります」

帰蝶は五徳の背中をさすってやる。

「なれどわらわは悔しゅうて……。日向守は母上の従兄《いとこ》ではありませぬか。お小さいころはよう遊んでもろうたともうかがいました。その母上に、なにゆえかような仕打ちができるのか……」

「それとこれとは別儀じゃ。そなたの父は弟を闇討ちにし、愛しんでいた妹の夫を討ち果たした。磔に処した叔母御にも、子供のころはよう遊んでもろうたそうな。ひとたび戦となれば、人は人でのうなる。死ぬか生きるか、戦は人の情をすてたところからはじまるのじゃ」

「なれば母上は、明智を怨まぬ、怨むな、と仰せにございますか」

「そうではない。明智日向は卑怯者《ひきょうもの》、裏切り者じゃ。わらわとて断じて許さぬ。が、腹を立てるのは、命ながらえ、騒ぎが鎮まってからにしなされ」

五徳はようやく人心地《ひとここち》がついたようだった。洟《はな》をすすりながらも居住まいを正した。

「わらわはどうすれば……そうじゃ、玄蕃伯父に知らせて……」

「岐阜へはとうに知らせをやりました。われらがすべきことは、身辺をととのえ、戦仕度をして、明智の攻撃に備えることじゃ」

五徳がうなずいたとき、お鍋が入ってきた。安土城の天主にいる者すべて、織田家の女子供をのこらず階下へあつめたという。

「皆にはわらわの口から事情を話そう。徳姫、そなたも参りなされ」

母と娘が腰をあげたとき、今度は賢秀が敷居のむこうで膝をついた。先刻のように息急き切ってこそいないが、そのまなざしから動揺をけんめいにかくしているのがわかる。

「御台さまに至急、お知らせいたしたく……」

帰蝶は一瞬ためらったものの、賢秀にそばへくるよう命じた。

「徳姫。そなたは上さまの長女、この安土の、上さまの血をひく者たちのなかで、いちばんの要《かなめ》じゃ。お鍋と共に皆々の心を鎮め、籠城戦に備えるよう、覚悟をうながして参れ」

「承知つかまつりました」

五徳がお鍋と共に出てゆくのを待って、帰蝶は賢秀に目をむけた。

「第二報がとどいたか」

「やはり明智軍は安土にむかっておるそうにて……なれど瀬田城主の山岡景隆《やまおかかげたか》が瀬田橋を切って落として逃亡した由、やむなく坂本城へひきあげたそうにございます。目下、橋を修復中にて……」

「上さまがご存命なれば、山岡の機転をたいそうよろこばれたであろうの」

橋が修復されるまでにどれほど時がかかるのか。たとえ一日半日でも猶予ができたのはありがたい。

「遠国へ出陣しておる諸将らも、知らせを聞けば援軍に駆けつけよう。今のうちに城下に人をあつめ、食料をはこびこませよ」

「かしこまってござりまする」

安土城は、信長が築城技術の粋《すい》をあつめ、一世一代の威信をかけて築いた山城《やまじろ》である。天主の最上階は金閣寺を模した金箔貼り、六重目は法隆寺夢殿とおなじ八角形で、本丸御殿は内裏の清涼殿を模している。しかも土塁ではなく総石垣、屋根は瓦葺《かわらぶ》き。先に居住した小牧山城や岐阜城からさらに進化させたこの城を、信長はなにより自慢にしていた。

なんとしても死守しなければ――。

安土城が敵に奪われでもしたら、信長はどんなに嘆き憤《いきどお》るか。それだけはできぬと帰蝶はまなじりをつりあげる。

陽が沈み闇が濃くなっても、幼子を除けば安土城で安眠する者はいなかった。帰蝶もむろん眠るどころではない。為すべきことは山ほどあった。

安土城には、信長と京で合流して毛利攻めへ出陣するはずだった軍勢が留まっている。が、信長も信忠もいないため、籠城戦の采配をふるう者がいない。留守居役の賢秀が帰蝶と諮って準備を進めることになったが、専制君主の訃報《ふほう》に動揺している軍兵たちの士気を高めるのは並大抵ではなさそうだ。

城内は緊迫した空気につつまれている。青天《せいてん》の霹靂《へきれき》のごとき出来事がいまだ現《うつつ》とはおもえぬのか、だれの顔にも怯えや悲嘆、それ以上に当惑の色が浮かんでいた。

ざわついたまま朝を迎える。

「皆々に、腹ごしらえをしておくように、と伝えよ」

お鍋に命じた手前、帰蝶も朝餉をとろうとしたが、全くといっていいほど食欲はなかった。

いついかなるときも、上さまが安土におられるときは必ず、共に朝餉をとるのが習わしだった――。

そうおもった瞬間、はじめて鋭い痛みが胸を切り裂いた。

信長は、もういない。三十余年、夫婦であった男は、なんの前触れもなく、自分の前から消えてしまった。二度と会うことはないのだとおもうと、ここ数年、心がはなれていたにもかかわらず、帰蝶は半身《はんみ》をもぎとられたような痛みをおぼえた。

それにしても、皆から畏怖され神のごとく崇められた男が、一家臣の手であっけなく息の根を止められてしまうとは――。

「御台さま。少しも召しあがっておられませぬよ。籠城となれば女子供も武器をとって戦わねばなりませぬ。腹ごしらえを、と仰せられたは、御台さまではありませぬか」

「さようなことより、お鍋、そなたにいうておく」

「はい……」

「これよりはすべてにおいて、そなたがわらわの名代《みようだい》をつとめよ」

安土では、これまでもお鍋が信長の妻の役割を果たしてきた。が、御局《おつぼね》——つまり天主の内——では、岐阜にいようが安土にいようが、帰蝶が唯一の正室である。

「なにゆえ、さような……」

「日向守はわらわの従兄、美濃衆の一人じゃ。わらわが表に出れば快うおもわぬ者もいよう。士気が減じては一大事ゆえ」

「さようなご懸念には及びませぬ。御台さまは歴《れつき》としたご正室……」

「いや、柴田も羽柴も前田も佐々《さつさ》も池田《いけだ》も、皆が尾張《おわり》衆じゃ。こたびのことで、われら美濃衆を目の敵《かたき》にするやもしれぬ」

帰蝶の父の斎藤道三は主君を斃《たお》してのしあがった。光秀も今また主君を騙し討ちにした。下克上《げこくじよう》といってしまえばそれまでだが、美濃衆うんぬんという前に、今や帰蝶は、父方からも母方からも主殺しの血で汚《けが》されてしまったことになる。

「それはお考えがすぎると申すもの。なれど、お気持ちはようわかります。御台さまが表に出とうないと仰せなら、籠城の仕度もわらわがいたします。とはいえ、これまでどおり、お指図をおねがい申しまする」

むろん、帰蝶もそのつもりだった。というより、ここは一丸となって明智軍の攻撃に備えなければならない。

味もわからぬまま朝餉を腹へ詰めこんだところへ、再び賢秀がやってきた。一睡《いっすい》もできなかったのか、賢秀もげっそりとして土気色《つちけいろ》の顔をしている。

「明智が動いたか。橋の修復が成ったのじゃな」

帰蝶は身をのりだした。

「いや、橋はいまだ修復中にござります。それよりご相談したきことが……」

「申せ」

「されば、皆々さまがたには、わが日野《ひの》の城へお移りいただきたく……」

「なんとッ。この城を出よ、と申すか」

帰蝶は目をみはった。

「城をすてて落ちのびるなどもってのほかじゃ。さようなことをすれば織田は腰抜けと笑われよう。安土にて明智を迎え撃ち、敗れたれば城と共に討ち死にするまで」

「御台さまが敵にうしろを見せられぬと仰せられるは、ごもっともにございまする。されど……ま、最後までそれがしの話をお聞きくだされ。されど、安土城は山城というても戦城《いくさじろ》ではございませぬ。兵の数でもはるかに劣ります。籠城には不向き。討ち死にのお覚悟はあっぱれとは申せ、お子たちが自刃《じじん》もしくは明智の人質となれば、織田家はいかが相なりましょうや」

「だからというておめおめと……」

賢秀はぐいと膝をよせた。

「実は、上さまの首級も若殿の首級もいまだ見つかってはおらぬそうで……。万が一にも、落ちのびておられるやもしれませぬ」

「そはまことかッ」

帰蝶はまたもや目をみはる。信長か信忠が生きながらえて再起を図《はか》る、などということがまことにあるのだろうか。もしそうなら、早まって死ぬことはない。

「この先、明智と切り結ぶためにも、織田家の皆さま方には生きながらえてもらわねばなりませぬ。日野の城には冬姫さまもおられます。安土のご家族を案じておられましょう。ここはひとまず、わが居城へご退去《たいきょ》あそばされたく、なにとぞ……」

賢秀は両手をついて頭を下げた。

おもわぬ話に、帰蝶は当惑している。

冬姫は信長の次女で、蒲生家の嫡男、忠三郎《ちゅうざぶろう》（のちの氏郷《うじさと》）の妻になった。忠三郎は十三歳で織田家の質子《ちし》となったが、信長は利発な少年を大いに気に入り、人質を解いて冬姫と娶《めあわ》せた。むろん、この婚礼の手筈《てはず》をととのえたのは帰蝶である。

そうだった、日野の城には冬姫がいる――。

心が動いたのは、継母とはいえ実の娘さながらに愛しんで育てた冬姫の顔をおもいだしたからだ。冬姫と凜々しい武将になった忠三郎がいる城なら、心配はいらない。安全な場所で心おきなく信長をはじめとする亡き縁者の菩提《ぼだい》を弔《とむら》い、その上で今後の身の処《の》し方を考えるのもわるくはないと、帰蝶はおもいなおした。

「相わかった。されば立ち退こう」

「ありがたやッ」

「お鍋にいうて、皆々に仕度をさせるように」

「さすれば早いほうがよろしゅうござる。ただちに日野へ知らせをやり、迎えの軍勢を呼びまする。御台さまも急ぎお仕度を」

賢秀はほっとしたようだった。土気色の顔に生気《せいき》がもどっている。

賢秀を送りだしたのち、帰蝶はしばらくじっと座っていた。やがて、突如《とつじょ》、矢も楯もたまらなくなって腰をあげた。五重目の小屋ノ段、さらに六重目の八角の部屋へつづく段梯子を上る。打掛を脱ぎすて、小袖の裾をからげて憑かれたように上ってゆく帰蝶をもし見た者がいたら、気でもふれたとおもったにちがいない。

幸い籠城だ退却《たいきゃく》だと忙しい最中なので、帰蝶の奇矯《ききょう》なふるまいに気づく者はいなかった。

息を切らして八角の部屋に立つ。ひとりのときは、いつもこの部屋の欄干から琵琶湖をながめることにしていた。最上階の金箔の部屋は信長が思索《しさく》にふける場所なので、特別な客を招くとき以外はだれも近づかない。

帰蝶はふっとおもった。

信長はもう、自慢の金箔の部屋で思索にふけることはない。日野城へ落ちてゆけば、自分ももう、二度と足を踏みいれることはないはずだ。

八角の部屋の欄干へ出るのはやめ、帰蝶は再び裾をたくしあげた。最上階へつづく段梯子を上りきる。

「あァ……」

視界いっぱいにとびこんできた黄金のきらめきのなかで、帰蝶はおもわず胸に両手をあてた。なんとしたこと。天井に描かれた天女が、壁に描かれた中国の皇帝が、柱に描かれた昇り龍や下り龍が、あるべき位置から浮きだして、宙《ちゅう》を舞い踊っているようだ。

あァ……ともう一度、目も眩《くら》む光の饗宴《きょうえん》に見とれながら、帰蝶は、悲嘆でもなく苦悶でもなく、恍惚《こうこつ》ともいえる吐息をもらした。

信長がたしかに死んだとしたら、その魂《たましい》が帰ってくるのはここ、安土城天主の最上階の金箔の間しかありえない。

信長は今も、この部屋のどこかにいるのではないか。

帰蝶は両手を広げた。信長を捜そうとするかのように、この、人の造作によるものとはとうていおもえぬ豪奢《ごうしゃ》な空間を眼裏《まなうら》に刻みつけておこうとするかのように、上下左右を見まわしつつ部屋の周囲にめぐらせた回廊《かいろう》へ出る。

欄干のかなたは曇天、その下に浅黄色の帯のような琵琶湖が見えた。

安土へきてから何度となくながめているのに、今はじめて目にした景色のような気がした。

水平線がぼやけてゆらめいているのは、なぜ――。

金箔の部屋にたちこめた妖気《ようき》のせいか、それとも自分の目にあふれたもののの……。

帰蝶は泣いていた。悲しくて泣いているのではない。それが証拠に、見慣れた景色が今ほど胸にしみたことはなかった。

安土、近江、琵琶湖のむこうにある京、道三から信長にうけつがれた美濃、いえ、尾張も甲斐《かい》も伊勢も信濃《しなの》も、そう、天下のすべてが見わたせる――。

信長はここに立ったとき、なにを見たのか。

晴れやかに出陣してゆく信長、はにかんだように母を見上げる信忠、老いと疲労をにじませた光秀、生真面目《きまじめ》にくちびるをひきむすんで急ぎ足で石段を上ってくる新五……一瞬の光景があわただしく帰蝶の目のなかを流れてゆく。

気がつくと、今しがたまでの昂揚が消えていた。

信長がなにをおもったかはむろん想像もつかないが、少なくとも、ここへ上る前と下りたときとでは、心の有りようが変化していたにちがいない。

帰蝶はきびすをかえした。

自分の役割は終わった、と、おもった。自分も信長と共に、どこか遠いところへ旅立とうとしている……そんな気がした。

二度と再び、安土城の天主から琵琶湖の景色をながめることはないはずだ。

部屋を突っ切って段梯子へむかう。

金箔の部屋は、以前のままのきらびやかな部屋だった。が、天井にも壁にも柱にも見慣れた絵が描かれているだけで、もはや妖気は失せている。

もう、未練はない。

帰蝶は感傷をすて、ふりむくこともなく段梯子を下りた。

天正十年六月二日――――――岐阜福光郷　斎藤玄蕃助の屋敷

「ま、まさかッ」

斎藤玄蕃助は跳ね起きざま、両腕を夜具《やぐ》に叩きつけた。

肘《ひじ》があたり、抱かれていた女が「痛ッ」と頬をおさえたが、玄蕃助の耳には入らない。今の今まで最大の関心事であった女の色香《いろか》さえ、一瞬にしてかき消えている。

「今一度いうてみよ。なにが、あったじゃと?」

玄蕃助は襖にむかって、自分でもおどろくほどの大声をかえした。

「明智の大軍が本能寺へ攻めよせたそうにて……」

家老によると、たった今、安土からの使者が到着したという。家老のあわてふためいたさまが、襖越しでも手にとるように伝わってきた。

「大軍……大軍だとッ。明智が、織田に、戦をしかけた、と申すかッ」

宵の、それもこんなに早い時刻から女を寝床へひきこんでたわむれていたことも忘れて、玄蕃助は勢いよく襖を開けた。いつもならこんなとき素早く目を逸らす家老も、その余裕はないらしい。まっすぐに主の目を見返す。

「明智軍はその数一万余、包囲され応戦いたすもとうてい及ばず、上さまは深手を負われたまま寺に火をかけられた、と……」

「首級《みしるし》は？」

「不明にござりまする。が、蟻の這い出る隙もなかったそうにござりますれば」

「ふむ。日向め、行き先を変えおったか……」

玄蕃助はくちびるをゆがめた。が、最初の驚愕がすぎてみれば、起こるべくして起こったことのようにもおもえた。半月ほど前の安土で、日向守と内蔵助主従は、いずれも信長に叛旗をひるがえさんとほのめかしていたのではなかったか。

それにしても、刺客でなく大軍とは……。

日向守もおもいきったことをしでかしたものよ――。

光秀は、玄蕃助がおもった以上に肚のすわった男のようだ。暗殺を潔《いさぎよ》しとせず、堂々と軍勢をくりだして攻撃をしかけたのだから。しかしこうなったら、あとへは退《ひ》けない。織田方の諸将を身方にひきこむあてでもあるのだろうか。

いや、あるとはおもえない。それでも決行に及んだのは、千載一遇の機をえて、胸に秘めていた野望が一気にふくれあがったからだろう。織田に取って代わる――天下を牛耳《ぎゅうじ》るとなれば、信長ひとりを闇に葬って私怨を晴らしても意味はないのだから。

玄蕃助は突如、雷《かみなり》に打たれたように身をこわばらせた。

「もしやご城主も――われらが殿も……」

自分が光秀なら、威勢を借りて一気に信忠を攻める。

「若殿はいかがされたのじゃ」

「二条御所にて応戦なされたそうにござりまするが、大殿ご同様、劣勢いかんともしがたく、若殿はご自害あそばされ、御所も織田方の手により火をかけられた模様にて……」

むろん、光秀が織田家の家督を継いだ信忠を生かしておくはずがなかった。信忠が父を見すてて逃亡するともおもえない。

いや、自分がいたら、首根っこをつかんででも逃がしていた。いったん身を退き、遠方で戦っている諸将をあつめて弔い合戦をすればよい。

だが……と、玄蕃助は歯ぎしりをした。信忠につき従っていたのは、狡知《こうち》に長けた自分ではなく、実直で血の気の多い異母弟の新五だ。

「二条御所は焼け落ちたと……さすれば……」

新五はどうなったかとたずねようとして、玄蕃助は声を呑んだ。訊くまでもない。

新五は帰蝶と信忠に忠誠を尽くすと宣言していた。たとえ光秀や内蔵助に寝返りをもちかけられても、首を縦《たて》にふるとはおもえない。信忠と命運を共にしたたにちがいない。

新五……弟よ——。

悪夢であってくれ、おもいちがいであってくれと、玄蕃助は悲痛な顔で天を仰ぐ。

「二条御所、と仰せにござりましたか」

家老が訊きかえしてきた。

「いや……うむ、誠仁親王はいかがされたかとおもうての……」

「それでしたら、取り巻きの公家衆共々、内裏へ避難されたそうにござりまする」

では明智軍も、親王には手を出さぬことにしたのだろう。天皇家や朝廷を敵にまわしたくないのだ。光秀はもとより尊皇の志《こころざし》が強かった。信長が自身を神になぞらえ、天皇家の上に立とうとしていたことにも、非難の目をむけていた。

「明智軍はどこだ。まだ京におるのか」

「安土へ進軍中にござりまする」

「他に知らせは？」

「追々《おいおい》入って参るかとおもわれます。旦那さまもなにとぞ……」

家老はおもいだしたように目を泳がせた。

玄蕃助もここではじめて女を見た。腰巻《こしまき》姿のまま、怯えきった顔で主従の話を聞いていた女は、玄蕃助に目くばせをされて逃げるように寝所をあとにする。

「旦那さま……」

「うむ。われらも戦仕度だ。安土にて明智を迎え撃つ」

「かしこまってござりまする」

家老が出てゆくや、玄蕃助は閉じた両目を分厚《ぶあつ》い手のひらでおおった。肩をあえがせ、二度三度と深呼吸をする。

これはむろん、明智と織田の戦いだった。が、同時に、美濃衆同士——明智と斎藤という親族間の戦いでもあった。帰蝶の従兄の光秀や義弟の斎藤内蔵助が、帰蝶の夫の信長と継子にして甥でもある信忠、さらには弟の新五をも討ち果たしたのだから。

おれは、どうすればよいのだ——。

家老には明智を迎え撃つといった。よくよく考えれば、帰蝶を救いだすのはともあれ、安土城のために命を賭ける義理はない。

玄蕃助は今一度、太い息を吐いた。

自分が守るべきはなにか。美濃だ。そのためにはいかにすべきか。

まずは次なる知らせを待つ。だが漫然《まんぜん》と待つのではない。岐阜城へ入る。そう、慎重に行動を起こさねば……と、玄蕃助は虚空の一点をにらみつけた。

天正十年六月三日――安土城～日野城

安土城天主の二層目、書院の間では、帰蝶とお鍋、それに蒲生賢秀が額をよせあっていた。日野へ立ち退く際、城をどうするか、城に蓄《たくわ》えられている織田家の財宝はいかにすべきか、あわただしく議論を戦わせている。

「この城は上さまの命じゃった。余人に荒らされとうない。火をかけよ」

帰蝶の肚は決まっていた。

財宝は日野城へはこぶべし。信長の妻子をあずかる蒲生家が織田の財宝をもちだしたところで、だれも非難はしないだろう。

お鍋はむろん、帰蝶の意見に賛同した。

ところが賢秀は難色《なんしょく》を示した。

「さようなことをいたさば、財宝に目が眩んで皆々さまを我が居城へお迎えしたともとられかねませぬ」

「馬鹿なッ、杞憂じゃ。だれになにをいわれたとて知らぬ顔をすればよい」

「さようですとも。御台さまのお指図とあらば、だれも文句はいえますまい」

「お鍋。いうたはずじゃ。わらわは表には出られぬ。これはあくまでそなたの指図といたせ」

「では、財宝をもちだせと、わたくしが皆の者に命ずるのでございますか」

それみたことかと賢秀は首を横にふる。

「やはりここは、すておくがよろしゅうござりまする」

賢秀はゆずらなかった。欲得で名を汚したくないといいはる賢秀の実直さに心を動かされて、最後には帰蝶も財宝をもちだすのを断念した。もとより敵の来襲を恐れての退却である。はこびだす手間をおもえば、財宝は断念して一刻も早く安全な場所へ逃げこんだほうがよさそうだ。

「城もすておくがよろしいかと……」

「敵にゆずりわたせ、と申すか」

城を焼き払うことにも反対されて、帰蝶は声を荒らげた。だがこのあたりも微妙なところで、帰蝶自身が城をのこしておくようにと命ずれば、従兄の光秀に便宜《べんぎ》を図っているようにもとられかねない。

賢秀も帰蝶の危惧がわかったのか、おもむろに両手をついた。

「御台さま。ここは、それがしにご一任ねがいとう存じまする。安土城は、上さまが工夫《くふう》に工夫を重ね、粋を凝らして築いた城。火をかけるはあまりに無念」

城主がだれにかわろうとも、人々は安土城を指さして「なんと見事な城よ。あれは織田弾正忠《だんじょうのじょう》さまが築造したそうな……」と称賛《しょうさん》するにちがいない。それこそが信長の遺志ではないかといわれて、帰蝶とお鍋は顔を見合わせた。

「たしかに城は上さまの形見《かたみ》じゃ。明智が織田を討ったとはいえ、世の趨勢が決したわけではない。織田にはまだ男子もおるゆえ……わかった、そのほうにまかせよう」

帰蝶はこれも賢秀の考えに従うことにした。

とうに未練はすてている。最上階の金箔の間へ駆け上ったとき、信長の魂と邂逅《かいこう》したような気がした。まさにあの瞬間、自分は、この世のいっさいから解き放たれ、己自身を消し去ったのである。安土城に遺された信長の子らや女たちを日野城の冬姫の手に託し、織田家の向後《こうご》をお鍋にゆだねれば、あとは速やかに遁世《とんせい》するのみ。安土城をどうするか、自分が決めることではなかった。

賢秀は感極《かんきわ》まったように洟をすする。

「して、明智軍はいまだ坂本城におるのじゃな」

「さようにござりまする。瀬田橋の修築が成るまでには、まだ一両日はかかる模様にて。日野からの迎えも参っておりますれば……」

「相わかった。早々に出立じゃ」

「かしこまってござりまする」
帰蝶はお鍋に目くばせをする。
三人は同時に腰をあげた。

安土城の天主は安土山の頂に築かれている。東の一段低い台地に本丸が、西側のそれよりも一段と低い台地に二の丸があって、厳《いか》めしい黒金門の番兵が城の中枢《ちゅうすう》部《ぶ》への出入りを監視していた。

黒金門を出て急峻な坂を下り、突き当たりを西方へ下れば摠見寺、東方へ下れば、くの字に曲がって大手道、諸将の屋敷は大手道の左右に建ち並んでいる。

城には黒金門の他に三箇所の虎口《こぐち》があった。北虎口と北東虎口、南東虎口である。

このうちの南東虎口は、本丸からさらに東へ下った三の丸の南側にあり、虎口を出た道は隣接する堀秀政の敷地内を経由して大手道へつづいていた。

堀秀政は信長子飼いの寵臣で、帰蝶もたよりとする武将だが、あいにく今は信長に使者の役を命じられ、羽柴秀吉の陣中にいる。とはいえ明智と敵対するのは必至だから、当主不在であっても、この屋敷は逃げ道としては申し分がない。

信長の妻子の脱出は、大っぴらにはできなかった。明智の挙兵を知って織田から明智に寝返る者が出るやもしれず、どこに敵兵が潜んでいるか、油断ができないからだ。

帰蝶はお鍋や賢秀と相談の上、女子供を三々五々、堀の屋敷へ移した。何事かと怪しまれぬよう、あえて旅仕度はさせず、供も荷物も最小限にとどめる。

堀の屋敷からは、堀家の家臣の案内で、大手道へつづく道ではなく、裏手の山道を下って腰越道《こしごえみち》へ出た。安土山は北、西、南の三方が琵琶湖にのぞんでいる。腰越道は安土山麓の東縁の道で、腰越と呼ばれる安土城の南端の辻《つじ》へつづく道だ。

腰越では賢秀の嫡男、忠三郎が護衛の軍兵を待機させていた。

「義母上《ははうえ》、お久しゅうございます。安土どの、皆々さま方もご安心召され。われらでしかとお守りいたしまする」

賢秀は後始末をすませ、城内の人々を退去させた上で、追いかけてくることになっている。

帰蝶は、冬姫の夫である忠三郎のたのもしげな姿に目を細めた。切れ長の両眼に立派な鼻をもつ忠三郎は、気性の烈しい信長に寵愛されただけあって、真面目で人を逸らさぬ若者である。

「よろしゅうたのみます」

「日野の城はここよりおよそ二里（約八キロメートル）。なれど草深い山谷《さんこく》の道にござりますれば、皆々さま方にはご不便をおかけするかと存じまする」

「なんの、皆、籠城の覚悟をしておったのじゃ。山道など苦にはせぬ」

そうはいったものの、日ごろ歩き馴れない女子供は、すでに腰越へ出るまでの急峻な坂道で転んだり擦《す》り傷《きず》をつくったりしていた。泣きじゃくる幼子をなだめる女もいれば、むずかる赤子《あかご》をあやす乳母《うば》もいる。

「義母上。馬にお乗りください」

「わらわはよいゆえ、幼子らを……」

出もどりの五徳から生まれたばかりの赤子まで、目下の安土城には信長の子らが十人もいた。そのうちの五人はまだ物心もつかない幼児である。

だれの腹を借りたにせよ、子供たちは帰蝶の息子や娘、織田家の血をひく大切な宝である。ゆめおろそかにはできない。

「御台さま。なにも御台さまがお歩きにならずとも……」

「気づかいは無用じゃ。そなたこそ、わらわにかわって働いてもらわねばならぬ。倒れられては元も子もない。馬に乗りなされ」

「めっそうもございませぬ。姫さま方も気丈に歩いておられますのに」

五徳は六女、七女と手をつないでやっていた。七女はお鍋が腹を痛めた娘で、まだ七歳だが、弱音《よわね》を吐くどころか、姉たちの手をひっぱるほどの健気《けなげ》さである。

「幼き者には事の深刻さがわからぬのじゃな」

帰蝶は胸をつまらせた。自分が少女のころも戦つづきの毎日だった。幸い斎藤道三が戦死したのは帰蝶が織田家へ嫁いでからなので帰蝶には城から落ちのびた記憶はなかったが、常に危難と隣りあわせだったのは事実だ。

信長という巨大な庇護者を失った子らには、どのような試練が待っているのか。

「それにいたしましても、御台さまは足腰がお達者にございます。天主におこもりになっていらしたお方とはとてもおもえませぬ」

お鍋のいうとおりだった。他の女たち同様に足ごしらえが不十分だったため、足にまめができ、擦り傷や切り傷が痛んだ。が、帰蝶の足どりは危なげがなかった。足下だけに集中して、転ばぬよう、足手まといにならぬよう、けんめいに歩く。そうしていれば、京で起こった悲劇について考えずにすむ。それだけでもありがたい。

炎天下でかぶっていた頭巾は、樹木の生《お》い茂る道へ入るや脱いでしまった。真夏の旅は木陰《こかげ》でも蒸し暑く、汗がしたたり落ちてくる。

痘痕《あばた》など、もはやどうでもよいわ――。

痘痕を見られたくなかったのは、道三の娘、信長の妻という矜持《きょうじ》があったからだ。織田家の御局《おつぼね》として奥を仕切っていたからだ。今となっては人目も気にならない。

「あとひと息にござりまするぞ」

「このぶんなら日没までにはゆき着けまする」

途中で追いついた賢秀と忠三郎の父子が女たちを励ました。山間《やまあい》の道を選んだために難儀はしたものの、おかげで敵方には見つからずにすんだ。もっとも、明智になびいたものがいるかどうか、それすら定かではない。

蒲生家はかつて六角《ろっかく》氏の家臣だった。六角氏が信長に攻められて甲賀《こうか》へ退いたのちは、家臣の大半と共に織田家の配下についた。その際、忠三郎を織田家の質子《ちし》としたのだが、忠三郎は信長に気に入られ、冬姫を娶《めと》る幸運をえた。以後はますます信長のおぼえめでたく、織田家の旗本として、日野川北岸の稲荷山《いなりやま》の台地に築いた城を守っている。

日野は近江の南東部にあり、安土から東へ、甲賀を経て伊勢へつづく街道が通る要衝《ようしょう》の地でもあった。城下はにぎわっているという。

一行は夕暮れどきに日野城へ入った。

「母上ッ。姉上ッ。お待ちしておりました」

しばらく見ないあいだにすっかり臈《ろう》たけた冬姫が一行を出迎え、かいがいしく母や姉、弟妹の世話をやく。賢秀が話していたとおり、蒲生家は信長の妻子を迎える準備をととのえていた。女子供は汗まみれ泥まみれの体を拭き清めて装束をあらため、湯漬けで腹を満たして、ようやく安堵の息をついた。


「母上、父上兄上はまことに……」

「首級《みしるし》を奪われたとは聞かぬが、おそらく……」

帰蝶のために用意された座敷へ落ち着くや、母娘《おやこ》は手を取り合う。

「夫も舅どのも織田には大恩がございます。蒲生は明智のいいなりにはなりませぬ。なれど母上は日向守の……お辛いお立場にございますね」

「いや、わらわは織田の女じゃ。明智は織田の敵、わらわにとっても憎《にく》き敵ぞ。わらわとて、明智のいいなりにはならぬ」

顔には出さぬものの、帰蝶は冬姫の言葉に動揺していた。光秀が従兄《いとこ》なら新五は弟、新五と光秀は敵味方に分かれて戦った。親兄弟が戦うことも珍しくない戦乱の世なのに、なぜ帰蝶と光秀の縁ばかりがとり沙汰されるのか。

それは、光秀を信長に推挙したのが帰蝶だった、という確固とした事実があるからだろう。光秀の目覚ましい出世をうらやんでいた人々は、その裏に帰蝶の意が働いているとおもっていたのかもしれない。帰蝶が公に顔を見せず、謎《なぞ》めいた存在であったことも、勝手な想像をふくらませるには好都合だった。

それにしても冬姫までが――。

「よいか、冬姫。よう聞くのじゃ。日向守がたとえわが実の兄弟であったとしても、いいえ、実父であったとしても、わらわは断じて従わぬ。上さまを討った敵に、それも卑劣な夜討《ようち》ちをかけた敵に、なびくことなどできようか」

「さようにございますね。母上のお気持ちはようわかりました」

「よき機会ゆえいうておく。そなたもおなじぞ。なにがあっても、蒲生の女じゃ。こうして助けてもろうたはありがたいが、いざとなったら、織田ではなく蒲生。婚家の利になる道を選びなされや」

「はい。仰せのとおりにいたします」

その夜も帰蝶は安眠できなかった。自分たちが逃げこんだことで、蒲生家に禍《わざわい》が及ぶのではないかと心配になったからである。

信長は浅井《あざい》を滅ぼした際、幼い男児を探しだして処刑している。それも妹であるお市の方がわが子として慈しんでいた男児だった。勝者が敗者の男児を殺して根絶《ねだ》やしにするのは戦国の世にはよくあること、安土を占拠した明智軍が次に目指すのは、信長の遺児たちを匿っているこの日野城かもしれない。

瀬田橋の修築は終わったのか。明智軍は安土城へ入ったのか。信長や信忠の首級はいずこ……京はどうなっているのだろう。新五、そしてそう、もう一人の身内は……。

帰蝶は異母兄の顔をおもい浮かべた。

玄蕃助は岐阜城の留守居をつとめていた。賢秀が信長の妻子を警護して自らの居城へ避難させたように、玄蕃助も、岐阜城の主だった信忠の妻子を安全な場所へ送りとどけているにちがいない。信忠には幼い嫡男がいる。

いずれにしても――と、帰蝶はわずかながら表情をやわらげた。夫も嫡男も弟もかき消えてしまった今、玄蕃助がいるだけでもありがたいとおもわなければ。

天正十年六月四日――――岐阜城

玄蕃助は逡巡していた。

本能寺の変の知らせがとどいたあの日、武装をととのえ、手勢を率いて、ただちに岐阜城へ入った。信忠の妻子に異変を伝え、籠城するにしろ脱出するにしろ状況を見きわめるまでは動かぬようにといいふくめて、山麓の館を軍勢で固めた。もちろん、敵の攻撃から守るためである。

そこまではよかった。が、そこで変更を余儀なくされた。

当初の予定では、岐阜城の守りを固めておいて自らは安土城へ駆けつけ、帰蝶と信長の妻子を岐阜へつれ帰るつもりだった。そうすれば岐阜城に織田方の諸将が参集するはずだ。明智軍は安土城にいとも容易《たやす》く入城するだろう。そこから岐阜城へ進軍する。

玄蕃助は岐阜城で、明智方との交渉役をつとめるつもりだった。相手が日向守と内蔵助なら恐るるに足らず。玄蕃助は女子供の命を救う自信があった。

ところが、すぐに第二報がとどき、帰蝶たち妻子はすでに城を脱出したという。安土城は財宝共々すておかれているとやら。

となれば、駆けつける意味がなかった。財宝を盗みにきたとおもわれる心配がある。空き城《あじろ》を乗っとるつもりかと誤解されるかもしれない。うろうろしていて明智軍の攻撃をうければ、手勢だけでは応戦のしようがなかった。

安土へはいけない。ではどうする？

状況を見きわめるしかなさそうだ。岐阜城に陣を布《し》いたまま、玄蕃助は次なる知らせを待ちわびた。が、常日頃、乱波《らっぱ》や素波《すっぱ》と呼ばれる忍びを駆使しているのに、こういうときにかぎって情報があつまらない。

光秀はいまだ坂本城にいるようだった。なにをぐずぐずしているのか。一方、遠国へ出陣している織田の諸将のもとへもそろそろ異変の知らせがとどく時分だ。柴田は、羽柴は、前田は、丹羽は、細川は……どう動くのか。

焦躁に駆られている最中に光秀から書状がきた。明日にも安土城へ入る、すでに織田の家臣も大半が身方にくわわっている、所領を安堵する、新たな所領も与える、向後は重用するゆえおぬしも身方につけ、と認めてあった。

光秀からも内蔵助からも、事あらば身方につくよう、かねてよりたのまれていた。明智は美濃衆である。縁者でもあった。

ぐずぐずしていれば織田家の次男の信意や三男の信孝から援軍の要請がもたらされるはずだ。信意はまだしも、尾張育ちの信孝に従う気にはなれない。信長や信忠の妻子、とりわけ帰蝶の処遇いかんによっては、明智に身方したほうがよいかもしれない。

いったんはそうおもったものの、玄蕃助は首を横にふった。眼裏《まなうら》に新五の顔が浮かんでいる。

戦死したという確証はなかったが、大軍にかこまれた信忠軍が応戦むなしく御所に火をかけたとなれば、新五ひとり、生きながらえたとはおもえない。

新五は信忠に殉じた。信忠は玄蕃助の主でもあった。自分が主を裏切って敵方につけば、彼岸の新五はどんな顔をしようか。

幼いころの新五は、少しでも合点がいかないとすぐにかみついてきた。まっすぐすぎる気性が、玄蕃助には少々煩《わずら》わしくもおもえたものだ。

よう喧嘩をしたものだ、あいつとは、性《しょう》が合わぬとおもっていた――。

それなのに今、無性《むしょう》に新五が愛おしい。

「教えてくれ、弟よ。おれはどうすればよい？」

声に出して問うてみた。

判断を誤れば、命運はたちどころに尽きてしまう。百戦錬磨《ひゃくせんれんま》の武将でも、往々にして判断を誤《あやま》る。右へつくか左へつくか。迷い、悩み、ようやく心を決め、その結果、悔やむことも多々ある。

玄蕃助はいまだ逡巡していた。

同日――日野城 二の丸

疲れ果てていたので、昨夜は死んだように眠った。このところつづいていた不眠も、安土城から日野の城までほぼ半日、歩き通した疲労には敵《かな》わなかったようである。

ただし、それも一夜だけ。この夜はまたもや寝つかれず、五徳は寝床を輾転《てんてん》としていた。蒸し暑くて寝苦しい。父や兄との思い出が次々に浮かんできて、気がつけば頬をぬらしている。

ざわめきが聞こえてきたのはそんなときだった。

敵軍か――。

いや、それなら触れがまわり、城内が大騒ぎになるはずだ。怪しい者が城内へ忍びこんだのだろう。それも五徳の寝所からさほどはなれていないところへ。

五徳は跳び起きた。

「何事じゃ。お亀、見て参れ」

控えの間に寝ているお亀に声をかける。戦乱の最中だ。いつ敵軍が攻めてくるか。女たちは手早く身仕度ができるよう備えている。

お亀も起きていたようで、すぐさま出ていった。

日野城の本丸は三方を堀にかこまれている。その東に二の丸、南には寺屋敷があって、南北には外堀も築かれていた。堀のない東方は曲輪《くるわ》が立ち並んでいる。

信長の妻子は忠三郎と冬姫夫婦の住まいである二の丸に匿われていた。二の丸には八幡《はちまん》神社があって、万が一、敵軍の攻撃をうけても脱出しやすい。闖入者《ちんにゅうしゃ》も神社の敷地から忍びこんだのか。

「姫さま早《はよ》うッ、早うおいでくださいまし」

お亀のうわずった声が聞こえた。と、息を切らせて敷居際に膝をつく。

「いったいなにがあったのじゃ」

五徳は眉をひそめた。

「それが……庭に潜んでおりましたのは……埴原左京亮さまにて……」

「左京亮さまッ」

五徳は目をみはった。

「あァ、ご無事じゃったか」

おもわず両手をにぎりあわせ、安堵の息をついている。

本能寺の変があったとき、左京亮は家康一行を案内して堺にいた。無事でいるにちがいない。そうはおもっても、安否がわかるまでは不安が消えなかった。

「なにゆえ、左京亮さまが……」

「むろん姫さまの御身を案じられて……安土におらぬと知ったときは生きた心地もせなんだそうにございます」

「わらわのために、ここまで、捜しにきてくださったのか」

いったとたん、五徳は胸をしめつけられるような痛みをおぼえた。

左京亮は自らの生《お》い立ちの秘密を知らない。五徳が異母妹であるとはおもわぬまま、恋に溺れていたのだ。事実を知ったら、どんなに動揺するか。

といって、かくしとおすことはできない。信長の勘気をこうむる心配はなくなったが、異母兄妹とわかった以上、夫婦にはなれないし、このまま逢瀬をつづけることもはばかられる。

事情を知らないお亀は、五徳の憂い顔に首をかしげた。

「どうなさいましたか。さ、ごいっしょにおいでくださいまし」

左京亮は土塁を乗り越えたところを番兵に見つかり、両手足を縛《しば》られて番小屋へ放りこまれたという。姓名を聞きだした番兵が、目下、城主の賢秀に問いあわせているところだとか。

安土城の留守居をしていた賢秀なら、埴原家のこともよく知っている。左京亮の顔も見知っているにちがいない。信長の妻子の安否を気にかけ、居ても立ってもいられずに忍びこんだとわかれば、疑いは晴れて縄《なわ》を解かれるはずである。

「姫さま……」

「わらわは、ゆかぬ」

「ゆかぬ、ですって？　埴原さまに逢いとうない、と仰せにございますか」

「逢いとうない、のではない。逢えぬのじゃ」

「なにゆえさような……あれほどお親しゅうされておられたではありませぬか。はるばる訪ねてくださいましたのに……」

「いうな。この話はこれで終《しま》いじゃ」

「……はい」

「あ、待てッ。母のところへいって話して参れ。左京亮さまのことは母上におまかせしたい、さようにわらわがいうていたと……」

五徳はお亀を追いたてた。

ひとりになるや、両手で顔をおおう。

落ち着こう落ち着こうと心にいい聞かせても、胸がざわめき、息が乱れて、頭に血が上ってくるのは止めようがなかった。

左京亮さま、お逢いしとうございます――。

着の身着のまま、裸足《はだし》で駆けてゆきたい。この手で縄を解き、抱きしめてやりたい。けれど顔を見たら、二度とはなれられそうになかった。安土城二の丸でくりかえされたあの熱い夜々《よよ》のように、善悪を考えるいともなく貪《むさぼ》りあってしまいそうだ。

善悪――。

五徳は、異母兄と契るのが悪行《あくぎょう》かどうかわからなかった。いや、たとえ悪行だとしても、そんなことはどうでもよいことのようにおもえる。もし、本能寺の変が起こらず、父、信長が今も生きていたとしたら……。

父がいたからこそ駆け落ちしようとおもった。父の目を盗んで逢瀬をつづけることも、父が忌諱《きい》するであろう関係にどっぷりつかることも、できたのだ。父がいない今は、かえって父を裏切ることができない。この世から消えた今のほうがその存在の大きさを感じるということは、やはり父は――信長は、神に、なったのだろうか。

許して、左京亮さま。わらわは父が恐ろしゅうございます。恐ろしゅうて、愛しゅうございます――。

五徳は床《とこ》に突っ伏していた。涙は涸《か》れている。

どれほど身を揉んで呻《うめ》いていたか。

いつしか帰蝶がかたわらによりそっていた。

天正十年六月十四日――日野　八幡神社

日野城へ移って早くも十二日目。

梅雨が明け、夏も盛り、うだるような暑さがつづいている。どちらも水辺にありながら、山の頂にあって広大な琵琶湖を見わたす安土城の天主と、川岸の平城《ひらじろ》の二の丸御殿では風の通りもちがうようで、日野城の日中の暑さはことのほかきびしい。

それでも稲荷山の神社へ詣でれば、鬱蒼《うっそう》と生い茂った木々のおかげで心地よい涼《りょう》が得られた。姦《かしま》しいはずの蟬《せみ》しぐれさえ、なぜか誦経《ずきょう》のごとくおもえて、ざわめく胸を鎮めてくれる。

「これでとりあえずは息をつける。敵兵に怯えて身を潜めることものうなろう。ありがたきことじゃ」

帰蝶は本殿で柏手《かしわで》を打った。

昨日、山崎《やまざき》で合戦があった。本能寺の異変を知らされた羽柴秀吉が、毛利方を欺《あざむ》いて和議を結び、急遽、とってかえして明智軍と一戦に及んだという。信長の三男の信孝や丹羽長秀、本来なら明智方の与力《よりき》であるはずの諸将までが寝返って羽柴軍に加勢したため、あっけなく勝敗がつき明智軍は総崩れ、光秀は敗走途上の小栗栖《おぐるす》にて農民の竹槍に突かれてあえない最期《さいご》を遂げたとか。帰蝶は今朝方、賢秀から知らされたばかりだ。

従兄《いとこ》の死にはなんら感慨をおぼえなかった。大恩ある信長を急襲した光秀の裏切りには歯ぎしりをして憤ったものだが、では怨み骨髄《こつずい》かといえば、そこまでの激情はわいてこない。といってむろん、憐れむ心もなかった。

光秀は老いを目前にしていた。落魄のまま死ぬはずのところが、千載一遇の好機がめぐってきた。おもいのままに戦いを挑み、少なくとも信長に一矢報いて死んでいったのだから、同情するにはあたらない。

「母上。われらはいつ安土へ帰れましょうや」

隣で両手を合わせていた五徳がたずねた。

帰蝶は思案する。

「安土にはまだ敵の軍勢がおるやもしれぬ。山崎で勝ったというても、亀山城も坂本城も無傷ゆえ……」

羽柴軍は勝ち戦の勢いを駆って、明智の居城を一気に攻めるはずだ。大将を失った城がそうそうもちこたえられるとはおもえなかったが……。

「安土城には左馬助《さまのすけ》さまがおられたと聞きました」

左馬助とは明智秀満《ひでみつ》、光秀の婿である。光秀の家族は帰蝶にとっても縁者なので、五徳も幼いころ、いっしょに遊んだことがあった。

「坂本へ退いたのではないか。最後には坂本で決戦と相なろう」

「めまぐるしゅうございますね。十日ほど前にはわれらが安土に籠城せんとしておりましたのに……。日向は憎き敵なれど、奥方さまや姫さま方のことをおもうと……」

「それが戦じゃ。皆、お覚悟はできておろう」

母娘は大樹の陰に身をよせる。遠巻きにつき従っていた侍女たちがすぐに床几《しょうぎ》を並べた。二の丸へもどるより涼しい木陰で語らうほうがよい。そんな気ままができるのも、敵軍の脅威《きょうい》が遠のいたればこそ。

「お竹。お鍋の文を」

床几へ腰をかけるや、帰蝶はお竹に目くばせをした。

お竹はふところから折りたたんだ文を取りだして五徳に手わたす。文をうけとり、一読した五徳は目頭《めがしら》をおさえた。

「ようございました。父上のご遺品が散逸《さんいつ》せずにすんで……」

「これも兄者が城を守っていてくれたおかげじゃ」

帰蝶は、本能寺の変の四日後、早くもお鍋に命じて岐阜の崇福寺へ書状を認めさせている。自分は表に出ないと決めていたため、お鍋に代筆させたものの、そもそも崇福寺は斎藤一族ゆかりの寺だった。かつてこの寺で親交を結んだ快川和尚は、武田との合戦にまきこまれて恵林寺で焼死している。それを知った帰蝶は、どんなに悲痛なおもいをしたか。この一件では、信長自身も後味のわるいおもいをしていたようだ。

信長の位牌所《いはいじょ》は崇福寺に――。

今や信長が生きながらえているという希《のぞ》みは皆無《かいむ》だった。それなら一刻も早く位牌所を……と、焦ったわけではない。

安土城は敵軍に占拠された。が、岐阜城は玄蕃助が守っている。この先、玄蕃助がどう動くにせよ、今なら遺品をもちだすことも可能だった。敵味方、いずれの武将が入城しても、その機会は失われてしまう。

〈わらわも崇福寺にて髪を下ろすつもりじゃ〉

〈お気持ちはお察しいたしますが、今、御台さまが動かれるは危のうございます。ここはわたくしにおまかせを。あちらの状況をたしかめ、玄蕃助さまともご相談いたしました上で、お越しいただく手筈をととのえまする〉

〈さればそなたにまかせよう。そうじゃ。左京亮に警護をさせよ〉

帰蝶から出生の秘密を聞かされた左京亮は、さすがに衝撃をうけ、困惑《こんわく》の体《てい》だった。が、ともあれ五徳の無事は確認している。おもえば織田家存亡のこのとき、私事にかまけている場合ではなかった。京へもどって信孝軍に身を投じるか、五徳の同母兄でもある信意のもとへ馳せ参じるか。各地の情勢に耳目をそばだてながらも心を決めかねている左京亮に、帰蝶のたのみは渡りに舟だった。そもそも玄蕃助は、五徳との一件でも二人の仲立ちをしている。

そんなわけで、お鍋は左京亮と数人の軍兵に警護されて岐阜へ旅立った。そのお鍋から最初の文がとどいた、というわけだ。

「母上も岐阜へゆかれるのでございますね」

「ゆくゆくはそうなるやもしれぬが……。わらわは上さまの菩提を弔《とむろ》うて余生をすごしたい」

嘘ではなかった。そうすべきだとおもっている。けれど――。

「わらわも岐阜へゆきとうございます。もとよりゆくつもりでおりました。岐阜から、できますれば京へ……」

京……と聞いて、帰蝶の胸はざわめいた。口にはできない。とりわけ今この騒ぎの最中に京を想うことは許されない。わかっていても、胸の昂ぶりはおさえられない。

文をお竹にかえして、五徳はため息をついた。岐阜には左京亮がいる。顔を合わせるのが怖くて心を決めかねているのだ。

山崎の合戦で明智軍が敗れたと聞いても、自分たちがこれからどうなるのか、五徳には見当もつかぬのだろう。それは帰蝶もおなじだ。信長という巨星が墜《お》ちただけでなく、織田家の家督を継いだ信忠までが討ち死にしてしまった。この先、信意や信孝が織田家の当主として諸将を束ねてゆけるのかどうか、正直なところ心もとない。

「しばらくはここで、共々に、世の趨勢を見守りましょう。いずこへ身を落ち着けるかは、戦が終わってからのことじゃ」

「終わりましょうか、戦は……」

明智軍が壊滅《かいめつ》していったんは戦火が途絶えても、またどこかで戦がはじまる。五徳はそのことをいいたいらしい。

五徳も、むろん帰蝶も、生まれてこのかた、戦の噂を聞かぬ日はなかった。戦に次ぐ戦のなかで生まれ育っている。

帰蝶はひと月前の、安土城の華やぎをおもいだしていた。あのときは武田との合戦から凱旋したばかりで、絢爛豪華な天主から人々の喧噪《けんそう》をながめ、二度と戦などないものと錯覚した。ところがあの日、光秀が信長から折檻された。斎藤内蔵助の切腹がいいわたされ、光秀には毛利攻めへの援軍が命じられて……。

わずかひと月――ひと月ですべてがひっくりかえった。

明日、なにが起こるか――。

帰蝶は安土城のある北西の空に目をやる。夏空に一瞬、紅蓮《ぐれん》の炎が噴《ふ》きあがったように見えた。幻《まぼろし》かもしれない。

首を横にふって、床几から腰をあげた。

「なにか知らせがとどいておるやもしれぬ。御殿へもどりましょう。徳姫……」

「はい」

五徳も立ちあがった。

母娘をかこむように、侍女たちもあとへつづく。

遠ざかっていた蟬しぐれが堰《せき》を切ったようにあふれだした。諸行無常《しょぎょうむじょう》をなきたてて、日野の城をつつみこむ。

一行が二の丸御殿へ帰り着く前に、本丸から急報を伝える使者が駆けてきた。

それは、安土城が焼け落ちた――との知らせだった。

阿弥陀寺《あみだじ》にて

慶長十三年(一六〇八)六月二日――京　阿弥陀寺

雨あがりの庭は、まさに滴《したた》らんばかりの緑でうめつくされていた。圧倒されるほどの命の饗宴《きようえん》に息苦しくなって、帰蝶《きちよう》はおもわず胸に手をあてる。

それにしても、なぜ、年に一度のこの日にかぎって十も二十も若がえった気がするのか。ふしぎなことに足腰にも力がみなぎって、背筋まで伸びている。

蟬時雨《せみしぐれ》の姦《かしま》しいこの日、帰蝶は、禁裏《きんり》の北東、寺町《てらまち》通り沿いにある阿弥陀寺《あみだじ》へきていた。

墓参の前に本堂の左手の座敷で一服《いつぷく》ふるまわれたところだ。相伴《しようばん》をしたのは、八十をすぎてもかくしゃくとした隆佐《りゆうさ》こと立入宗継《たてりむねつぐ》。商人《あきんど》より武士といったほうが似合う体つきは昔のままでも、炯々《けいけい》としたまなざしはやわらいで、希《のぞ》むもののすべてを手にした者だけが身につけることのできる飄然《ひようぜん》とした風趣を、薄物《うすもの》の道服《どうぶく》の上からまとっていた。

「そろそろ墓参に……」

帰蝶は腰を浮かせようとした。

宗継は座ったまま、ほれぼれと帰蝶を見あげる。

「はじめて逢《お》うた日をおもいだしますなァ。目ェがきらきらして、頰《ほお》が紅《あこ》うなって、まるで好いたお人に逢《あ》いにゆくみたいどす。勝負できひん相手とわかってまっけど、妬《や》ける妬ける」

宗継が冗談めかしていうのは毎年の恒例《こうれい》で、聞きながそうとおもいながら、帰蝶もつい噴《ふ》きだしていた。

「妬いたり妬かれたりする年齢《とし》とちがいます。いったい、いくつとおもうてるのか」

「年齢なんかどうでもええがな。尼御前《あまごぜ》さまは、わての阿弥陀如来《にょらい》どっさかい」

落飾後《らくしょくご》の帰蝶は、郷里の岐阜城《ぎふじょう》――生まれ育ったなつかしい稲葉山城《いなばやまじょう》――のある金華山《きんかざん》にちなんだ法名、養華院《ようかいん》を授かったが、皆からは尼御前と呼ばれている。

「そんなもったいないことゆうたら、阿弥陀さまがご機嫌そこねます。まァ、これだけ長生きさせてもろて、もうどうなってもかましまへんけど……」

人生の半分とはいわないが、それに近い歳月《さいげつ》を帰蝶は京《きょう》ですごしてきた。都人《みやこびと》といれば都人らしくふるまえる。

「それにしても、もう二十七回忌とは……月日のたつのは早いもんや」

「へえ。昨日のことのようにおもいだしますなァ。人馬が駆けまわり、すさまじい怒声がとびかい、火の手まであがって、もう、だれがどっちの身方《みかた》やらわからんようになってもうて……」

「いまだに現《うつつ》のこととはおもわれへんわ。知らせを聞いたときのおどろきいうたら……」

「今さら悔《く》やんでもどうもならしまへんけど、新五《しんご》はんのことだけはまだあきらめきれまへん」

「ほんまやわ。信忠《あのこ》のことも……」

おなじことをおもいだし、おなじように嘆息《たんそく》する。これも、二十六年間くりかえしていた。まるで、こうして語り合うために、清洲《きよす》城下《じようか》ではじめて出逢ってから本能寺の変が起こるまでの長い歳月、気長に親交を温《あたた》めてきた、とでもいうように——。

信長《のぶなが》の死後、帰蝶は五徳《ごとく》共々、次男信雄《のぶかつ》（幼名は茶筅丸《ちやせんまる》、当時の名は信意《のぶおき》）の庇護《ひご》のもとにあったが、清洲会議で信忠《のぶただ》の忘れ形見の三法師《さんぼうし》が織田家の後継者と定まり、三男の信孝《のぶたか》（幼名は三七丸《さんしちまる》、神戸《かんべ》氏）が後見となったのを見とどけて落飾、立入宗継の口利《き》きで堺《さかい》の豪商のもとへ身をよせ、しばらく隠棲《いんせい》した。

が、信長の目を盗んで育んできた互いへの想いは、いまだ消えてはいなかった。

帰蝶は、意を決して上京した。

といっても出家の身、しかも老年にさしかかった二人である。南蛮《なんばん》や唐天竺《からてんじく》へゆくのはむろん夢として、禁裏の近くにある宗継の屋敷でいっしょに暮らすこともしなかった。宗継が用意した西堀川馬屋町《にしほりかわうまやまち》の屋敷の一隅《いちぐう》に庵《いおり》をむすび、三日にあげず訪ねてくる宗継と茶を点《た》て、花を生《い》け、昔話をしてすごしている。信長と生きた怒濤《どとう》の前半生とは正反対の、少々退屈だが平穏《へいおん》で心安らぐ日々を送っていた。

「ほれ、そろそろいかんと、安土《あづち》どのに先を越されますがな」

「いいえ。ひかえめなお人やもの。そうや。せっかくここまできたんやし、いっしょにお参りを……」

「いや、やめときまひょ。よけいなもんがくっついとったら、上《うえ》さま、怒って出てきはるかもしれんさかい」

「古女房がだれといたかて、気にせえしまへん」

笑いながら、帰蝶は今度こそ腰をあげた。

毎年、六月二日は信長の墓参をする。年忌《ねんき》だけは欠かさない。とりわけ今年は二十七回忌なので、大徳寺《だいとくじ》の塔頭《たっちゅう》、信長の墓所のある総見院《そうけんいん》でも盛大な法要がとりおこなわれることになっていた。

総見院は豊臣秀吉《とよとみひでよし》が墓所を建立《こんりゅう》、一周忌の法要を営《いとな》んだ寺である。帰蝶は総見院ではなく、美濃《みの》の斎藤家に縁《ゆかり》のある妙心寺《みょうしんじ》で一周忌の法要をとりおこなった。が、総見院はもとより、豊臣から徳川へ、世の移り変わりと共に威勢を増してきた妙心寺へもゆくつもりはなかった。むろん、信孝が建てた墓のある寺へもいかない。

信長は阿弥陀寺の清玉上人《せいぎょくしょうにん》に帰依《きえ》していた。上人は織田家で育てられ、信長にとっては兄弟同然である。洛中《らくちゅう》の蓮台野《れんだいの》に二万四千坪もの寺領を有し、正親町《おおぎまち》天皇をはじめ公家《くげ》衆も続々と帰依する名刹《めいさつ》だった。

異変の際、清玉上人はいち早く本能寺へ駆けつけた。信長はすでに自害していたが、遺言《ゆいごん》どおり、焼かれた信長の遺骨《いこつ》を持ち帰って埋《う》めたと帰蝶は聞いている。秀吉は阿弥陀寺で法要を営もうとした。が、秀吉の野心《こころよ》を快くおもわなかった上人に断られた。やむなく大徳寺内に総見院を建立して信長の墓所としたものの、このときの恨《うら》みは終生、消えなかったようだ。

三年後に上人が死去するや、秀吉はさまざまな嫌《いや》がらせをした。さらに翌年、聚《じゅ》楽第《らくてい》の築城と相前後して寺町の造成がはじまったときは、これを理由に寺領を八分の一に縮小したあげく、蓮台野から寺町通り沿いの今の場所に移転させた。

阿弥陀寺は信長に殉《じゅん》じたようなものだ。とはいえ、大がかりな法要も営まれず、参詣者《さんけいしゃ》も少ない阿弥陀寺は、帰蝶にとっては好都合だった。人目を気にせず墓参ができる。年忌にはここで、今は興雲院《きょううんいん》となった安土どの、すなわちお鍋《なべ》と、年に一度の再会を約束している。

「ほなあとで」

「へえ。わてはその間に近所で用足しを」

「転《ころ》ばんよう、気ぃつけて」

「佐兵衛《さへえ》がおるさかい、心配はいらん」

「佐兵衛ももう高齢《とし》やわ」

　佐兵衛は遠い昔、織田家の家来だった。帰蝶に命を救われ、立入家に身をよせた。今も健在で、宗継の下僕《げぼく》として働いている。京で暮らすようになった帰蝶は、再会したとき佐兵衛に気づかなかった。織田家の家来だったころとはずいぶん風貌《ふうぼう》もいでたちも変わっていたからだ。けれど、よくよく見れば、あの佐兵衛だった。無事をよろこびあったのはいうまでもない。

　帰蝶は本堂から境内《けいだい》へ出た。身のまわりの世話をする女中が二人、香華《こうげ》や閼伽桶《あかおけ》を手にあとへつづく。

　境内には真夏の陽光があふれていた。

　二十七回忌——。

　陽射《ひざ》しのせいだけではない。時の流れの早さに眩暈《めまい》をおぼえ、帰蝶の足は一瞬もつれた。

　信長の墓は寺の奥まった一画《いっかく》にある。大徳寺内の総見院に建立された五輪塔《ごりんのとう》の墓とちがって、長方形の墓石に笠石《かさいし》をのせただけの素朴《そぼく》なものだ。かたわらには信忠の墓や、本能寺の変で落命した織田家の家臣たちの遺骨や遺灰を合祀《ごうし》した墓も並んでいる。

「おや、おどろいた」

墓石が見えたところで帰蝶は目をみはった。

早々と香華がたむけられている。

「安土の御方さまにございましょう」

「安土の御方さまやったら、尼御前さまより先に詣《もう》でたりせえしまへん」

「ええ。早《はよ》ういらしたら、ここで待っておられますね」

二人はけげんな顔であたりを見まわしている。

お鍋は信長の死後も世の荒波に翻弄《ほんろう》された。本能寺の変のあとは岐阜の崇福寺《そうふくじ》で信長の菩提《ぼだい》を弔《とむら》い、いったんは郷里へ帰ったものの、秀吉に招かれて豊臣家に仕《つか》えた。今は、関ヶ原合戦《せきがはらかっせん》で西軍に与《くみ》したために浪人《ろうにん》となった息子と、京で暮らしている。

おなじ京住まいである。会おうとおもえばいつでも会えるのに、帰蝶とお鍋は行き来もせず、文《ふみ》のやりとりもせず、年に一度、阿弥陀寺の墓所で会って近況報告をするだけのつきあいだった。

〈七夕《たなばた》みたいどすなァ〉

宗継にはふしぎそうな顔をされるが、信長という架け橋を失った二人には距離をおいたつきあいこそふさわしいと、帰蝶はおもっている。

これだけ長い歳月がたっても、お鍋は帰蝶を「上さまの正室」として崇《あが》めていた。そのお鍋が帰蝶をさしおいて香華をたむけるなど、断じてありえない。

「急用でもできて、先に参拝しはったんやおまへんか」

「知らせがいきちがいになったとか」

女たちはまだあれこれ詮索《せんさく》していたが、帰蝶は別のことを考えていた。お鍋はいつもひかえめな白い花を供《そな》える。墓前にあるのは供花《くげ》らしからぬ色とりどりの花々、しかも名もなき野の花ばかり。これを供えた者は、信長になにか特別な想いでもあるのだろうか。

墓石に歩みよった。

花か線香《せんこう》か、ふうわりとやさしい匂《にお》いが鼻をくすぐる。線香が燃え尽きていないところをみると、香華の主はまだ寺の境内にいるかもしれない。

邪念《じゃねん》を頭から追いだして、帰蝶は合掌《がっしょう》した。

上さま。早《はよ》うございますね。もう二十六年もたってしまいました。あのころ争っていた者たち……勝った者負けた者、裏切った者裏切られた者、天下をとった者もとりそこねた者も、ほとんどがもうこの世にはおりませぬ。上さまは彼岸《ひがん》から下界をながめて、なにをおもうておられましょうや――。

信長の墓石と対峙《たいじ》するたびに、帰蝶は感慨《かんがい》にとらわれる。

あれから世の中はめまぐるしく変遷した。秀吉が関白《かんぱく》になり、大坂城《おおさかじょう》につづいて聚楽第ができ、小田原《おだわら》合戦があり、朝鮮へ出兵し、伏見城《ふしみじょう》が築かれ、一度は関白職をゆずられた秀次《ひでつぐ》が自刃《じじん》に追いこまれ、太閤《たいこう》にまで昇りつめて天下をきわめた秀吉が死去《しきょ》し、関ヶ原の合戦があり、東軍が勝利して江戸幕府が開かれた。

そのたびに信長の墓に報告をしてきたが、帰蝶が知らせなくても、信長はとうに知っていたにちがいない。薄いくちびるの片端をもちあげ、皮肉な嗤《わら》いを浮かべているか。刃物のような眼光で興味津々《きょうみしんしん》、食い入るように下界を見下ろしているか。

わらわにはなにひとつ、昔のようにおもしろいとおもうものがありませぬ――。

先におかれていた花々の横に白百合《しらゆり》の花束《はなたば》をおき、帰蝶はとなりの信忠の墓にもひと抱《かか》えの白百合を供える。これほど長い年月を経ていても、わが子の墓前でしゃがみこめば自《おの》ずと涙がこみあげた。腹こそ痛めなかったが愛《いと》しんで育てた。美濃《みの》衆の期待を一身に背負っていた若者の死が惜《お》しまれてならない。

あふれる涙をぬぐい、本能寺の変で戦死した百余名が合祀されている墓に歩みよる。弟、新五に話しかけようとしたとき、女中の声がした。

「安土の御方さまがいらっしゃいました」

帰蝶は立ちあがり、懐紙《かいし》で今一度、ていねいに涙の跡を拭《ふ》いた。

「御台《みだい》さま。お久しゅうございます」

お鍋が杖《つえ》をたよりに、不自然に体をかしげながら近づいてくる。うしろに従えているのは、三十半ばになるお鍋の息子、長丸《ちょうまる》こと信吉《のぶよし》である。十歳で父の信長を失い、兄弟姉妹がちりぢりになるまで、信吉は帰蝶を母と呼んでいた。

「養母上《ははうえ》、お元気そうで安心いたしました。生母《はは》は膝《ひざ》が痛いの肩が凝《こ》るのと……」

「よけいなことを申すでない」

お鍋ににらまれる。お鍋は一年会わぬうちに、三年も四年も歳《とし》をとったように見えた。帰蝶より十四、五歳若いとはだれも信じないだろう。

「わらわも足腰が弱《よお》うなりました。近ごろは朝、起きるのも辛《つろ》うて……。ほんに、いつまでこうして墓参ができるか」

「御台さまは昔のままにございますよ。立入どのは、唐天竺の不老不死の妙薬でもおもちなのでしょう」

「さような妙薬、もしあっても呑《の》むものですか。おもしろいとおもうことがのうってまで、なんの長生きなど……」

「それは御台さまが悩みなきゆえ、お幸せゆえにございます」

お鍋は軽く会釈《えしゃく》をして、信長の墓へ歩みよった。香華をたむけ、膝を折るのが辛《つら》いのか、立ったまま息子に支えられて合掌する。

お鍋は、帰蝶とはちがう信長を見ているのだろう。頭《こうべ》をたれて長々と墓石に話しかけている女のわずかに湾曲した背中を見つめて、帰蝶は小さな吐息《といき》をもらした。

お鍋はおそらく、胸のうちでは、豪商の庇護《ひご》をうけて安穏《あんのん》と暮らしている帰蝶をうらやみ、同時に非難めいたものも感じているにちがいない。それがあたりまえだ。

本能寺の変からどれくらいたったころか。信忠の死去により織田家の財産分与を託された信雄が、分限帳《ぶんげんちょう》をつくった。同母妹の五徳（岡崎殿《おかざきどの》）は七百貫文《かんもん》、お鍋（安土殿）は六百貫文、信雄の妻女の千代御前《ちよごぜん》（御内様《おうち》）は五百貫文、その他、祖母の土田《どた》御前（大方殿《おおかたどの》）が六百四十貫文、信長の側室のお亀《かめ》やお竹《たけ》が二百貫文あまりというなかで、帰蝶（御局《おつぼね》）は千貫文を分与された。もちろん、信長の正室であり、信雄にとっては養母である。当然といえば当然だが、それまで何年も表に出ることがなく、下々《しもじも》からは生きているのか死んでいるのかとまで噂《うわさ》された帰蝶だったから、意外におもった者もいたはずだ。

本来なら、分与された財産で信長を供養《くよう》するための廟《びょう》でも建てるか、織田家や美濃衆のために役立てるか。帰蝶はそのどちらもしなかった。そっくり宗継にあずけて堺で隠棲、その後は京へ出て気ままな暮らしをはじめた。豪商とはいえ、宗継は帰蝶より年長である。老いてのち信長の縁者《えんじゃ》、継子《けいし》にも旧臣にもたよらぬつもりなら、分与金はもっていたほうがよい。

お鍋には、そんな帰蝶が身勝手にみえるにちがいない。

先夫を失い、人質になった子らの命を救うために信長にすがった。信長を失い、子らの行く末をおもうあまり秀吉をたよった。今は浪人となった子とともに、秀吉の後室の高台院《こうだいいん》と大坂城の秀頼《ひでより》からわずかな扶持《ふち》をもらって生きている。女であり母であることがすべてのお鍋が、崇敬《すうけい》の念を抱きつつも帰蝶に対してこだわりをもつのはいたしかたないことだ。

わらわはマムシの娘じゃもの――。

帰蝶はお鍋の背中を見つめていた目を、晴れわたった空へむける。

寺男《てらおとこ》が気を利《き》かせて床几《しょうぎ》をはこんできた。この寺の上人は、座敷へ招いても二人がにこやかに、けれどきっぱり辞退するとわかっているのだ。

墓参を終えた帰蝶とお鍋は、木陰《こかげ》にしつらえられた床几に並んで座り、しばし歓談をした。

「お振《ふり》どのは息災《そくさい》ですか」

帰蝶はいちばんの気がかりをたずねる。

お振はお鍋と信長のあいだにできた唯一《ゆいいつ》の女児だ。本能寺の変のときはまだ幼女だったので母娘として語らう機会もないまま別れてしまったが、帰蝶にとっても大切なわが子の一人としていつも心にかけていた。

「おかげさまで息災にしております。あの娘も今では一男二女の母になりました。子供たちにかこまれて、にぎやかにすごしておりましょう」

「またお子が生まれたのですね。それはよかったこと」

安土城では子供たちも天主《てんしゆ》で暮らしていたから、二六時中、泣き声やはしゃぎ声が絶えなかった。気むずかしい信長が、どういうわけか子供の声には眉《まゆ》をひそめなかった。ふっくらとした頰《ほお》を上気させ、やわらかな指で帰蝶の顔の消えかけた痘痕《あばた》をなでまわしてはきゃっきゃっと笑っていた幼女……。あの幼女が今や三児の母とは、自分も歳をとるわけだと帰蝶は嘆息する。

お振は三河刈谷《みかわかりや》城主の次男、水野忠胤《みずのただたね》に嫁《とつ》いだ。信長が生きていれば、名だたる武将の嫡男《ちやくなん》か、公卿《くぎよう》のなかでもとびきり名門の貴公子と夫婦《めおと》になっていたにちがいない。それでも、秀吉の側室にさせられた姉や、関ヶ原合戦で夫が西軍についたために辛酸《しんさん》をなめている姉がいることをおもえば、まずまずの幸運を手にしたといえるだろう。

しばらくは共通の知人の消息など報告しあったものの、異なる世界に生きる二人はすぐに話が尽きてしまった。

「あと何回……いえ、来年もこうして墓参ができればよいのですが……」

話が途切れるや、お鍋は心もとない顔になる。

「それはわらわがいうことじゃ。来年、ここにいなければ、お鍋どの、どうかわらわの分もお参りしてください」

「いいえ。わたくしはこのとおりの体にございます。わたくしのほうこそ……」

「のう、お鍋どの。今、おもいだしたのですが……」

帰蝶は信長の墓石に目をむけた。

「今日は二十七回忌。死んだ者は、年忌を経るごとに神に近づいてゆくと聞いたことがあります。三十三回忌は神になったことを寿《ことほ》ぐ法要であるとも……。上さまは神になると仰《おお》せじゃった。お鍋どの。われらも三十三回忌までなんとしても生きながらえて、上さまが神になられるところを見とどけましょうぞ」

お鍋は目をしばたたいた。ややあって、大きくうなずく。

「さようにございますね。ぜひともごいっしょに」

「では、互いに体を厭《いと》うて来年も必ず」

「はい。六月二日にお目にかかれますのを心待ちに」

二人は腰をあげた。

お鍋は信吉に介添《かいぞ》えされて帰ってゆく。

帰蝶は百余人の遺骨がおさめられているという墓に参拝した。

新五、そなたはわらわと信忠のために、最期《さいご》まで忠義を尽くしてくれました。何度でも礼をいいます。そなたのまっすぐな心、明るいまなざしに、どれほど救われたか――。

兄の玄蕃助《げんばのすけ》と弟の新五……風貌も性格も正反対ながら、心の奥では信頼しあい愛しみあっていた二人だった。兄弟が殺しあうことさえめずらしくない乱世では稀有《けう》なことだ。

玄蕃助は新五の死後も生きのびた。いっときは岐阜城の城主となった信孝に仕えたものの、信孝が秀吉との戦《いくさ》に敗《ま》けて自刃《じじん》するのを待たずに隠遁《いんとん》、数年前に人知れず世を去っている。今ごろは彼岸で、弟と酒を酌《く》みかわしつつ談笑しているにちがいない。

帰蝶は墓参を終え、本堂へもどろうとした。

と、そのときだ。行く手に男の姿が浮かびあがった。忽然《こつぜん》と浮かびあがったように見えたがそんなはずはないから、左手の木立《こだち》の陰からまわりこんできたのだろう。

どこかで見たような――。

帰蝶はあッとおどろきの声をもらして棒立ちになった。

歳のころは五十代の半ばか。禿頭《とくとう》に袈裟姿《けさすがた》は僧侶のようだ。が、目鼻のととのった色白の顔は、直衣《のうし》を着せて烏帽子《えぼし》をかぶせればまさに公卿。しかもその顔は、よく見ればどことなく晩年の信長にも似ている。

「そなたは……左京亮《さきょうのすけ》」

「無沙汰《ぶさた》をお許しください。最後にお目もじいたしましたのは、御台さまが日野《ひの》城《じょう》の蒲生《がもう》家に御身《おんみ》をよせておられたときゆえ……」

「二十六年前じゃ」

明智光秀《あけちみつひで》謀叛《むほん》の知らせをうけた帰蝶は、親族一同をひきつれ、安土城から日野城へ逃げた。埴原《はいばら》左京亮も五徳の身を案じて駆けつけた。帰蝶は左京亮に出生の秘密を教え、引導《いんどう》をわたさざるを得なかった。駆け落ちまでもくろんでいた二人が異母兄妹だったと知らされて、左京亮は魂《たましい》をぬかれたような顔をしていたものだ。お鍋を警護して岐阜へ行った後に姿を消し、以来、行方《ゆくえ》知れずになっていた。今になってあらわれるとは、いったいなにがあったのか。

「亡霊《ぼうれい》を見たようなお顔にございます」

左京亮が柔和《にゅうわ》な微笑を浮かべたので、帰蝶は目を泳がせた。

「あたりまえじゃ。なにゆえ、わらわがここにいることを知っているのですか。これまで、どこにおったのじゃ」

「徳姫《とくひめ》さまのおそばに」

「なんとッ」

絶句するしかなかった。二人は失望のうちにも事の重大さを理解して、縁を断ち切る決意をしたはずだ。二度と逢うことはないとおもっていた。

左京亮は説明をくわえる。

「徳姫さまは紆余曲折《うよきよくせつ》ののち、ご生母のご実家の生駒《いこま》家に身をよせられました」

そのことはむろん、帰蝶も知っている。

五徳は日野城から清洲城へ移り、帰蝶が堺へいってしまったあとも同母兄の信雄の庇護をうけていた。信雄は小牧《こまき》・長久手《ながくて》合戦で家康《いえやす》方につき、秀吉と戦いはしたものの、和睦《わぼく》後に百万石の清洲城主になっていたからだ。ところが、そのあとの小田原合戦の際、所領について不服を述べたために秀吉の逆鱗《げきりん》にふれ、下野国烏山《しもつけのくにからすやま》城《じょう》へ転封《てんぽう》されてしまった。

五徳は烏山城へはゆかず、母方の伯父《おじ》である生駒家長《いえなが》のもとへ身をよせた。このとき随従《ずいじゅう》したのが埴原加賀守常安《かがのかみつねやす》――左京亮の父親――で、生駒家の本拠《ほんきょ》、小折《こおり》城内《じょうない》に屋敷をもらい、五徳付きの家臣として仕えた。

「父は……わが養父は、本能寺の変のあと、徳姫さまと共に清洲城へゆき、信雄さまにお仕えしました。それがしは両親に難が及ぶのを恐れて縁を切り、浪人となって諸国を経《へ》めぐっておりました。後継ぎのいなくなった埴原家では、織田家の重臣、養子に迎えていた平手政秀《ひらでまさひで》さまのご子息、寿安《ひさやす》に家督《かとく》を継がせました。寿安は信雄さまが転封となったのち太閤秀吉さまに仕え、今も大坂の秀頼さまのもとにてご奉公しております」

つまり、清洲城を立ち退《の》く際、埴原寿安が秀吉に従い、隠居の常安が五徳を守って生駒家へおもむいた、ということになる。

「養父は十年前、生駒家の埴原屋敷にて身罷《みまか》りました。すでに高齢でしたゆえ……」

養父が老衰《ろうすい》しているとの噂を耳にした左京亮は、生あるうちにひと目会って、血のつながらぬ自分を息子として育ててくれた礼と、自分の不始末から心配をかけた詫《わ》びをいいたいと生駒家を訪ねた。母や五徳とも再会して、そこで、生涯、五徳に仕える決心をしたという。ただしその前に為《な》さねばならぬことがあった。左京亮は出家し、養父の代わりに新たな一歩を踏みだしたのである。

帰蝶はしばらく声も出なかった。が、ようやく口にした言葉はやさしく、叡智《えいち》に富んでいた。もし今、自分が宗継と共に生きていなかったら、決してそんなふうにはいえなかっただろう。

「そなたと徳姫は、新たな縁《えにし》を結んだのですね。わらわと立入どののように、心と心が通いあう朋輩《ほうばい》として……」

左京亮はくちびるをひきむすび、感慨をこめてうなずいた。

「そなたに守られ、心おだやかに暮らしていると聞いて、こんなにうれしいことはありませぬ。あの娘《こ》は十分に苦しんだ。どうか、これからもそばにいてやってください」

「むろんにござります。この命がつづくかぎり。姫さまも、今のごとき二人なら、お父上に許していただけるのではないかと仰せでした」

二十七回忌にあたり左京亮に代参をたのんだのは五徳だった。どうしても野の花々を墓前に供えてほしいというので、左京亮は山ほど花を摘《つ》み、水をみたした瓶《かめ》に入れたままはこんできたという。

「大半は道中、枯《か》れてしまいました。が、あのように、生きのこったものも……」

左京亮の視線を追いかけて、帰蝶も墓前の花を見た。

「徳姫らしい、たくましい花、ですね」

踏まれても枯れなかった。摘まれてもなお生きのびた。長旅に耐え、自分の意志を貫《つらぬ》きとおした花である。帰蝶が、徳姫に会いたいものじゃ、とつぶやくと、左京亮は目をかがやかせた。

「実は、こたびはそのこともご相談しようとおもうて参りました。姫さまは京で余生をすごしたいと仰せにござります。できますれば、母上さまのお近くで」

おもいもよらぬ話だった。が、うれしいおどろきでもあった。

五徳は、老母を放ってはおけぬ、自《みずか》らの手で最期《さいご》を看取《みと》りたいとおもっているのだろう。それに京は、五徳と左京亮が出逢った思い出の地でもある。徳川家から出もどった傷心の五徳は、立入宗継の屋敷に滞在して京を満喫《まんきつ》、左京亮とめぐりあって生きる気力をとりもどした。

「いかがにござりましょうや」

「いかがもなにも……ねごうてもないことじゃ。馬屋町の屋敷は広い。老尼《ろうあま》には庵がひとつあれば十分ゆえ、いつでも二人で移っておいでなされ」

「そのお言葉をお伝えいたせば、姫さまもさぞやおよろこびになられましょう」

「ぜひとも早《はよ》う参るように、と伝えてください。ぐずぐずしていると、いつ、わらわにお呼びがくるかしれませんよ。そうじゃ、立入どのにも知らせて……」

「それなれば、そこで佐兵衛にばったり会いました。立入どのはもうおもどりだそうにござります」

笑顔でうなずこうとして、帰蝶はおやと首をかしげた。あまりに当然の顔で佐兵衛の名が出てきたのが気にかかったのである。

「そなたは佐兵衛と顔見知りなのですか」

「顔見知りもなにも……昔はしょっちゅう会《お》うておりました。といってもむこうは傀儡子《くぐつ》だったり山伏《やまぶし》だったり、ほんのひとことふたこと、言葉をかわすだけのこともありましたが……」

「山伏……」

「御台さまもご承知かとおもいますが、当時の佐兵衛は立入どのの手足、いや、耳目《じもく》にござりました。姫さまは玄蕃助さまをたよりきっておられましたし、それがしは徳川内府《とくがわないふ》さまに随行《ずいこう》して京や堺に滞在中でしたから、これまた立入どのの手のひらの上におるようなもの……そもそも立入どのと玄蕃助さまは旧知の仲にござりますれば……」

遠い昔、信長と帰蝶を結びつけたのも、立入宗継と斎藤家の玄蕃助、織田家の旧臣の三人だった。

左京亮はつづける。

「姫さまやそれがしだけではありませぬ。佐兵衛は堺におられた松井夕閑《まついゆうかん》さまや京の夕庵《せきあん》さまのもとへも出入りしておりました。そうそう、上さまの逆鱗《げきりん》にふれて首の皮一枚となった斎藤内蔵助《くらのすけ》が助命され丹波《たんば》へ帰る際も、立入どのがなにくれとのう世話をしてやったそうで……」

またもや忘れかけていた名前が出てきたので、帰蝶は眉間《みけん》にしわをよせた。

「内蔵助は明智《あけち》十兵衛尉《じゅうべえのじょう》の家臣。そういえば、内蔵助の助命には立入どのにもひと役買《こ》うてもらいました。もとより立入どのと十兵衛尉は、共に都からのお使者として岐阜城《ぎふじょう》へ……」

ざわざわと肌が粟立《あわだ》つ。帰蝶はわれ知らず胸に手をあてていた。

左京亮はそんな帰蝶には気づかず、昔をなつかしむ目になる。

「あのころの立入どのはなにもかも承知の上で……そう、ご自分は水面下で動かず姿も見せず、そのくせ泳ぎまわる魚の群れをたのしげにながめておられた。あの、だれとでもよしみを通じるお顔の広さは、まさに都の商人なればこそ」

「魚の群れ……さようでしたね」

帰蝶の眼裏《まなうら》には、岐阜城の御館《おやかた》に信長が設《しつら》えた池が浮かんでいた。あの池に主《あるじ》のごとく陣どっていた黄金《こがね》の大鯉《おおごい》は、もしかしたら信長ではなく、立入宗継だったのかもしれない。

「上さまから上洛《じょうらく》なさるとうかごうたとき……」帰蝶の声は上ずっている。「わらわはすぐさま立入どのに知らせました。立入どのは……おそらく丹波に……」

それ以上はつづけられなかった。

そう。大いにありうる。帰蝶の知らせに、宗継は好機到来と小躍《こおど》りしたのではなかったか。むろん明智勢が京へ攻めよせるとはおもいもしなかったろう。が、あのときの明智光秀なら、本能寺へ刺客《しかく》を送りこむくらいわけもなかった。

大っぴらにけしかけはしなかったかもしれないが、万に一つ、異変が起こることもありうると、宗継なら見越していたはずだ。そうなってもよい、と考えた。

なぜか。

その答えは、帰蝶がだれよりもよく知っている。

清洲城ではじめて出逢ったとき、宗継はいった。武将とちがって商人は、名誉や義理や大義とは無縁だ……と。有益な者は大いにもりたてるが、見切りをつけるのも早い……とも。

何年かに一度、帰蝶は宗継に逢い、そのたびに信長を見る目の変化を感じてきた。表面は如才《じょさい》ないが、目の色は毎度ちがっていた。清洲城で、岐阜城で、安土城で……。

あれは、うつ、うつぎが斬殺《ざんさつ》されたときだ。非難もせず、悲嘆《ひたん》にくれる姿も見せなかったが、胸のうちはどうだったか。宗継にとって、うつぎは単なる片腕というだけでなく愛娘《まなむすめ》も同然だった。もしかしたらあのとき、信長を完全に見限ったのかもしれない。

今や左京亮も、帰蝶のいわんとすることに気づきはじめたようだった。だからといって、宗継を責める気はないらしい。なぜなら、宗継がもし火付け役だったとしたら、宗継だけではない、帰蝶も五徳も、左京亮自身でさえも、織田家に禍《わざわい》をもたらした一人として責めを負わねばならないからだ。

「立入どのは……たしかに、あのまま上さまが神をも恐れず、天皇家をないがしろにするようでは、世の秩序が乱れると危《あや》ぶんでおられたはずにござります。暦《こよみ》のこともありましたし……だれかに強う諫《いさ》めてもらわねばならぬとおもわれたのではありませぬか。それでその役を、明智日向守《ひゅうがのかみ》に託そうとして……」

左京亮は立入にかわって弁明をしかけたが、帰蝶はただうなずいただけだった。

どんな理由があったにせよ、ひとつ、確実なことがある。

宗継は、信長に、興味を失った。はじめて出逢ったとき、「夫は非凡、織田家はおもしろい」と目をかがやかせていった帰蝶の心が、長い歳月を経るうちに夫から離れてしまったように……。

「参りましょう。立入どのが待ちかねておられますぞ」

左京亮にうながされても、帰蝶はその場を動けなかった。

今、見えてきたもの——その意味の重さに打ちのめされている。真実を知った驚愕《きょうがく》だけではない。では禍の種を撒《ま》きながらこれまで知らん顔をしていた宗継への怒《いか》りかといえば、それも多少はあるにせよ、そのせいでもなかった。なぜなら、宗継の正体はとうにわかっていたのだから。わかっていながら、あんなにも長い年月、心を通わせてきたのだから。

帰蝶を金縛《かなしば》りにしているのは、歳月をかけて塵《ちり》のように降り積もってゆくものの恐ろしさだ。気づいたときは手に負えないほど巨大になっている。しかも時に、おもいもよらぬ凶暴《きょうぼう》さを発揮する。あるいはとてつもない冷酷さを……。

「すぐに参ります。左京亮どのはお先に。さ、そなたたちも」

皆を先にゆかせ、帰蝶は今一度、墓前へ歩みよった。

この墓の主は、どこまで、そのことを知っていたのか。自分が命を失うことになった本当のからくりを――。

花におおわれた墓から香煙《こうえん》がひとすじ、糸のように立ちのぼっていた。青空にとけてゆく煙のその先を、燕《つばめ》の群れが墨《すみ》を刷《は》いたような残像と共によぎってゆく。

「栄花は先立って、無常の風に誘わるる……夢幻《ゆめまぼろし》のごとくなり」

「敦盛《あつもり》」の一節を口ずさんで、帰蝶はざわめく胸を鎮《しず》めた。

〈了〉

あとがき

数千ともいわれる僧侶や女子供もろとも比叡山《ひえいざん》を焼き討ちしたり、長島《ながしま》・中江《なかえ》の二城を柵《さく》で囲んで二万の男女を焼き殺したり、有岡城《ありおかじょう》では女房衆《にょうぼうしゅう》百二十人余を鉄砲や長刀《なぎなた》で殺したあげく荒木村重《あらきむらしげ》の家族三十六人を六条河原《ろくじょうがわら》で斬首《ざんしゅ》したり、同母弟までも騙《だま》し討ちにしたり……そんな残虐無比《ざんぎゃくむひ》な殺戮《さつりく》を平然としてのける男が、もしも、夫だったら……？

想像しただけで身の毛がよだつ。

暴君や独裁者が無辜《むこ》の民《たみ》を苦しめるのはいつの世も同じだ。とはいえ、織田信長の偏執狂的嗜虐《へんしゅうきょうてきしぎゃく》かつ弑逆《しいぎゃく》志向は群をぬいている。なぜそんな殺人鬼が英雄としてもてはやされるのか。どんなエクスキューズがあったにしろ、たとえ時代を動かすほどの功績があったとしても、昨今の信長人気、私には理解できない。

信長嫌いが高じたせいで、その家族のことが気になりだした。女たちはどんなおもいで、信長をうけいれていたのか。心を許す瞬間が、いっときでもあったのだろうか。

　某雑誌で九州産業大学（当時）の福田千鶴《ふくだちづる》教授と対談をさせていただいたとき、教授は開口一番、「よく切れる刀がいつも目の前にあると想像してごらんなさい」とおっしゃった。日々のなにげないやりとりや仲むつまじい談笑、抱かれているときでさえ、いつ斬《き》り殺されるかと緊張している暮らしなんて、平和ぼけの現代日本女性には想像もつかないことだ。そこを根本にすえないと、戦国の女性は書けませんよ、という貴重なアドバイスに身がひきしまるおもいだった。

　信長の正室、帰蝶《きちょう》——斎藤道三《さいとうどうさん》の娘の濃姫《のうひめ》——は、これまでの通説によると、本能寺の変よりずっと以前に早世したか離縁されたと考えられていた。近年になって京都の大徳寺総見院《だいとくじそうけんいん》の織田家過去帳に「養華院殿要津妙玄大姉《ようかいんでんようしんみょうげんだいし》」という記載が発見された。となれば、慶長《けいちょう》十七年（一六一二）に七十八歳で亡《な》くなったことになる。さらに『妙心寺史』にも、信長公夫人が一周忌の法要をとりおこなったと書かれている。これらが帰蝶ではないかとの説がにわかに信憑性《しんぴょうせい》をおびてきた。

　たしかに、もし早世したのなら、数ある信長記の類《たぐい》のどこにもそのことが記されていないのは不自然だ。『氏郷記』や『総見院殿追善記』などによれば、本能寺の変のあと安土城《あづちじょう》から日野城《ひのじょう》へ逃亡した女たちの中に「御台」「北の方」と呼ばれる女性がいたという。このことからも、帰蝶は生きていた、とみるほうが自然だとおもう。

では、なぜ表に出てこなかったのか。事変のあとはどこでどうしていたのか。私の推察は本文を読んでいただくとして、ひとつだけ、ここで強調しておきたい。帰蝶をはじめ信忠《のぶただ》や斎藤兄弟、武井夕庵《たけいせきあん》、そして皮肉にも明智光秀《あけちみつひで》や斎藤内蔵助《くらのすけ》も皆、美濃《みの》出身だった、というあたりまえの事実である。美濃衆と尾張《おわり》衆の微妙なかかわりこそが謎を解く鍵《かぎ》のような気がする。

諸説がとびかっていた本能寺の変についても、近年は、信長が断行を決めた四国の長宗我部《ちょうそかべ》征伐《せいばつ》が大きな引き金になったという説に着地しつつあるようだ。もちろん、そこには、内蔵助の処罰問題をはじめ明智光秀を追い詰めた数々の外因と、老年の焦《あせ》りや野心、信長への畏怖《いふ》や反感などの内因が複雑に絡《から》み合っていたにちがいない。

私は、明智光秀に共謀者や黒幕がいたとはおもわない。が、いくつかの偶然が重なったことと、作為《さくい》・無作為にかかわらず余人の挑発《ちょうはつ》があったことは事実だとおもう。

「本能寺の変に黒幕がいるとしたら？」

京都で数人のタクシーの運転手さんにたずねてみた。

「そりゃ、商人どすわ」

だれもが、いとも明快に答えてくれた。

京都市歴史資料館の宇野日出生《うのひでお》先生から立入宗継《たてりむねつぐ》の存在を教えていただいた。立入家文書を読む機会を得たことが、この小説を書くきっかけになった。快くご教示くださった宇野先生と、併走者であるＰＨＰ研究所の後藤恵子さんに、この場を借りて御礼を申し上げたい。

さて、ぱちぱちとピースがはまって、私の帰蝶はよみがえった。帰蝶が信長になにを感じ、それがどう変化していったか、今は私なりに理解できたような気がする。

戦国の女性たちは日々、生命《いのち》の危険にさらされていた。かけがえのない生命のために戦っていた。その切実さ、たくましさ、したたかさに共感していただければうれしい。

二〇一五年秋

著　者

【参考文献】

『立入宗継文書・川端道喜文書』　国民精神文化研究所
『織豊期　主要人物居所集成』　藤井讓治編　思文閣出版
『続群書類従』　塙保己一編　続群書類従完成会
『美濃国諸旧記・濃陽諸士伝記』　黒川眞道編　国史研究会
『大中院文書・永運院文書』　京都市歴史資料館編著　京都市歴史資料館

『織田信長家臣人名辞典』　谷口克広著　吉川弘文館
『織田信長総合事典』　岡田正人編著　雄山閣出版

『信長公記』　太田牛一原著　教育社新書
『信長の血統』　山本博文　文春新書
『だれが信長を殺したのか』　桐野作人　ＰＨＰ新書
『明智光秀』　小和田哲男　ＰＨＰ新書
『信長と十字架』　立花京子　集英社新書
『明智光秀』　谷口研語　洋泉社歴史新書

『信長が見た戦国京都』　河内将芳　洋泉社歴史新書
『本能寺の変　431年目の真実』　明智憲三郎　文芸社文庫
『風雲児信長と悲運の女たち』　楠戸義昭　学研M文庫
『信長のおもてなし』　江後迪子　吉川弘文館歴史文化ライブラリー
『名城と合戦の日本史』　小和田哲男　新潮選書
『呪術と占星の戦国史』　小和田哲男　新潮選書
『信長とその武将たち』　岐阜市歴史博物館編　岐阜市歴史博物館
『信長と安土城』　滋賀県立安土城考古博物館編　滋賀県立安土城考古博物館
『是非に及ばず』　滋賀県立安土城考古博物館編　滋賀県立安土城考古博物館
『安土城1999』　滋賀県安土城郭調査研究所・滋賀県立安土城考古博物館編　滋賀県安土城郭調査研究所
『蒲生氏郷』　滋賀県立安土城考古博物館編　滋賀県立安土城考古博物館
『近江城郭探訪』　滋賀県教育委員会編　滋賀県文化財保護協会
『歴史を歩く　織田信長天下統一の道』　歴史読本臨時増刊　新人物往来社
『名城を歩く13　安土城』　歴史街道スペシャル　PHP研究所

解説――いつもヒロイン

宮本昌孝《みやもとまさたか》

【同県人で一歳上のスレンダーな才媛が描く謎に包まれた信長の妻『帰蝶《きちょう》』は鮮烈。帰蝶の影が歴史を動かす『ドナ・ビボラの爪《つめ》』を読み比べて戴《いただ》ければ幸いです】

企画展の「歴女《れきじょ》の本棚」にオススメ作品の紹介をという、ある書店さんの依頼に応じた短い一文です。人気女流にあやかろうと拙作《せっさく》を併記《へいき》するなど、われながらあさましい。

ちょっと言い訳すると、両作とも主人公が同じで、刊行時期の違いも一年足らずだったことから、対談が企画されたところ、結局流れてしまい、その心残りが冒頭の駄文につながった次第です。

諸田玲子《もろたれいこ》さんは、単行本のあとがきに、帰蝶の法名《ほうみょう》かもしれない「養華院殿要《ようかいんでんよう》津妙玄大姉《しんみょうげんだいし》」を記しておられる。京都の大徳寺総見院《だいとくじそうけんいん》に供養塔《くようとう》も現存する。

拙作を書き始める直前に詣《もう》でた。

（勝手ながら、あなたの人生を書かせていただくので、ご挨拶《あいさつ》に参上しました）

きっと諸田さんも塔に向かって合掌《がっしょう》されたに違いない。心利《こころき》く人だから、供花《きょうか》もなさったと察する。

信長の遺骸《いがい》が葬《ほうむ》られたという伝説を残す阿弥陀寺《あみだじ》にも参じた。阿弥陀寺は、もとは八町《ちょう》四方の大寺院で、旧西陣《にしじん》小学校の一帯がその寺域だったようだが、大徳寺で信長の葬儀を執《と》り行った秀吉に疎《うと》まれ、移転縮小を余儀なくされた。以後は寺町通《てらまちどおり》に佇《たたず》む。

信長の法号といえば「総（摠）見院」だが、信長と交誼《こうぎ》を結んだ阿弥陀寺の清《せい》玉上人《ぎょくしょうにん》による諡号《しごう》は「天徳院《てんとくいん》」であったという。秀吉の無理押しで抹消《まっしょう》されたらしい。字面《じづら》の印象として、帰蝶の「養華院」が寄り添うに相応《ふさわ》しいのは、後者のように思える。『帰蝶』の最終章の舞台が阿弥陀寺であるのは、諸田さんにも同様の気持ちがおありだったからなのか。この点も対談で伺《うかが》いたかった。

下剋上《げこくじょう》でのしあがった梟雄《きょうゆう》の代名詞ともいうべき斎藤道三《さいとうどうさん》のむすめにして、日本の武将といえば真っ先に名を挙《あ》げられるだろう織田信長の正室。戦国時代にこれほどきらびやかな衣裳《いしょう》をまとっていた女性は、ほかに見当たらない。にもかかわらず、何かに関わった痕跡《こんせき》はまったく伝わらず、信長に嫁《とつ》いだあとの所在も、さらには没年すらも不詳《ふしょう》という。

一体、なぜか。万華鏡《まんげきょう》のように躍動《やくどう》する愛の物語の中で、それらを解き明かしてくれるのが本作『帰蝶』である。

当時、天皇や院の財産の管理、出納《すいとう》を請け負った金融業者を禁裏御倉職《きんりみくらしき》と称し、そのひとつが立入《たてり》家。わけても、半世紀余りにもわたって御倉職をつとめた立入宗継《むねつぐ》は、豊かな経済力と人脈を縦横《じゅうおう》に駆使《くし》して暗躍《あんやく》する。信長も秀吉も家康も否応《いやおう》なく関わらざるをえなかった、いわば戦国随一《ずいいち》のフィクサーである。

若く美しい御台所《みだいどころ》の帰蝶とこの宗継とが尾張清洲《おわりきよす》城下で出会い、互いに恋であって恋でないような、えもいわれぬ想《おも》いを抱《いだ》き合うところから、物語は始まる。戦国時代に精通する読者でも意表をつかれ、かつ新鮮さをおぼえるはずだ。

ここからは、信長の天下布武《てんかふぶ》への道が、織田家の妻妾《さいしょう》と子らを束《たば》ねる帰蝶の目を通して語られる。一方の宗継は、信長の尋常《じんじょう》でない所業を商人《あきんど》らしい冷徹さで見極めては隠密裡《おんみつり》に対処してゆく。その歳月《さいげつ》の中で、男女は常に互いの存在を意識せずにはいられない。

帰蝶と宗継の関係は、女にとって「烈《はげ》しくもなく腥《なまぐさ》くもないが、かといって枯《か》れてもいない」、男にとって「ただこの世にいてくださるだけでよい、護符《ごふ》のように胸に潜《ひそ》ませておきたい」という、届きそうで届かない距離を保《たも》つもので、どこか現代的でもある。決して皮肉ではなく、恋愛そのものを忌避《きひ》しがちな平成の若者ほど共感できるのではないか。いつでもどこでも死と隣り合わせで、日本が最も激動したといえる時代の男女を、こんなふうに好加減《よいかげん》に表現できる作者の力量には余裕すら感じられる。

本作は驚きに充《み》ちている。

信長の側妾《そくしょう》たちとその子らを変わらず支えつづける帰蝶が、それでも、歴史上その生涯が謎に包まれることになったのは、顔の痘痕《あばた》を恥じてみずから表《おもて》より退《しりぞ》き、公的な妻の座を「聡明《そうめい》で忠実で肝《きも》のすわった」お鍋《なべ》に託したがためという。

信長に寵愛《ちょうあい》された側室のお鍋は、能筆《のうひつ》で文芸への造詣《ぞうけい》も深かったというから、公家《くげ》や豪商や僧侶《そうりょ》らとの交流もそつなくできる。そう帰蝶は思惑したのかもしれない。

晩年を秀吉未亡人の高台院《こうだいいん》（おね）の侍女《じじょ》として過ごしたと伝わるお鍋は、慶長十七年六月二十五日に逝《ゆ》く。総見院の過去帳に見える養華院も、それからわずか九日後に没した。

養華院の供養塔に傅《かしず》くように置かれた自然石が、お鍋の墓とされる。この景色から、諸田さんはふたりの関係性をあざやかに思い描くことができた、というのは同業者の想像である。

また、帰蝶の出身の美濃国《みの》の地縁と、斎藤氏の血縁が重要な役割を担《にな》うのだが、かれらは織田信忠《のぶただ》を主君と仰《あお》ぐ。信忠といえば、通説では信長の生涯最愛の女人《にょにん》だったといわれる尾張生駒《いこま》家の吉乃《きつの》を生母とする。しかし、本作では、道三が長良川《ながらがわ》で敗死したさい、信長に救出された帰蝶の美貌《びぼう》の異母妹が、避難先の生駒屋敷で産んだ男児こそ、信忠であるという。

信忠は、おのが子をなすことのできない帰蝶の養子になって、その手許《てもと》で慈《いつく》しまれ、織田家嫡子《ちゃくし》と定められる。すなわち、ゆくゆくは斎藤氏の血筋が信長の後継者になると決まっておればこそ、美濃衆はそれを励みとし、織田に降《くだ》っても命懸《いのちが》けで働くことができる。

どんなに版図《はんと》を広げても、信長は美濃衆に限って、自身の出身の尾張衆と同等に遇《ぐう》した。これはほぼ史実といってよいので、帰蝶の異母兄の玄蕃助《げんばのすけ》にせよ、同母弟の新五《しんご》にせよ、作中の言動に真実味がある。

明智光秀とその重臣・斎藤内蔵助《くらのすけ》が、いったん信長の勘気《かんき》を被《こうむ》って無下《むげ》にされるや、忠誠を憎悪《ぞうお》に変じさせたのも、それまで美濃衆として大いに取り立てられていたからこそといえよう。

本能寺の変の背景に美濃衆の愛憎《あいぞう》を据《す》え、謀叛《むほん》の後押しをしたのかもしれない立入宗継を陰に陽に登場させる展開は、まことに巧《たく》みであり、そこに名物茶器「楢《なら》柴《しば》」をからめているのも心憎い着想で、必ずや読者を引き込んで離さない。

　とくに惹《ひ》かれたのは、信長の愛娘《まなむすめ》の禁断の恋。夫の徳川信康《のぶやす》が自害させられ、若くして実家へ戻ってからの五徳《ごとく》を、こんなふうに活写した作品はこれまでになかった。血のつながらない五徳を守りとおす帰蝶も凛《りん》として、心をうたれる。『山流し、さればこそ』の解説を書かせていただいたときにも感じたことだが、諸田作品に登場するヒロインはどうしても作者に重なってしまう。本作の帰蝶も同じである。

　対談が流れたあと、永く賀状のやりとりをしている大学の後輩女子から届いた年初の近況報告に、こんなことが記されていた。

　文学好きの彼女は「『錦繍《きんしゅう》』（宮本輝著）や『ノルウェイの森』（村上春樹著）の〝レイコさん〟のバイタリティにやられました。女性の中で一番好きな名前です」と。

　偶然とはいえ、次の一葉《いちよう》が諸田玲子さんからのものだったので、年賀はがきのお年玉くじの一等が当たったような気分だった。実際には最下等の切手シートしか当たったことはないのだが。

　玉の鳴る音が美しい。透《す》きとおって、あざやかに美しい。それらが「玲」の意であり、諸田玲子さんは姿も人柄《ひとがら》も小説もまさに玲の人だ。ヒロインと重なる理由の一端《いったん》のように思える。

ちなみに、諸田さんのお年賀状は、討ち入りの扮装《ふんそう》のイラストとご尊顔の写真のコラージュ。

装束《しょうぞく》の衿《えり》に記された名は「播州《ばんしゅう》赤穂《あこう》浪士　神崎与五郎則休《かんざきよごろうのりやす》」。

折しも『四十八人目の忠臣』がＮＨＫで連続ドラマ化され、『森家の討ち入り』を上梓《じょうし》なさったばかりのころで、こういう茶目《ちゃめ》っ気《け》もおありになる。南伸坊《みなみしんぼう》さんの特殊メイクのひふみん（将棋の加藤一二三《ひふみ》氏）と見比べて楽しませていただきました。

いまとなっては、対談をしなくてよかった気がしている。こうして、じっくり諸田作品を読み、思いつくままに書き遊《すさ》ぶほうが、かえって近しい感じがするからかもしれない。年に一度の賀状の往来だけというのも、それはそれで昭和世代の情《じょう》趣《しゅ》というものである。

これはもしや、立入宗継の帰蝶への想いに似ていはしまいか。玲の人の作品世界にまんまと取り込まれてしまったらしい。

（作家）

この作品は、二〇一五年一〇月にＰＨＰ研究所より刊行された。

著者紹介
諸田玲子（もろた　れいこ）
1954年、静岡県生まれ。上智大学文学部英文科卒業。外資系企業勤務を経て、向田邦子らのテレビドラマのノベライズや翻訳を手がけた後、作家活動に入る。96年、『眩惑』でデビュー。
2003年、『其の一日』で第24回吉川英治文学新人賞、07年、『奸婦にあらず』で第26回新田次郎文学賞、12年、『四十八人目の忠臣』で第１回歴史時代作家クラブ賞作品賞、18年、『今ひとたびの、和泉式部』で第10回親鸞賞を受賞。
その他、「お鳥見女房」「あくじゃれ瓢六」のシリーズ、『美女いくさ』『お順』『森家の討ち入り』『元禄お犬姫』などの著書がある。

ＰＨＰ文芸文庫　帰蝶《きちょう》

2018年11月22日　第１版第１刷

著　者　諸　田　玲　子
発行者　後　藤　淳　一
発行所　株式会社ＰＨＰ研究所
東京本部　〒135-8137 江東区豊洲5-6-52
第三制作部文藝課　☎03-3520-9620（編集）
普及部　☎03-3520-9630（販売）
京都本部　〒601-8411 京都市南区西九条北ノ内町11
PHP INTERFACE　https://www.php.co.jp/
組　版　朝日メディアインターナショナル株式会社
印刷所　共同印刷株式会社
製本所　株式会社大進堂

ISBN978-4-569-76863-2